2gether Special

著 ジッティレイン JittiRain　訳 佐々木紀 Sasaki Michi

2gether Special

目次 contents

第1部

第2部

第
1
部

Special 1

2人のホラーストーリー

1 あなたに会ったことあるわ

あたしはチェンマイ・ガール。もうすぐ夫ができる予定なの。あはは！ あははははは！ や〜めた、こういうのはもう十分！ 昔は短髪のレディーボーイなティーンエイジャーだったんだけど、今やこのグリーン・スナッキキは、プレミアムグレードのゲイに変身したの！ 過去の写真を見せろなんて、絶対言わないでね。もしそんなこと言ったら、頭をひっぱたいてやるんだから。

中学生のときは、スポーツの試合でチーム・ファビュラス・レッドを応援するチアリーダーをしていたわ。とある試合のとき、みんなが口をポカンと開け、あたしに注目したことがあったの。素敵なロングドレスに身を包んだあたしをほれぼれと眺めていたわけじゃないわ。あたしがその

※1 タイ語でノックはもともと「鳥」を示すが、ここ数年の流行語として、誘ってもあっけなくふられる、失望するなどの意味で使われる。

ドレスの裾を踏んで、血が出るほど激しく地面に倒れてしまったから。ま、それが、高校時代にどんなビューティーコンテストにも出場しなかった主な理由。控えめでクールな感じにふるまってさえいれば、そのうち男の子たちが寄ってくると信じてるの。

ひと言だけ言っておくわ。あたし、「ノック[※1]（ふられる）」って言葉を今まで知らなかったの。聞いたことがなかったのかって？　違うわ！　そうじゃなくて、ふり向いてもらえないなんて経験がなかったのよ。あたしはいつだって満ち足りてる。指で招く合図をするだけで、イケメンでリッチでクールで人気者な男の子たちは、みんなあたしのところに集まってくるの。どんなテクニックを使って彼らの心を掴んでるかって？　それは……それはね、お金よ。

10年生[※2]のボムが好きだったときのことを、今でも鮮明に思い出せるわ。まぶしいほどのイケメンだったから、ずっと彼のことで頭がいっぱいだったの。四六時中、彼のことを考えてた。彼のハートを射止めるために、パンをトッピングしたかき氷を毎日1杯プレゼントすることにしたわ。でも、糖尿病になりそうだからやめてくれって言われちゃった。

次は12年生のオーム。彼は博愛主義の生徒会長で、あたしを除いて誰に対しても優しかったわ。しばらく彼を口説いてたんだけど、突然11年1組のカンとつき合い始めたの。あたしは2日間荒れた後、結局諦めることにしたわ。頭がよくて器用な人を落とすのはあたしの趣味じゃないって気づいたのよ。

※2 タイでは7～9年生が日本の中学生、10～12年生が高校生に相当する。

何年もの間、あたしの恋愛模様はちぐはぐだった。だけど、12年の1学期になって、やっと探し求めていた真実の愛を見つけたの。相手は7年3組のゴクン。一目見た瞬間に心臓がドキドキして、なんでも買ってあげたいと思ったわ。

そしてある放課後、あたしは彼を誘拐する計画を立てたの。じょ～だんよ！

実際は、口説きに行く計画。終業のベルが聞こえたら、中等部の建物の1階まですっ飛んでいったわ。そして、ウォーター・サーバーの隣に立っているゴクンを見つけた。あたしはためらうことなく、彼のところまでまっすぐ歩いていって自己紹介したわ。人って、若ければ若いほど純粋なんじゃないかしらって思ってるから。あたしはグリーンよ、キュートで優しくてお金持ちなの、と名乗ったの。

彼はわかったというふうにうなずいた。すっごくドキドキしてたけど、なんとか彼の電話番号を聞き出すことができたわ。彼はいつもあたしとお話ししてくれた。あたしがひっきりなしに電話をかけたからだけど。かなりの頻度だったから、通信会社はあたしに特別な通話プロモーションを提供するべきだわ。

ゴクンはとっても素敵な男の子だった。学校の売店で文房具を売るボランティアをしてたの。うふ！　だから、自慢したいあたしは毎日お昼に友達を連れて売店に行って、シャーペンの芯を1箱買ったわ。

丸々2か月間、ゴクンとあたしは連絡をとり合った。そして彼は徐々に親しみと愛情を示してくれるようになったの。あたしたちの関係はお砂糖のように甘々だった。砂糖を積んだトラックが学校の前でひっくり返ったんじゃないかってくらい。まぁ、あたしが通ってた学校は急カーブ沿いにあったから――なぁんてね！

彼はあたしに会いに何度も高等部の建物まで来てくれたわ。ときどき、友達とサッカーで遊んでいるところを見学させてもくれた。ああ、幸せで胸がいっぱいだった。お祝いに学校の通り一帯を封鎖して、あたしたちのラブストーリーをみんなに聞かせたかったくらい。そんなにうまくいってたのに、なんであたしは独り身になってしまったのか、あなたたちの多くは不思議に思ってるんじゃないかしら。

そう、あたしの最高の日々はずっと続くはずだった。あたしたちの恋愛関係を台無しにした8年のあの女さえいなければ！　あの女、あたしの彼氏に色目を使ったのよ！　そんなとき、どうすればいいの？

あたしは問題解決に暴力を使うようなタイプじゃないわ。もし使ったら、女子をいじめたって周りから非難されるし。あたしは背が高くて、色白で、ハンサムな容姿なの。だからそんなイメージをあなたの脳裏に焼き付けてね。そんな姿で男らしく歩いてたら、間違いなく学校中の女子が声の限りに黄色い悲鳴を上げちゃうわ。

あの嫉妬深い女、厚かましくもあたしのゴクンを誘惑するなんて！　結局、彼はあたしたちの愛を忘れて、彼女に心を開いた。あたしのハートは粉々よ。ほとんど喉を通らなくなったわ――

普通の食事は。ハンバーガーばっかり食べてた。彼のことはすっかり諦め、彼を思い出させるようなものはすべて捨てたわ。

ＳＩＭカードを壊して、彼から買ったシャーペンの芯の箱もすべて燃やした。彼に関わるすべてを自分の人生から切り離そうとしたの。あと、少しでもドラゴンボールに関する話題をふってくる人がいたら、その人との関係も完全に断ち切ったわ。主人公の名前がゴクンに似ているから、馬鹿にされているように感じたの。

12年の1学期の残りは、傷心の日々だった。あたしはもう誰も自分の心に近づけさせなかった。でも、大学入試が始まる数週間前のある日、とある大学の音楽学部がオープンキャンパスを開催したの。そしてあたしは、ゴクンとは本当におしまい、先に進もうって決意したの。すぐに赤いミニバスに乗って、オープンキャンパスに向かったわ。

今、学部の建物の前に立ってるんだけど、今回は1人じゃない。ジミーとバームっていうレベルの高いレディーボーイを2人一緒に連れてきたの。

バームはタイ語で「デカい」って意味なの。レディーボーイにとってはなんだか恥ずかしい名前ね。彼とはよく男の子のとり合いをしてきたけど、あたしの親友なの。

でね、あたしはこの音楽学部のオープンキャンパスみたいな華やかな催しに参加したことがなかったの。音楽よりも語学とかのほうが好きだから。でも、たまにはこういう楽しいことするのも悪くないと思って。もうステージでは演奏が始まっているみたい。

「どんなに最高かわかる？　どんなに嬉しいかわかる？
僕の人生を変えてしまったんだよ
きみを知る前の僕を想像できる？
きみと出会えたことが僕の幸運なんだって気づいてる？

きみこそが……
出会ったときから　僕の人生に忘れられない思い出をくれた人

ありがとう　神様　僕たちをめぐり合わせてくれて
ありがとう　僕にきみを見つけさせてくれて
ありがとう　今日まで僕たちを導いてくれたすべての物語と
きみという最愛の人と一緒にいられることに」
――グルーブ・ライダース『All You（きみのすべて）』

きゃあああ！　すんごいイケメン！　なんていい男なの。かっこよすぎてマジ死んじゃう！
歌ってたのは、大学の制服を着てステージの真ん中に立ってる人。彼の声に、完全に意識を持ってかれちゃった。その声がグループ・ライダースの『All You』を歌うのを聴いてたら、魔法みたいにときめいたわ。彼がクラシック・ギターを弾くときの体の動きをいやらしい目で見ていると、心臓の鼓動も速くなっちゃう。

彼だわ。あたしがずっと探し求めていた人は。今すぐ彼に飛びついて、ギュって抱きしめたい。でも、今のあたしはその場にじっと立って、すっごくうぶな子みたいな態度をとることしかできない。

「みんな、本当にありがとう」

「きゃーっ！」

あのヴォーカル、挨拶の声も素敵。

「まず、自己紹介をさせてくれ。俺はディム。ボーカルとギターを担当している」

ああ、あたしのディイイイム！

「俺の隣でカホン※1を叩いていたのはヨー。そして、こいつはギター担当のケームだ」

ああ、みんなめっちゃイケメン。バンドメンバー全員すんごいイケメン！　みんなどうしてこんなところに？　なんで自暴自棄になってるあたしみたいな人に生きる気力をくれるの？　あたしの夫になるためなの？

彼はかっこよすぎるわ。立ってられなくなっちゃいそう。

※1 木製の太鼓。

「今日はもう十分歌ったから、次のバンドにステージをまかせようかと思う」

「……」

「だが、どうか俺たち『サンシャイン・デイジー・アンド・バター・メロウ』[※2]のことを忘れないでいてくれ。以上だ。じゃあな」


きゃーっ、どこまで素敵なの？　そのバンド名は完全にナシだけど。その魅力でこのハンサムなあたしをレディーボーイに戻しちゃうつもりなの？　でも、あたし、今回はすごく怖いの。

あたしはこの背が高くてクールな年上の人をじっと見つめる。大学オリジナルの長袖シャツを着てる。シャツの袖は少し折り返されてる。ネクタイを着けず、シャツのボタンを２つ外してるから、美しい胸元がかなりよく見える。ひげは、完璧な顔をさらに魅力的にしてる。わりと長い髪はハーフアップにしていて、とにかくめちゃくちゃかっこよくてスタイリッシュ。

彼こそがあたしのタイプ。あはは！　ゴクンなんて比較対象にもならないわ。ああ、彼はいったい何者なの？　あたしのものにしたい！　絶対に！

でも、あたしにできるのは、ステージから降りてきた彼をじっと見ていることだけ。すると、まるでその視線に気づいたかのように、彼がふり向いてまっすぐ見返してきたの。

※２「お日さま、ひなぎく、熱したバター」という意味。ハリー・ポッターに登場する、ハリーの親友ロンの呪文。ただし、さっぱり効かない。

「おい、何か質問があるのか？　さっきからぼさっと突っ立ってるみたいだが」

もう！　ハンサムだけど、かなり口が悪いわ。

「ええと……その、ただ、なんで音楽を勉強しようと思ったのか聞きたくて」

きゃあ！　質問しちゃった！　頭じゃなくて、足の爪で考えたかのような内容だわ。ありきたりすぎるもの。

「俺のことか？　入試に合格したから、ここで勉強してるんだ」

「はあ」

じゃあ、サーカス学部の入試に合格したら、猿になるってワケ？

「夢があってな。いつか絶対、俺のバンドをCATラジオ※のチャートにランク入りさせるんだ」

CATラジオでいいの？　ビルボードチャートへのランクインを夢見る人もいるのに。なるほど、現実的な夢しか見ない人みたいね。あたしは違うわ、アメリカ合衆国の大統領夫人になるのが夢だもの。

「あなたの夢はかないそうなんですか？」

「俺は今大学3年生だ。あと少しで――」

「歌手になれる？」

「あと少しで卒業が危うくなるところだ。成績が悪すぎて」

ここであたしの妄想のすべてが砕け散ったわ。でも、自分から言わなければ、誰もそんなことについて聞いたりしないから大丈夫。ただ黙って立ってて、あたしにあなたを眺めさせて。あなたそれだけで十分クールだから。

「ディム、こっち来いよ」

ほどなく彼のお友達が呼びかけて、再びあたしたちは離ればなれになる。

「どうした？」

「こいつらにちょっとアドバイスしてやってくれ」

彼は友達にうなずいてから、あたしの肩を2回軽く叩いた。

「俺はもう行かなきゃならない。おまえ、仲間と来てるんだろ？　興味があるなら、まずは学部のアクティビティに参加してみるといい」

きゃあああああ！　このシャツもう2度と洗わない！　大切に保管して匂いを嗅ぐわ。イケメンに触れられたことがあるっていう思い出の品にするの。あなたのせいで処女を失っちゃった。責任とってよね！

ジミーとバームとあたしは、大喜びで学部のアクティビティに参加したわ。信じられる？　その間ずっと、あたしはあのディムっていう大学3年生の彼から目が離せなかったの。

それから、どうやったらまた彼と話すチャンスがあるか、親友たちに相談したわ。中学のときや元カレたちに使っていたテクニックはもう役に立たない。大学生の人と会うのは初めてだから、

※ インディーズ専門のインターネットラジオ局。前身はFMのFATラジオ。

12年生のあたしが彼のハートを射止めるのはなかなか難しい。一番いいのは、勇気を出して彼に歩み寄ること。そしたらその後、口説くためのテクニックを使うの。最終的には、電話番号かLINEのアカウントを聞き出すのよ！

アクティビティが終わるころ、集団から抜け出してターゲットを探す。彼は外のテーブルに座っていた。ヘッドホンで音楽を聴いてて、周囲をまったく気にしてない。

「あのぉ、すみません」

「……」

「すみません」

最初の呼びかけに返事がなかったから、もう一度呼びかけながら、肩をつついてみる。

彼はふり返って顔をしかめたけど、あたしだとわかると、気をとり直したみたいにすぐにヘッドホンを耳から外す。

「どうした？」

「音楽についての質問がたくさんあるから、相談したいんです」

「あそこに、学部の事務室に繋がるホットラインがあるぞ。音楽について質問したいなら、直接そこに聞いてみるといい」

「あぁ。ええと……敬語が苦手で。あなたはフレンドリーな人みたいだから……何か質問したいことがあったときのために、連絡先を教えてもらえない？」

彼はあたしの本当の目的を悟ったらしく、うさんくさそうに見て、唇をギュッと結ぶ。あたしってそんなにわかりやすい？

「なら、おまえのスマホを貸しな」

と、彼は手招きする。きゃー、指も太い。きっとアレも想像できないほど大きいんだわ。

「どうぞ」

あたしはすぐにスマホを渡す。

「じゃあ、俺のＬＩＮＥを教えてやるよ」

彼はそう話しながら唇を舐める。あぁ、どうしてもあなたに処女を捧げたい！　あたしの欲望を満たして！

「連絡手段はなんでもかまわないです」

「とはいえ、電話番号で俺のアカウントを検索しておまえの友達リストに追加しちまったからな」

「……」

「ＬＩＮＥも電話番号も両方やるよ」

ひゃーっ！　しかもチャラいのね。心臓が爆発しそう！

あたしは感無量で画面に表示されている彼のＬＩＮＥアカウントを眺める。あたしたちの愛のために戦うわ。スマホのデータ通信量が上限を超えちゃったら、すぐに容量を追加購入するわ。ママはまだ、月額制のインターネット接続サービスを利用させてくれないの。でも待ってて、あたしのハンサムなディムさん。すぐにＬＩＮＥでやりとりしましょうね！

Sleepy Dimpy（ディム）

うわ、ＬＩＮＥに表示されてる名前を見ただけで彼が普段どんな感じかわかるわ。まあいいわ、恋の始まりで大事なのは、ちゃんと行くとこまで行けるように、お互いのありのままの姿を受け入れることだもの。まずはご挨拶から。

Greenkiki（グリーン）こんにちは！　今お忙しいですか？

ハロー。

お忙しいならお邪魔しません。

おーーーい

見てますかーー

Sleepy Dimpy なんでこんなにメッセージを送ってくるんだ？

Greenkiki あら。ごめんなさい。なんとなくです。

Sleepy Dimpy 大丈夫だ。でもおまえ誰だ？

まったくもう！　昨日アカウントを追加したのに、完全にあたしのこと忘れちゃうなんて。イケメンじゃなかったら、もう諦めていたとこだわ。でも彼はあたしのタイプ！　だから、あたしにはこの愛のゲームを続けることしかできないの。

Greenkiki グリーンです。昨日学部のオープンキャンパスに参加してました。
Sleepy Dimpy ああ、思い出した。おまえあのカワイイやつだな？
Greenkiki 冗談やめてください。でも、顔はいいです。

カワイイだって！　ここであたしが何個枕を破いちゃったか当ててみて。

Sleepy Dimpy 今何してる？
Greenkiki あなたとLINE。あなたは？
Sleepy Dimpy (スタンプ)
Greenkiki ？？？
Sleepy Dimpy すまん、まちがえた。

騙されないわよ！　だっておかしいもの。２匹のクマが交尾しているスタンプを間違えて送ることなんてある？　あたしともっと深い仲になろうと考えているのかも。もしそうなら、遠慮なく言って。そこからは、性的なことをほのめかしながらＬＩＮＥを続ける。

Greenkiki すごく寂しいんです。この寂しさ癒やす方法、何か知りません？

Sleepy Dimpy 寂しさを癒やしたいのか？

Greenkiki そうそう

Sleepy Dimpy （リンク）

きっとポルノだわ。そんなにムラムラしているなら、どこか部屋を探さない？　あたしももう待てない。彼が送ってきたリンクを開くと……。

Sleepy Dimpy ドラゴンボール見ようぜ。

ドラゴンボールなんて、だ・い・き・ら・い！

その日からお互いに連絡をとり合うようになったわ。LINEのことも、電話で直接話すこともあった。何回も映画に誘われて、あたしは断らなかった。一緒に出かけるたびに精いっぱい誘惑するんだけど、毎回失敗して処女のままだった。あたしは彼に汚されたい。どうすればいいの？バームがあたしに読み聞かせてくれるような小説では、映画館で映画を見終わったら、彼の部屋に行って、ベッドに横になりながら別の映画を見るって流れだけど——この状況は何？　全然違うわ。映画を見終わった後は、麺類を食べに連れていかれて、そのまま解散。

ときどきディムさんはあたしのこと好きじゃないのかしらって思うけど、彼の行動はそうは見えない。あたしに好意があるように見える。いったい全体どうなってるの？

2人の関係は2学期の最後までこんな感じだった。そして、あたしは大学入試のために必死に勉強して、ついに、念願の夫と同じ大学に入学できたわ。やったぁ！

あたしは人文社会科学部に入ったわ。親友のバームも、同じ大学の理学部に入った。でもジミーは違って、バンコクで勉強することになったから、ディムさんの大学の近くにあるバーで送別会をしようとしたの。でも残念なことに未成年だから、ディムさんにガストロパブにしろと言われたわ。

そこは生演奏が流れている、かなりロマンティックな雰囲気のお店だった。まるで『タイタニック』の映画の中にいるみたい。待って、あの映画の登場人物ってほとんど死んじゃう。巻き戻し、巻き戻し。そうね、有名な韓国ドラマシリーズのようにロマンティックだわ。ディムさんはあたしを見つめていて、あたしも彼を見つめ返す。2人ともわかってる……これは間違いなくベッド行きだって！

こっそりとあたしに協力してくれてるディムさんのお友達が、お酒を1杯くれる。あたしはお酒に強いけど、それを飲んで酔っぱらったフリをして、よろよろとお手洗いに向かう。あたしが歩けないほど酔っていると思ったディムさんは、連れていってやると申し出てくれる。きゃーっ！最高！　トイレの個室に座りながらいろいろと計画を立てて、2人の親友に全部共有する。あたしが酔ってても、一緒に連れて帰らないでね。お持ち帰りしてくれる人がいるから。

そして、計画どおりにことは運んだわ。あたしはお酒をちびちび飲んで、ものすごく酔っぱらったフリをする。親友たちは予定どおり、あたしをレストランに残したまま帰る。ディムさんはあたしを自分の車まで運ばなきゃならなくなる。あたしは完全に意識があるけど、そうじゃないフリを続ける。

彼の部屋に着くと、すぐに、あたしから仕掛ける。わが物顔でベッドまで歩いていって潜り込み、誘惑する。今夜あたしを妻にしないのなら、あなたに温かい血は通ってないわ！

「グリーン！　グリーン！」

「なぁ〜に？　あれ……ここ……どこ？」

天国に違いないわ。

「俺の部屋だ」

「あなたの部屋？　たぁいへん……自分の部屋に戻らなきゃ」

「ここにいろ。介抱してやる」

「どうやって？」

あたしは自分のシャツを肩が見えるまで引っ張る。かなり陳腐な筋書きだけど、他に選択肢がないからしょうがないわ。彼もあたしが誘ってるのに気づいてる。でもそんなことどうでもいいでしょ？　ほら早く、かかってきなさい！

「どうやって介抱されたい？」

「あなたにまかせるわ」

「本気か？　なら……うるさくするなよ。近所の住人に聞かれたくないからな」

会話は以上よ。その後は、お互いに長い間渇望していたかのように激しいセックスをしたわ。今までたくさんの男の人たちを口説いてきたけど、体を合わせたのはこれが初めて。実際の初体験は、本当に大変だった。大声でかんべんして、やめてとお願いしても、彼は構わずそのまま続ける。脚や骨の位置がおかしくなってる気がする。息することさえできない。

初めてがこんなに痛いって知ってたら、こんなことしなかったのに。酔っぱらったフリをして、自分で自分の部屋に戻っていたわ。もお。

彼のことをすごくフレンドリーだって言ったこと、覚えてる？　そんな彼がまさかこんなふうになるなんて、誰が予想できたと思う……？


「あなた」

朝目覚めて、最初に目に入ったのは、授業に必要なものをバッグに詰めている彼の姿。あたしはベッドから降りてディムのところまで歩いていき、背の高い彼を力強くハグする。

「……」

「昨夜、あなたがあたしのことを愛してないって夢を見たの。大嫌いよ、あなたなんて」

「しっかりしろよ、奥さん」

「……」

「授業に出なきゃならないから」

彼はあたしの腕をふりほどき、ドアを開けて出てってしまった。最低野郎！　あたしが望んでた恋愛ってこんなものなの？　もうすでに何か月も彼とつき合ってるけど、あたしに対する言葉遣いはひどくなる一方だわ。

なんで彼はこんなに冷たいの？　まるで奴隷のようにあたしを扱うのよ。服の洗濯、部屋の掃除、そして料理。全部やらされるの。もしあたしがパイプ詰まりを解消する吸引ポンプの使い方を知ってたら、それもやれと言われたに違いないわ。

彼の声はどんな歌を歌うときでも素敵だと思ってた。でも今は、前言撤回したい。彼が歌うたび、逃げ出して墓場で眠りたくなる。あたしに命令したり、冷たくあしらったりするときの声は、あまりにもひどいもの。実のところ、人が苦しんでいるのを見るのが好きなサイコパスなんじゃないかって思うわ。ベッドで激しいのも変えられないみたいだし。

彼は今日午前中の授業があるから、とても早い時間に出てったわ。部屋に残っているのは、あと1時間で準備を終えなきゃならないあたしだけ。いつもあたしのほうが時間かかるのは、お化粧をしたり身だしなみをしっかり整えたりするからじゃないの。彼がトイレを掃除しとけって言うからよ！

ピンポン！

今の音、何？

ピンポン！　ピンポン！　ピンポン！

急いで音の出どころを探してると、ベッドの片隅に、ドラゴンボールのケースに入ったスマホが残されているのが目に入る。急ぎすぎて、スマホを忘れていったのね。

何か月も一緒にいるけど、プライベートなことについてはあえて聞いたり口出ししたりしなかったわ。彼を信じてるからじゃなくて、あたしが真実を知る前に彼にボコボコにされるのが怖かったから。だから長い間ずっと、一定の距離を保たなきゃならなかったの。

でも今日は違う。彼は今授業に行ってるから、あたしには彼のＬＩＮＥで何が起きてるか確認する権利があるわ。

彼のスマホを持ち上げて通知をタップし、発見してしまった。女性のＬＩＮＥアカウント。大きな胸の持ち主の。トーク画面では、彼がどこにいて何をしているのかを聞いてる。しかもこんな感じのやりとりをすでに長い間続けてるみたい。あなた……浮気してるの？

そのトーク画面を離れ、すぐに彼の友人たちとのグループチャットの画面に移動する。彼らは女の子の写真やキュートな男の子、そしてポルノを送り合っているから、事態はより深刻になってくる。男の人はそれが普通なんだって理解できるわ。でも普通じゃないのは、あたしについての陰口。不機嫌、気分屋、子供っぽい、聞き分けがない、などなど。

あたし、本当はもっと図太いのよ。こんなふうに神経質になるのは彼と一緒にいるときだけだってこと、わからないの？

彼はあたしにプレゼントをくれない。つき合い始めてから1度も、何かをもらったことがないわ。もらったことないのは、愛もそうかも。一日中、そのことについて悩んだわ。授業にも集中できない。時間を戻したくてしょうがない。少なくとも、子供時代で一番痛かったのはステージ上で転んだことだったわ。でも、今日はこの後、彼と話し合わなきゃならないことを思うと、もっと痛い目見そう。

放課後になると、急いであたしたちの部屋に戻り、愛する夫を待つ。ディムは軽音楽部の部長。まだクラブの活動は始まっていないけど、もうすぐ開催される予定の部活フェアのためにいろいろと準備してる。だから、帰りが遅くなるのは不思議なことじゃない。夜の8時になるまで待ち続ける。すると、まじめな顔をした彼が部屋に戻ってきた。

「なんで馬鹿みたいにこんなところに座ってんだ？」

開口一番の挨拶がそれ？　あたしがご飯を食べたかなんて絶対に聞いてくれない。

「あなたを待ってたのよ」

「なぜ？」

「スマホ忘れてったでしょ」

スマホを持ち上げる。あたし、ものすごく怖い顔をしてるでしょ？

「ああ、そうだな」

「あなたのLINEのメッセージも、全部読んだわ」

あたしが本気なことを伝えるために、より深刻な声で話す。でも彼みたいに無頓着な人にはわからないみたい。彼は優しく聞き返したりはせず、怒鳴ってきた。

「おまえには関係ないだろ？　俺のプライベートだ」

「そうね。プライベートじゃなきゃ、もっとずっと前に他の女と連絡とり合ってるって気づけたのに」

「おまえ、どうかしてるんじゃないか、グリーン」

「あたしはこの目で、あなたが胸の大きな女とやりとりしてるのを確認したのよ。実際に会って、一緒に過ごしたりもしてるみたいね。あなたはずっと彼女と繋がっていたのに、あたしはそのことに気づかなかった。でも何に一番傷ついたかわかる？」

「……」

「あたしが嫌なら、なんでそう正直に言ってくれないの？　そしたら、自分を改善することができたのに。グループチャットでお友達にあたしの陰口を言うよりましだわ。教えてくれなきゃ、何がダメなのかわからないじゃない。これだけ一緒にいたんだから、もう何も問題はないのかと思ってたのに」

ああ、泣きたくなってきた。彼ったら今度は黙ってる。証拠があるし、認めるのかも。そう考えるとさらに悲しくなる。

「このままこの関係を続けても、あなたは幸せになれないんじゃないかしら」

「……」

「別れましょう」

これはあわてて出した結論じゃないわ。すでに一日中考えていたことよ。ディムに弁解の余地がないなら、この関係を終わらせたほうがいいわ。きっとそんな状況にもじきに慣れる。ゴクンのことも忘れられたんだから、彼のことを忘れるのも難しくないはず。ただ、すごくあたしのタイプだっただけよ――アレが大きくて、ベッドで激しくて、お金持ちで、音楽の演奏が上手。ただそれだけ。後悔はしないわ。

「今なんて言った？」

彼は顔をしかめながら近づいてくる。想定外の反応にあたしはパニックになりながら、数歩下がって距離をとる。

「別れましょう」

「もう一度言ってみろ」

「別れましょう」

「却下だ！　そしておまえに俺は止められない！」

「あなた浮気してるじゃない」

「浮気なんてしてないし、俺はおまえと別れないからな」

彼はそう言って、いつものようにあたしが納得する前に自分の唇をあたしの唇に押し付け、あたしがベッドの上で力が抜けた状態になるまでキスし続ける。

ケンカするたびにやり込められるのにうんざりだわ。今回はもう我慢できないんだから。あんたなんかよりもっとイケメンでアレが大きい新しい夫を見つけてやるんだから！　ばぁ～か！

2　プレゼント

ディム Side

毎日同じ時間にぼんやりと目が覚める。普段するように、いつも抱きしめている人物を探してベッドのシーツを軽く叩く。でも今日は……あいつがいない！　その瞬間、一気に目が覚めてベッドと部屋を見渡すが、俺の妻の姿が見当たらない。パニックになり、トイレまで走っていって排水管の中にいないか確認する。もちろんいない。クローゼットの前で立ち止まり、あいつの持ち物がすべてなくなっていることに気づく。

あいつが寝る前に使ってるスキンケアのボトルもなくなっている。俺の元を去ったんだ。どうやったら連れ戻せる？

俺はあいつの友人たちに電話してみた。やつらは仲間のことが大切だから、誰もがあいつの行方は知らないと答える。もういい、おまえら俺に嘘をついてるんだろ。全員殺してやる！

グリーンは俺が浮気してると思っている。胸が大きい女と連絡をとっているからだ。待てよ、彼女は軽音楽部の友人だ。長い間力を合わせてやってきたから、彼女と話したり会ったりせずに部活動を続けるのは無理だ。あと、友人たちにあいつの陰口を叩いていた件については、本気で思って言ったことは1度もない。別れるほど嫌だと思ったことはないんだ。

あいつは神経質すぎる。次会ったときは、キングコブラと一緒にトイレに閉じ込めてやる。あいつはあのヘビが大嫌いだから、今後俺に歯向かう気も起きなくなるだろう。

急いでシャワーを浴びて準備し、キャンパス内で妻を探すためのミッションに繰り出す。俺の友人たちもかなり協力してくれ、片っ端から人に聞いてくれた。俺も、学部の建物の近くに待ちぶせてあいつを探す。

グリーンは隠れるのがうまい。すでにどっかの下水道でくたばってるから見つけられないのかもしれないが。部屋に戻ってしばらくイライラし続けていると、スマホが鳴った。

俺の友人が、グリーンは理学部のダチのところに行っていると教えてくれる。ほぉ〜……俺が電話したとき、知らないって言ってたよな。いいだろう。待ってろよ。

だが、俺がすぐにあいつとよりを戻すと思うなよ。プライドってものがある。俺のほうから追いかけるなんてマネは許されない。しばらくは泳がせてやる。俺が地獄に引きずり戻す前に、心の準備をさせてやるんだ。

俺はなんの心配もなく、普段どおりの生活を送る。あいつに逃げ場所はなく、いつでも連れ戻すことができるとわかっているからだ。俺がいなくて寂しさでおかしくなるのはあいつのほうだ。そのうち俺、ディッサタートのところに戻ってくるだろう。

しかし、予想よりも早く、グリーンに与えた自由に終わりを告げるべき日が来た。ホワイト・ライオン※の学生、サラワットが相談してきたからだ。普段から、音楽や恋愛についてのアドバイ

※ タイの大学では政治学部の学生は「ライオン」を自称する。色はどの大学に所属するかを示し、白はチェンマイ大学を表している。

スを求めてやってくる軽音部の後輩だ。

サラワット曰く、俺の妻があいつの好きなやつにちょっかいを出しているらしい。それを聞いて、しばらくショックを受ける。俺の妻が他のやつの妻を口説いている――好みのタイプ、変わりすぎだろ。

もうこれ以上ほうっておくわけにはいかない。次はグリーンが死を見る番だ。あいつを一生逆らえないよう服従させなきゃならない！

コンコンコン

「なんでしょう……あ、ディムさん！」

俺の真正面に立った人物は、自分の部屋の前に俺が立っているのを見て目を見開く。このグリーンのダチを殺《や》って妻を引きずって帰るべきか？　こいつらは俺を騙すために何か月も共謀していたからな。

「俺の妻はどこだ？」

「あの、ええと……」

答えを待たずにすぐ部屋に押し入る。グリーンは満足そうにベッドに横になり、片手にテレビのリモコンを、もう片方の手にスナックの袋を握っている。はん！　人生快適ってか？　この状況を目の当たりにして、マジでおまえの人生をめちゃくちゃにしたくなったよ。

「なんの番組を見てるんだ？　俺にも見せてくれるか？」

「自分のテレビで見なさい……ってディム⁉」

「俺のことまだ覚えてるか？」

「どうやってここに？　誰が教えたの？」

「俺はおまえがどこにいるかわからないほど馬鹿じゃないんだ、奥さんよ。今日はおまえにチャンスをやる。荷物をまとめておとなしく俺と一緒に戻るか、それともおまえのダチを先にボコったほうがいいか？」

そう最後通告すると、グリーンは親友のところに駆け寄って、やつを抱きしめながら、俺とは一緒に戻らないことを告げる。

「イヤよ、あなたのところには行かないわ。一緒にいたくないの」

俺がおまえの涙やうぶに見せかけた演技にほだされると思うか？　目を覚ませ！

「おとなしく俺のところに戻るか、それとも先におまえを泣かしてダチに血を流させたほうがいいか？」

「あなたとは別れたの。もう戻らないわ！」

「関係ない。どちらにせよ連れて帰るからな。バーム、俺はやると言ったらやるやつだって知ってるよな？」

「はい！　グリーン、一緒に帰りなさいよ。あたし、顔をボコボコにされたくない」

「イヤ」

「お願い、帰って。一生のお願い」

そしてまたドラマチックなシーンが繰り広げられるが、俺は全力でグリーンを持ち物ごとバームの部屋から連れ出した。


その後、俺はグリーンの行動をコントロールしやすいように、あいつを軽音楽部に入部させた。俺の妻がタインを口説いていることはサラワットから聞いてるが、問題ない。タインは絶対にあいつを相手にしないってわかってるからな。

俺たちの部屋に戻ってからも、あいつは大げさな態度をとった。俺と一緒にベッドで寝たがらない。別れた人たちは同じベッドで寝てはダメだと言う。俺は同じようにオーバーな態度をとってやり、長椅子からグリーンを蹴り出す。するとあいつはさらに大げさにギャーギャー騒ぐ。俺は哀れみをかけて、ベッドの足元で眠らせてやる。

そんなすぐに優しくしてやると思うなよ。

問題について話し合わずに逃げるのが好きなやつには、間違ってると思い知らせてやらなきゃならない。だから俺は、妻を服従させるためのミッションを開始する。

妻を服従させるミッション　ステップ1：話さない

俺は1週間あいつに言葉をかけないようにする。通信手段もすべて断つ。スマホとノートパソコンも没収する。あいつが俺たちの部屋にいるときは、俺だけに集中しなきゃならない。大学のキャンパスまでは車で連れていってやるし、帰るときも俺と一緒に部屋に戻ってこさせる。

「ディム、スマホ使わせてくれない？　映画の上映時間を調べたいの」

「……」

「ダウンロードしたいものがあるの。だから……ノートパソコン返してくれる？」

「……」

「ねえ。正気？　あなたもう3日もあたしと話してくれてないんだけど」

「……」

「あのレストランでご飯食べたい。すごく美味しいから」

俺は返事はしないが、グリーンが話題に上げたレストランへと車で連れていく。話はしてないが、いつもどおりあらゆる方面でこいつを甘やかしてしまう。クソ。

妻を服従させるミッション　ステップ2：きつい仕事をやらせる

あいつに音楽フェスの準備で、楽器を運ぶ仕事をまかせることにした。なのに、タインと話してさぼっていやがる。

「また怠けてるな、グリーン。こっちに来てこのドラムを運べ」

「はぁい」

「何しかめっ面してるんだ？　他の部員は一生懸命働いてるのがわからないのか？」

俺はそう言っていじめながら、あいつのきれいな体がドラムセットをひとつひとつステージの前面に運ぶのを眺める。

「ほかのみんなは何も運んでないじゃない」

「黙れ。言うとおりにしろ」

「はぁい」

いろいろなものを運び終えた後、あいつは汗を拭きながら床に寝っ転がる。なんとも哀れな姿だ。

「休ませてちょうだい。すごく疲れたわ」

「これを飲め。誰かが置いていったから、拾っといたんだ」と言いながら、水を1杯渡してやる。

「飲んだら死ぬ？」

「これ飲んでおまえが死ぬなら、俺はとっくに死んでいる。おまえ本当にえり好みが激しいな」

「あなた、まるで王様が食べる前に毒見する女官みたい」

「違うな。おまえは王様じゃなく召使いだ。いいからとっとと飲んでくれないか？」

「じゃあ、ちょうだい」

「さっさと飲んで、楽屋に戻って楽器運びを続けろ。もうぐずぐずするんじゃねえぞ」

言い終わるやいなや、俺は歩いて部屋を出ていく。本当はどこにも行かずにここであいつの面倒を見ていたいが、それはできない。親切にしちゃダメだ。あいつに思い知らせなきゃならない。それだけだ……。

妻を服従させるミッション　ステップ３：死ぬほど恥をかかせる

別の音楽フェスの宣伝イベントで、あいつに未経験者の中で、最初に演奏させることにした。

「以上、新入生の中でも経験者組のパフォーマンスでした。次は、アマチュアの新入生を大きな拍手で迎えましょう！」

「おぉーー！　わぁーー！」

「わぉ。盛大な歓声だね！　じゃ、登場してもらおう！」

「タインちゃん」

「頑張れよ」

他の男の妻に色目を使う余裕があるらしい。タインは退屈そうな顔であいつを励ます。見ていて不愉快だから、２人の間に割って入る。

「行け」

「ディム、怖い」

「何が怖いってんだ？　いつも見さかいなしに誰にでも気のあるフリするくせに、だから今日、全員そろってもらったんだ。行け！」

グリーンはただふくれっ面をしているだけだから、観客の大歓声の中ステージまで引っ張っていく。

「ハ、ハローみんな、あたしグリーン。今日は、『Chiang《チェン》 Mai《マイ》 Girl《ガール》』って歌を歌うわ」

「わぁーっ！」

「あたしはチェンマイ・ガール。もうすぐ女になるの！」

4つしかコードのない簡単な曲だから、演奏は問題なさそうだ。問題なのは、あいつの声だ。耐えられない。

あいつが選んだ曲も全然本人に合ってない。確かに、あいつはチェンマイ出身だが。そしておそらく俺のせいで、死ぬ場所も今このステージがあるチェンマイになるだろう。

パフォーマンス中、危ない場面が何回かある。俺は気を揉みながらステージの横に立っている。音を間違える心配はしていないが、あいつが人生最大の惨事と言っていた事件みたいに、また人前で転ぶんじゃないかと心配してしまう。クソ。

演奏が終わると、あいつは震える脚でステージから降りてきた。観客はかわいそうに思ったのか、大きく拍手する。

「あの……あたしを叱るつもり？」

グリーンは震える声で聞いてきた。殺されるのではないかと恐れているんだろう。

「間違えていたな。音が合ってなかった」

「緊張してたのよ」

「4つしかコードのない簡単な曲だっただろ」

「今度もう1度挑戦させて……お願い」

「次はもっとうまくやれよ」

「……」

「でも今日はよく頑張ったな。お疲れさん」

あいつは数秒呆然とした後、俺を見て無造作に涙をぬぐう。

「あたし、人生で最も怖いものが3つあるの。ひとつ目はキングコブラ。2つ目はあなたの蹴り。そして最後は、あたしのことを愛していないあなた。あなたはもうあたしのこと好きじゃないのかと思ってたわ」

ちょっと待て、なんでそんな話になる？　愛に関することなんてひと言も言ってないだろ。でも……まぁいい！

妻を服従させるミッション　ステップ4：強制する

俺はあいつに、サラワットとタインを祝福する投稿をさせることにした。

「やれ」

「イヤ！」

「いいから、今すぐコメントしろ」

「あたしはタインが好きなの。なんで彼がサラワットと恋に落ちて嬉しいなんて入れなきゃなんないの？」

「駄々をこねるな。入力しないと、キングコブラと一緒にトイレに閉じ込めるぞ。今すぐ入力しろ！」

「イヤぁぁぁぁ！」

グリーンは大泣きしながら、やっと入力し終える。今度は俺が大きな課題を解決する番だ。こいつを食べ物でなだめなきゃならない。

「黙れ」

「あなたってほんと意地悪。だいっきらい」

「何が食べたい？」

「はああ？」

「何が食べたい？　連れてってやるから、もう黙れ」

「黒豚」

「食い意地はってるな」

俺は最近、こいつに対してさらに甘くなってる気がする。最悪だ！

妻を服従させるミッション　ステップ5：いじめる

「ディム、手がシワシワになっちゃったんだけど」

「洗い続けろ」

俺は満ち足りた気分でベッドに横になっている。グリーンが洗剤の泡だらけになっている手で俺の注意を引こうとしたときだけ、ちらっとやつを見る。

「一部だけ先に洗っちゃダメ？」

「ダメだ。乾くのが間に合わないだろ」

「1階に洗濯機があるわよ」

「故障してる」

「もう1度確認してみるわ」

「やめろ。俺が故障してるって言ったらしてるんだ。そのまま続けろ。ぐずぐずするな」

「はぁぁぁぁい」

15分後……。

「ちょっと休ませて」

やつは洗濯が終わってないにもかかわらず、ベッドまで歩いてきて横になる。どうしろってんだ？

グリーンの言う休むってのは、死んだように眠ることだ。そしたら服が乾かないだろ？　結局また俺が洗濯の続きをやるはめになる。洗濯機を使うよう指示しとけばよかった。クソ。

妻を服従させるミッション　ステップ６：仕事を増やす

「奥さん、こっちこい」

俺はグリーンを手招きする。やつは抵抗せずにベッドから起き上がり、テーブルにいる俺のところまで来て座る。

「何してほしいのかしら、あなた」

「軽音楽部の友人たちの動画鑑賞だ。やつらの長所と短所を当ててみろ。間違った答えを言ったら、くれてやるよ」

「金のネックレスを？」

「生まれ変わっても俺の召使いになれるギフト券を」

「もう。あたしは何を見ればいいの？」

俺は部活のメンバーの動画ファイルをひとつひとつクリックして開けながら、グリーンと一緒に分析し、称賛し、そして改善点を批評する。

最初の動画はサラワットのだ。

「とってもいいわね」グリーンは嬉しそうに言う。

「こいつの長所と短所を言ってみろ」

「長所はすべてのコードを間違えずに弾いてるところ。短所はないわ」

「違うな。こいつの長所は自然に演奏できているところ。短所はコードを1か所間違えているところだ。終わったな、奥さんよ。明日の食器洗いはおまえの仕事だ」

「はぁぁぁい」

次の動画はタインのだ。

「きゃあ、あたしの夫！　彼の長所はかっこいいところ。短所なんてないわ。彼は完璧だもの」

「明日バルコニーも掃除しろ」

俺はアンという名の学生の動画ファイルを開く。この女はなかなかの演奏スキルを持っていたから、途中入部を認めた。

「彼女の長所は美しいところね。短所はそれが面白くないところ」

「バルコニーの掃除が終わったら、トイレも掃除しろ」

「なんで？　あたしの思ったことって、あなたとそんなに違うの？」

「おまえが俺と同じ考えを持ったことがあったか？　つき合い始めてからずっと、俺たちは違う考え方をしてきただろ」

お互いを想う気持ち以外はな。

妻を服従させるミッション　ステップ7：愛の信頼ゲーム

俺は友人のＬＩＮＥアカウントを使ってグリーンに連絡する。俺はこの友人とはそれほど親しくないから、あいつも誰だかわからないだろう。こいつはグリーンのタイプだから、俺を裏切って浮気するかどうかすごく気になる。俺とつき合ってなかったら、あいつは絶対この友人にいくと思う。

MebTae はじめまして。きみの名前は？
Greenkiki あなた誰？　どうやってあたしのLINEを知ったの？
MebTae 友達に教えてもらった。きみがとてもキュートだから、知り合いになりたかったんだ。
Greenkiki あら。ありがとう。
MebTae で、きみの名前は？
Greenkiki グリーンよ。
MebTae 彼氏はいる？　いないなら、きみを口説きたいんだけど。
Greenkiki すでにいるわ。
MebTae それは残念。セフレにはなれない？
Greenkiki 悪いけど無理よ。

俺の奥さんよ、なんでおまえはそんなにいいやつなんだ。グリーンがいかに俺に対して誠実かを目の当たりにして、少し罪悪感を覚える。あいつにしてきたさまざまな仕打ちが脳裏に浮かんでくる。

MebTae きみはいい人だね。彼氏のことをそんなに大切に想ってるなんて。

Greenkiki 違うのよ。実は、彼にボコボコにされるのが怖いの。そんなことしたら、こてんぱんに殴られるわ。

はあああああああああああああああ⁉　おまえに感心してた俺の時間を返せ、おまえ最低だ。この受け答えを見ろ！　おまえの扱いが悪くても俺を責めるなよ。クソ野郎なのはおまえのほうだ。

友人にスマホを返して、全速力で俺たちの歪んだ愛の巣へと車で戻る。今あいつが何しているのか確認しなきゃならない。部屋に到着してドアを開けると……暗闇が広がっていた。

「おい――」

「ハッピーバースデー・トゥーユー。ハッピーバースデー・トゥーユー！　ハッピーバースデー、あたしの水牛※ちゃん。ハッピーバースデー、あなた」

※ タイ語で水牛は相手を馬鹿呼ばわりする言葉。

俺は呆然とドアのところで立ち尽くす。ロウソクが何本も、温かな光を放って輝いている。そしてその光で、グリーンがドラゴンボールのパジャマを着ていることに気づく。

こいつはドラゴンボールが嫌いだと言っていた。以前ゴクンという名前のやつにふられたからだそうだ。だが、そのアニメを嫌っていても、俺がそれについて話すときは嬉しそうに聞いていた。俺が好きなものなら、自分も好きになるんだと言って。でもまさかここまでするとは思わなかった……。

「ハッピーバースデー、あなた」

やっと我に返り、頬に涙がこぼれそうになる。すごく嬉しいが、今日は俺の誕生日じゃないぞ、馬鹿野郎！

「今日は何日だ？」と真面目な声で俺は聞く。

「14日」

「そう。14日だ。何か忘れてないか？」

「先に、願いごとをしてロウソクを吹き消して」

誕生日でもないのに願いごとをしろだと？　わかった、まぁいい。おまえに合わせればいいんだろ。俺は目を閉じ、うっとうしすぎるグリーンを呪ってから、ロウソクを吹き消す。

グリーンは満面の笑みで、嬉しそうに電気をつける。すると、やつが部屋中をデコレーションしまくってることに気づく。きれいな色とりどりの風船が天井にたくさん浮いている。破裂したら、確実に俺たちの鼓膜も破れるな。

「こっちに来て座ってよ、あなた」

やつの言うとおりにしてから、他のやつの誕生日と俺のとを間違えたんじゃないかと率直に聞く。

「ちょっと待て。今日は俺の誕生日じゃない。いったい誰の誕生日と間違えたんだ？」

目の前に座ってるやつにショックを受けた様子はない。ケーキを小さなダイニングテーブルの上に置いてから、視線を上げて俺を見た。

おまえがすでにケーキのクリームをつまみ食いしていることに気づいてないと思うなよ。でっかい指跡がついてるぞ。

「今日があなたの誕生日じゃないってわかってるわよ。前もってお祝いしたかっただけよ」

「一週間も前にか？　おまえ馬鹿なのか？」

「あなたにお誕生日おめでとうって言う最初の人になりたかったの」

「……」

「あなたがある日あたしを捨てたときに、言っておけばよかったたって後悔しないように」

今度はなんだ？　だが、ドラマのＤＶＤが視界に入り、すぐにピンときた。こいつ間違いなく洗脳されている。

「おまえドラマの見すぎだ」

「ドラゴンボールのパジャマを着てみたんだけど、気に入った?」

「いや。コピー商品は嫌いだ。」

「なんでコピーだって思うのよ? 公式ショップで注文したものよ」

「公式とか嘘つけ! 市場で売ってるのを見かけたぞ」

「でもこのケーキは有名なベーカリーに注文したわ」

「すぐそばのわき道の角にある店のやつだろ」

「ここにある風船、全部1人で膨らませたのよ。ほっぺが痛いわ」

「自業自得だ」

「驚いたでしょ?」

「ものすごくな!」

間違った誕生日。本当に感謝だよ。今後一生忘れない。

「ケーキ食べましょ」

やつは俺の肩を押して椅子に座らせる。フォークもスプーンも準備してある。そして両手にあごを乗せて俺を見ている。そんなんで食べる気分になるやつがいると思うか?

「なんでこんなことを?」

「なんとなくよ。ただ、何晩もの間、あなたはあたしのこと嫌いなんじゃないかって考えてたの」

「……」

「何度もいじめられた。大変な仕事もたくさんやらされた。泣かされもした。十分気が済んだら、あたしから離れてくかもしれない」

「……」

「だから、万が一お誕生日のお祝いができなかったときのために、前もってサプライズでしたかったの」

「そこまで俺に本気なのか？」

　グリーンは俺を見る。いつものように、俺の気を引くために大声で泣きわめこうとしているのがわかる。

「おまえをいじめるのは、前みたいに俺から逃げてほしくないからだ。別れたいからじゃない。言っておくが、かなり怒ってたんだ」

「あれはあなたが胸の大きな女と連絡してたせいじゃない」

「もうその件については説明したはずだが」

「わかってるわよ。でも嫉妬したの。あなたが他の人とお話しするなら、あたしもしてやろうと思ったのよ」

「それで相手にタインを選んだのか？　あいつはすでに恋人がいるだろ。なんであいつにちょっかいを出すんだ？」

「……」

　グリーンはさらにふくれっ面になる。

「わかったよ。悪かった」

「何が？」

「おまえをよく脅すのは、そばにいてほしいからだ。ずいぶん長いつき合いだろ。なんで俺にとっておまえは大切なんだってわからないんだ？」

「さあね。あなたが簡単にあたしを手に入れたからかも。口説いたのもあたしが先だし」

「だから？　それがおまえをふる理由になるとでも？　結局いつも、離れてくのはおまえのほうじゃないか」

　クソ。こいつと話してると頭が痛くなってくる気がする。でも、グリーンがいないと毎日が味気なくなってしまう。こいつは小悪魔だ。お互いのことで悲しんだり、悩まされたりすることはあっても、こういう生活は悪くないと思う。それだけの価値がある。

「いいからケーキを食べろ。大げさに騒ぐのはやめろ」

　俺がそう言うと、グリーンはスプーンを握ってケーキの大半をむさぼり食った。

「あたしと別れないわよね？」

「ああ」

「あたしのこと好き？」

「嫌いだ」

「嘘つき。いつもほんとに思ってることを言わないのね」

クソ、バレてる。

「わかったよ。好きだよ」

「ひゃあ！　こんなに優しくしてくれるなら、あたし明日もまたサプライズであなたの誕生日をお祝いするわ」

「誰がそんなこと言った？　食器を全部洗って風船を片づけるのはおまえの仕事だからな。そういえば洗濯機の中の服はどうした。もう干したか？」

「まだよ。忙しかったの。ＬＩＮＥに送られてきたメッセージに返信しなきゃならなかったから」

「メッセージってなんのことだ？」

「あなたのお友達が送ってきたメッセージよ。あたしがわからないと思ったの？　それともあたしを試したいの？」

やっぱりか！　いつになったらこいつの変な思考回路に追いつけるんだろうか？　こんなやつが俺の妻であることに激しい頭痛を覚える。でも……こんなやつを他に見つけるのは簡単じゃない。

今年は何回誕生日を祝われるだろうか？　こいつは気が向いたらいつでもサプライズで祝ってくるだろうから、予想しておかないとな。

でも、今ひとつだけ確かにわかるのは、俺たちはたくさんの困難に直面するだろうが、俺は一生こいつと別れないだろうということだ。

Special 2

俺はイケてる陽気なやつ

1

Man_maman（マン）おおっ！　タインがいいねした！　サンキュー！ @Tine_chic
KittiTee（ティー）@Sarawatlism タインがいいねって！　タインがいいねした！　ヤッホー！
Thetheme11（テーム）@Sarawatlism おまえは来なくていいよ。彼の面倒はみてやる。
Bigger330（ビッグ）@Sarawatlism いやいや、あいつの面倒は俺がみてやるよ。
Sarawatlism（サラワット）おでのお琴に手をだすｎs
Sarawatlism 俺の男にレをファスナー
Sarawatlism クソ！　俺の男に手を出すな！

俺は友達をからかって、困らせるのがたまらなく好きだ。なんでこんなに好きなのか。たぶん、俺は100パーセントの生粋のサイコパスなんだろう。

今回のチアリーダーの選考会には、ワットは上級生とバンドの練習があるから、タインの応援に来られなかった。それで、俺やみんながタインの手助けをして、見に来られずイラつているワットをからかうことになったわけだ。タインと写真を撮って、ワットにタグ付けしてやる。ハハハハハ。

今日も人の役に立てて嬉しいぜ。

「マン、女子たち見ていこうぜ」

みんなでタインと自撮りをした後、ビッグに誘われる。ふり返ると、チアリーディング部の女子たちがたくさんいて、俺の胸のあたりは火がついたように熱くなる。

「行くぞ！」

「即答だったな」

「そこにおっぱいがあれば、答えはそこにある」

「おまえ、落ち着けよ」ティーが加わる。

「そういうおまえこそ、今にも鼻血出そうになってるじゃないか」

紳士のようにふるまっているやつこそ、心の中は下劣なもんだ。

ティーとは友達だから、俺にはティーが今考えていることが手にとるようにわかる。俺たちはそもそも考え方が似ている。だから友達なんだ。

「馬鹿野郎、マン。僕は1人で突撃する。ついてくるなよ」

ティーはカメラを手に進んでいく。これがやつの極悪な作戦だ。大学公式のファンサイトに載せるためだと言っているが、絶対に部屋で1人でオカズに使う写真を撮影するはずだ。

なんでわかるかって？　やつが写真の中から何枚か俺にも譲ってくれるからさ。俺たちホワイト・ライオンは本当に罪深い。

メンバーそれぞれが女子たちの集団の中へとばらけていった。さて、俺もターゲットを探すとするか。大学のチアリーダーの代表チーム選考会だけあって、きれいな子ばかりなのは間違いない。選ぶ人たちだって、選考会のために特別に美しく仕上げた子たちを見たいだろう。ああ、美人の大群を見ているだけで体が興奮してくるのがわかる。どうにかして何人かお持ち帰りしたい。

俺の好みは実はワットと似ている。実際、俺も可愛い系の子が好きだし、それが男でも女でもどっちでもいい。そんなの気にしていたら、世界の宝石たちから選び抜く絶好の機会を逃しちまうじゃないか。そして正直に言うと、タインは俺もタイプだ。でも、タインは友達の恋人だ。だから俺はタインに手は出せないし、その気もない。ちょっと味見くらいはさせてもらうが。

それで俺はタインを甘い恋愛生活の対象から外して、代わりにタインの友達をもてあそぶことにした。そしてなんと！　彼らはとても可愛い。

ここまで聞いて、「可愛い系がタイプなのに、どうして巨乳のセクシー系の女性を見たがるのか？」と疑問を抱いた人にはこう答えよう。見ることと恋人として欲することは別の問題だ。俺は巨乳の女性たちを魅力的な人々のカテゴリーに入れる。そして可愛い子たちは完璧な恋人カテゴリーだ。

「マン、あなたも来たの？」

「もちろん。可愛い子がいるんだから来なくちゃいけない」

「でも、タインと写真を撮っていたでしょ」

「あれは友達をからかうためだよ。友達がタインのこと好きだから」

「あら、そう。ならいいわ」

彼女はビジネススクール、つまり経営学部のチアリーダーだ。スケベな男が夢に見るようなセクシーな美人が多いことで有名な学部だ。というわけで、その学部の彼女は俺が狙いを定めるターゲットとなる。

「アオム、きみが大学のチアリーダーに選ばれたらご飯をごちそうするよ」

「ということは、選ばれなかったら、ごちそうしてもらえないわけね」

「いや、どうなってもごちそうする」

「話がお上手ね」

「きみのときだけだよ」

「ほんと馬鹿ね」

彼女の言葉におじけづく。つらい。でも彼女の胸元にある2つのメロンを拝むためなら、俺はこの痛みに耐えられる。マンはなんでも耐えられる。

俺の毎日は友達関係か、ナンパが大部分を占めている。大学のほとんど誰だって口説ける。フリーなんだから、こんなふうに世紀の女好きカサノバみたいにふるまったって、別に構わないだろう。

もし今日ある女子に飽きたら、明日は別の子にアプローチしに行く。俺が大事にしてるルールは、ターゲットに真剣にならないということ。俺は自分の寂しさを癒やすために口説いている。それだけだ。相手が本気になり始めたら、俺は即座に逃げ出す。クソ野郎だと思うかもしれないが……実際、俺はクソ野郎だ。

「もう支度しに行かないと」

「オーケー。グッドラック！」

数歩下がってから後ろを向き、友達のほうへと歩く。みんなニヤニヤ笑っている。こういうときはボスが一番ストレートに思っていることを伝えてくる。

「うーん、悪くないね」

「悪いわけないだろ。あんないいおっぱいしてんだから」

「おまえはほんとロクでもないな」

「ボス、おまえよりはマシだよ」

「ざけんな。おっぱい写真にいつも真っ先に『いいね』するのはおまえだろうが」

「2番目はおまえだけどな」

話し終えると、再び可愛い女の子をチェックしに向かう。そのときちょうど、選考結果の発表が始まった。会場はまさに衝撃の瞬間だ。

やがてさっきの巨乳の子が唇をとがらせて俺のほうへと歩いてくる。

「ダメだった」

「いい子、いい子。泣かないで」

俺は彼女をハグし、背中を優しく叩く。俺の優しさや背中に回した手のことは気にしないでくれ。注目すべきは俺の胸に押しあてられている2つの大きな富士山だ。ああ、すげえ。俺は満足だ。

「すごい悲しい」

「甘いものでも食べて落ち着こうか。アオム、聞いてくれ。僕にとっては一番可愛いのはきみだよ」

「でもつらいの」

元気づけようとしても無駄だった。目が赤く腫れるほどアオムが泣いて落ち着くのを待ってから、俺は何か食べさせるためにキャンパス近くの店へと連れていった。そしたら彼女、どんどん感情をぶちまけてくる。悲しさをぶつけてくるのは構わないが、選ばれた人の中には全然美人じゃない人たちもいたとか言ってくるのはさすがにたまらない。嫌な気分になる。しかも彼女、この調子で2時間以上もしゃべり続けたんだから。

女はそういう退屈なもんだって？　俺のナンパ経験から言っても、確かに90パーセントの女性はこんな感じだ。いつか、口数が少なく物わかりのいい女に出会う日は来るのだろうか？

アオムの愚痴を何時間も聞いた後、車に乗せて彼女を寮まで送っていった。俺は手をふり、笑顔で「また明日」といつもの台詞を告げた。

ホワイト・ライオンのメンバーならよく知っていることだが、この「明日」は永遠に来ない。俺はあらゆるSNSでアオムをブロックして、次のターゲットを探し始める。この習慣は止められない無限のループになっている。どこで止めればいいかわからないし、代わりに止めてくれる人もいないからだ。それで俺はこれからも欲望を満たすだけの生活を続けるってわけさ。

「マン、学部で新プロジェクトがあるらしいぞ」

「どうでもいい。1人にしてくれ、ビッグ。俺は失恋中なんだ」

「アホ。失恋中で、なんでそんなヘラヘラ笑ってるんだよ。昨日新しい女と遊んでたって聞いたぞ」

「シーッ」

「つくづくおまえが嫌になるよ。要点だけ話す。サッカーのユニフォームのプロジェクトだ。背中に好きな人を表す言葉を書くことになった。たとえば、ティーはほっぺた真ん丸のユイちゃんのことが好きだから、シャツの背中に『ほっぺ萌え』とプリントする。そしてサラワットならタインを表す『輝く白さ』。おまえはどうする？」

「わからん」俺は即座に答える。

「おまえの女子コレクションに誰かいないのか？　その中から1人選べ。あるいは……男でもいい」

ビッグは俺のことをよく知っている。俺は確かに誰にでも欲情するし、その中には男も含まれる。

「そんな真剣に好きな人はいないんだ」

「すぐプリントする予定なんだ。馬鹿、急げよ」

俺は脚を投げ出して考える。入学以来、俺が認める唯一のニックネームは「マン・オー・ホー」だった。友達がそう呼んでくれるように自分で作ったニックネームだ。それにしたのは、みんながイケてる俺を見て、「オー・ホー」と声を上げてくれるだろうと思ったからだ。なぜかいつのまにか「マン・オー・ハム」になっていたが……。ちょっと恥ずかしい。

「マン……」

「今考えてるんだ。邪魔しないでくれ」

「考える時間なんてないんだ。急ぎの話なんだよ。とにかく誰か1人選べ。おまえが思いつかないなら、俺が考えてやる」

ビッグがそう言った瞬間、ひらめいた。

「それなら『オー・ホー』にする。俺の好きな人が見たら、間違いなくこの言葉を大声で呼ぶはずだ」

実際はまったくのでたらめだ。オー・ホーとは俺のことだ。おお、俺は自分自身に恋しちゃったのか。なんて野郎だ。イケてる。クールだ。すげえやつだ。パーフェクトな男だ。興味を持ったら、いつでもＬＩＮＥのＩＤ、Man_maman に連絡してきてくれ。10分以内に電話してくれたら、サッカー用のすべり止め付き靴下を1足差し上げます。でも後で洗って返してね。

「わかった。オー・ホーで本当にいいんだな」

「ああ」

「昨日ＬＩＮＥでチャットした相手がオー・ホーなのか？」

「いや、あの子はおしゃべりでさ。俺が話す隙を一切くれないんだよ。もうバイバイだね」

「経済学部のあの子か？」

「どの子？」

「昨日おまえに視線を送ってた子だよ」

「いつでもＬＩＮＥかなんかしてくれって、その子に伝えといて」

「彼女と話をしたんじゃないのか」

「クソ、わかってんだろ」

「おい、そういうだらしない生き方をやめたら、いつかちゃんといい人がやって来るんだぞ」

「嘘だな。できるだけたくさんの人と話さないと、誰が自分に合っているか、合ってないかなんてわからないだろ」

「まあ、おまえの人生だ。俺の話なんてもともと聞かないだろうけどな」

「よくわかってんじゃねえか」

ビッグは諦めたように首をふる。俺たちのグループで、最も女たらしと思われているのは俺だ。でもそれがどうした。俺からしたら、話してみて合わなかったら立ち去るってだけのことだし、逆に相性よく続けられたらそれでいいってことだ。

「誰かを本気で好きになったことはないのか？」

サラワットが冷たい声で聞いてくる。こいつの真顔にはイラっとくる。まるで俺がアホな答えをするのを待ち望んでいるかのような目で俺を見る。

「みんな大好きさ」

「彼女たちの人間性が好きなのか、ただ単に彼女たちの胸が好きなのか？」

「おっぱいも好きだよ。おまえだってタインの胸を揉みたいと思うだろ。それと同じ」

「同じじゃない。俺が揉みたいのはタインの胸だけだ。誰かれかまわず胸を狙おうとするおまえとは違う」

「うるさい。おっぱいは恋と一緒にやって来る贈り物なんだよ」

「馬鹿野郎。おまえは誰かを好きになるとか、愛するとか、そういうことの根本的なところがわかってない」

「どういう意味だよ？」

「おまえは誰にも真剣にならないからわからないんだ。本当に誰かを愛するなら、相手の言うことをすることを我慢して、その人間性を受け入れなきゃいけないのに、おまえにはそれができない。

おまえにとっては相手の話を聞かなければならないのが苦痛なんだよな。なぜなら話を聞いても何も得るものがないとおまえが思っているからだ」

俺はこれまで美女たちと会話した詳しい内容について、友達に話したことはなかった。よかった、またはダメだった、としか言ったことがない。

ホワイト・ライオンのメンバーはいつも俺のことを見ていて、行動のすべてを知っている。だから、俺に気をつけろよと言ってきたり、叱ったりするのだ。

「俺がずるい男だってのはわかってるだろ。誰かと話すときは、何か見返りを得たいんだよ」

「違うな」

「いやそうなんだって」

「違う」

「おまえと話すときもそうなんだぞ」

「誰かを本気で好きになったら、そういう考えにはならないはずだ」

「おおー！　俺は興奮してきた。俺も早く誰かに執着したいもんだね、ワット」

俺はワットの頭を押しやり、会話の続きを拒否するためにヘッドホンをつける。

俺だっていつかぴったりくる相手を見つけられると信じている。単に時間の問題なのだ。時間だけはどうにもならない。だからそのうちなるようになると思っている。それに今はまだ独り身の生活を楽しんでいるんだ。相手に飽きたら、消え去るだけ。それなら、しがらみもないし、相手に心を捧げる必要もない。他人のすることに心を傷つけられることもない。いつか来るその日までは……。

ワットが休み期間中に電話をしてきた。シリアスな声で、こっちもストレス度が上がるくらい。話の内容はといえば、タインの兄が彼らが一緒に住み始めた部屋に来ていて、邪魔者になっているという。早くバンコクに帰る気になることを待つより仕方ないらしい。

タインの兄の名前はタイプ。サラワットの話だとちょっと変わった人間のようだ。直接会ってみたいという気持ちが強くなる。

そして、新学期の初日。ワットが電話してきて、タインとタイプが大学に来ているという。それで俺は友達と一緒に彼らを探しに行くことにする。俺の友達の恋愛生活の邪魔をするとは度胸がある。いいだろう。待ってろよ。

「さあ待ってろよ」

「あそこだ」

テームがテーブルを指さす。でもタインの兄さんはそこにはいないようだ。それで俺たちはかっこつけた歩き方で近づいていく。

「タイン、元気か？　久しぶりだなーおい」

俺はいつもどおりのいやらしい声色で話しかける。タインは俺を見上げて、怒るような強い視線を向けてくる。

「どっか行け。ちょっかい出すなら他の人にして」

「なんで俺が他人にちょっかい出す必要がある？　よう、みんな。とうとう学期が始まって、もうゲームで一緒にバトるヒマもないな。寂しー」

俺はサラワットの隣に座る。向かいの真ん前の席が空いている。ということは……。ここがタイプの席で間違いない。

タイプと呼んだっていいだろう。会ったことはないが、ワットの邪魔をするんだから、意地悪な顔をしているはず。賭けたっていい。

「ワット、なんで幽霊みたいな顔してんの？」

「もう知ってるだろ」

「例の彼、どこ？　俺、会いたい」俺の言葉にみんながうなずく。

「飲み物を買いに行った」

「それ、うちの兄のこと？」

タインが割って入ってきたので、俺は悪意を込めた笑みを返す。口で答える必要はない。俺はワットのために仕返しするつもりで来たんだから、多くを語るべきではない。唯一できることはスマホいじりに集中することくらいだ。

「ずいぶん混んでいるなあ！」

ついに待ち人がやって来た。手に持ったブルー・ハワイのグラスをテーブルに叩きつけるように置く。俺はまずグラスに視線を向け、それからその怒ったような声の持ち主の顔を見上げる。タインの兄の顔を見た瞬間、それまで彼に対して抱いていた悪い感情が突然消え失せた。これがタイプさんか？　本当に？

タイプさんは少し口をとがらせながら、タインの隣に座る。なんだ？　どうして怒ってるんだ？　なんてこった！　そのとき最初に頭に浮かんだ言葉は「オー・ホー」だった。オー・ホー！　タイプさんはめちゃくちゃ可愛い。乳首が固くなってくる。

「げ、激カワイイ」

あっ、思わず大きな声で言っちまった。みんなが俺を見る。でも気にしない。俺は、タイプさんの顔を眺め続ける。彼はとても可愛らしい。

可愛さの種類としてはタインと同じ系統だ。でもタイプさんの顔はもっととっつきにくく傲慢な印象がある。それで2人は違う顔になっている。

俺は障害があると燃える性格だ。だからタイプさんの顔にはやる気をそそられる。

「今なんと言った？」

タイプさんが俺を問いつめるように言う。俺が顔をじっと眺めていたことに気づいたらしい。彼、すんげえ可愛い！　好きすぎて彼になんでもあげちゃいたいほどだ。何か欲しいものがあったら俺に言ってくれ。探してくるから。

「何も、俺、タインに言ったんです」

心の中では舞いあがるほどだったが、表面では冷静さを保つ。彼をからかってみたくなって、わざとずらした答えをしてしまう。

「うちの弟が好きなのか？」

いや、好きなのはあなた！　欲しいのはあなた！　しかし俺は口ではこう答える。

「まさか、親友のものに手を出しませんよ。それってこの世の第一のルールでしょ」

「うちの弟はおまえたちのグループの中の、誰かのものということか？　弟はどの友達のものになっているんだ？」

「おっと。まず～い」

俺はわざとらしく口を手で押さえる。テーブルの下でタインがしきりに脚を蹴ってくる。骨を折るつもりか、馬鹿。

「みんな、これ、僕の兄さん。名前はタイプ」

蹴り終わったタインが、俺たちに彼を紹介する。

「こんちわーっす！」ホワイト・ライオンのメンバー全員で彼にご挨拶。

「タイプ、これはビッグと、ティー、ボス、テーム、それと、マン」

「なかなかたいした人物たちのようだな？」

また突っかかってきた。うーん、口が悪いなあ。２度と俺たちに何か言ったりできないように、今度は口をふさいじゃうぞ。

「俺ら、たいしたくらいじゃないですよ、最高っす。あは」

ボスがジョークを飛ばすが、完全にスベる。このジョークに答えるのは1人だけだった。それも貴族のように優雅にやってのける。

「口は食べるために温存しておくんだな」

「うぉお〜」

「学部はどこなんですか？」

俺もこの会話ゲームに参戦する。このまま彼に友達をなすがままにされるのは見すごせない。

「経済学部だ」

「うわー、クール！」

「黙れ」

「その黙れって言葉、買っていいですか？　捨てるんで」

本心ではあなたのハートを買い上げたいよ。

「これは売りものじゃない」

「なぜそんなに意地悪なのかな？　キュートな人ってみんな意地悪ですよね」

「おまえは犬か？　吠えてばかりいて」

「吠えるばかりじゃない、追跡もするよ。こんな話を聞いたことはありませんか。猟犬は恐ろしいけど、それよりもマンっていう名のハンターに遭ったら、真の恐怖が味わえるぜ」

おお、つい言ってしまった。自分でももう止められない。それなら続けるしかない。

「おまえのような人間は口ばかりだ。行動となると、何もできまい」

「それ、証明させてもらっていいかな、あなたで」

「キショい」

「証明しますよ。そうしたら、もうスケベな夢でシーツを汚さなくってすむな」

「貴様、何を言っているんだ？」

おお、彼は怒れば怒るほど可愛い。もとはといえばワットのために仕返しをするつもりだったが、気が変わった。タイプさんに狙いを定める。彼が好きだ。こんな幸せな気持ちは生まれて初めてだ。

「待ってください。そんなに怒らないで。ご飯でもおごれば機嫌はよくなりますか？」

「おまえなんぞと食事はしない」

「なぜですか？　何が怖いんですか？」

「俺は何も怖くない」

「嘘をつくのが下手ですね」

「マン、そろそろいいかげんにしろ」

我慢の限界が来たらしい。彼は立ち上がり、俺の襟元を荒々しく掴む。俺まで立ち上がるはめになってしまう。

ああ……いい香りがする。俺たちは今すれすれのところまで接近している。あと半日、彼を独占したいと本気でそう思う。最高だ！

「タイプさん、落ち着いてください。マン、どうしてタイプさんを挑発し続けるんだ？」

おい、余計なことするな。ボスがタイプさんを俺から引き離しにかかる。俺たちは今真剣なんだ。なんで俺たちの大事な時間を邪魔しようとするんだ。ちくしょう。ボスを徹底的に蹴飛ばしたい。

そして、スター・ギャングのメンバーたちがタイプさんをなだめるために近くの別のテーブルへと連れていった。お陰で首を伸ばさないと彼の姿が見えなくなる。これがいわゆる「恋に落ちる」ってやつだな。俺たちはこんな近くにいるのに、遠くにいるように感じる。

俺はインスタグラムで愛の告白をするしかなかった。

Man_maman お会いしないで光栄。笑

あいまいなキャプションをつけた写真をアップして数分後、そばでスマホをいじっていたみんなが、何も知らないかのような冷静な表情を保ちながらも、一斉にマシンガンみたいなすごい勢いでコメントをしてくる。

Thetheme11「愛したくて光栄」って意味？
Boss-pol（ボス）ユニークだな。
KittiTee ウヒー。
Bigger330 写真欲しい？　笑
Man_maman 歌のタイトルだよ、みんな。歌だ！

みんな、俺自身より俺のことを知っている。それに他人のことに首を突っ込むのが得意な連中だ。大学に勉強しに来たんだか、他人を観察しに来たんだか。でもみんなをとがめても仕方ない。だって俺もみんなが好きだからな。

「マン、何も言うなよ。おまえが今何を考えているか当ててやるから」

ビッグがスマホから目を離し、俺とあの人を少しの間じっと見つめた。運よくタイプさんが視線に気づくことはなかった。もし気づいていたら、また争いが勃発しただろう。

「さあ、俺は何を考えているんだ？　自分では見当つかない。純朴なんでね」

「タインが邪魔だな、あの野郎」

「あんまりそう言うな。わからない人は一生わからないんだから」

「そうだな。いつもワットにいろいろ文句言ってるくせに、それを今自分でしてるんだから。新米の偽善者め」

感覚がマヒするほどにみんなに言葉でなぶられる。俺はこんなにいじられたのは初めてだ。それなら俺が本当は強いやつだってことを見せてやろう。

恋のためなら、こんなことだってする。

Man_maman @Tine_chic　おまえにもストレートに言ったほうがいいよな。おまえの兄ちゃんにアタックしていい？

弟にお許しを願ったわけだ。よし！

ワットやホワイト・ライオンのメンバーから大激励を受けた。そのお陰で俺の中に、この心理ゲームに勝利するための精神力がふつふつと湧いてくる。最初に先制点を狙って、全速力で自販機へと走り、タイプさんのためにありとあらゆるドリンクを買う。

「お好きなものをどうぞ」

俺はタイプさんがいるテーブルにまっすぐ向かい、彼の目の前にドリンクを次から次へと置いた。彼は少しの間それを眺めて、すぐに目をそらす。

「タイプさん、あなたのためのドリンクですよ」

「飲みたくない」

「じゃあお菓子はどうですか？」運よくいくつか買ってあった。

「好きじゃない」

「でも僕は好きなんですよね……」あなたのことが。

「何が好きだって？　ええっ？」フォンが懲りずにからんでくる。つまらないやつ。

「おまえには関係ないだろ。張り倒されたいのか」

「いや、あの女の子のことだと思ったんだよ。ほら、おまえが2000バーツ使った子」

「彼女を好きになったのは2時間だけだ」

クソ野郎。フォンは俺が普段からプロの女性に金を支払って相手をしてもらっているみたいに言うんだ。しかし待てよ。もしここでこいつを膝でぶちのめすとする。今俺が惚れている人の前でだ。すると俺はタインの友達からはもちろん、自分の友達からの信頼も失うことになる。そしたら誰が俺の味方をしてくれるんだ？

「失せろ。失せろ」

俺の愛しの人が自ら俺たちを追い払ってくれた。それで俺は悲しく自分のテーブルへと戻る……。夢でも見ているのか？　俺は現代のカサノバで、だからこそ絶対に恋を諦めてはいけなかったはずだ。俺は厚かましくなければいけない。

そこで決心し、タイプの隣に堂々と座ることにした。彼はずっと俺に向かって怒鳴り続けたが、俺は何も感じない。むしろ満足していた。1時間後、ワットとタインがまたも俺から彼を引き離していった。今夜、俺は間違いなく彼のことを考えてシーツを汚すはずだ！

タイプさんを誘う手段がそろっているのは幸運だった。俺は即座にワットに電話し、ワットとタイン、そしてタイプさんをバーへと誘った。

実は俺はバー通いには飽きている。誰かにバーにいるから合流しろよと誘われても、行きたくないと断るだろう。でも今回は別だ。だからあわててシャワーを浴び、服を着て、バーに一番乗りで着いた。本当はこんなところ来たくないのに。

ワットの返事を待つ。タイプさんが来ないなら、今回はキャンセルだ。だが意外にも彼は来た。愛しの彼が俺に合流してくれたのだ！

薄暗い店内でも彼はすごく可愛い。彼を歓迎するためのゲームを提案し、それをやったら、彼はひどく酔っぱらってしまった。それで俺たちはお開きになった。タインも酔っていたので、チャンスとばかりにタイプさんを背中に担ぎ、駐車場に向かうが、残念なことにワットが俺を止める。

「タイプさんをどこに連れていくつもりなんだ？」

ワットがタインを腕で支えながら、いつもの冷たい声で聞いてくる。

「車に乗せて送ろうと思って」

「俺たちの部屋に連れてこいよ。いいか？」

「俺の部屋じゃダメなのか？　お世話したいんだけど」

「変なことするなよ」

「そうかい。おまえにとっては、俺はそういうことをしそうな人間だってことだな」

「おまえは間違いなくそういうことをしそうな人間だ」

ワットは俺の部屋にタイプさんを連れて帰ることに反対みたいだ。だからこいつが許してくれるまで何度も頼み込んだ。一線を越えないことも約束した。俺はそもそも寝ている人や酔っている人には、手を出さないことをルールにしている。皆さんが思っているようなことは何も起きませんよ。

俺はタイプさんを自分の部屋へと連れていき、ベッドに寝かせた。アルコールで顔が真っ赤になって、ろれつも回らなくなっている。しばらく枕とブランケットを探して手をさまよわせ、ついに見つける。可愛い。

俺は頭をふり、シャワーを浴び、それから彼の世話をするために部屋に戻る。彼はまだぴったりとした外出着のままだ。この格好のままでは寝苦しいだろう。それで俺は着替えさせることにした。おっと、脈がとても速くなるのがわかる。

彼の肌は明るくきれいだ。俺はもう死んでもいいくらいの気持ちになる。彼の紅潮した肌を見れば見るほど、ムラムラしてくる。俺は気持ちを落ち着かせるため数を数えながら、歯ぎしりをしつつ、彼を着替えさせる。着替えが終わるとすぐさま友達に電話した。

「テーム、俺はもう我慢できないよ。俺はどうしたらいいんだ。うおああ」

タイプさんは変わらずベッドに寝ている。俺は卑しい考えが浮かんでくるのを抑えられなかった。

「なんだよ。もう寝てたんだぞ」

「俺はもう耐えられない。抜きたくてしょうがない！」

「ポルノ動画を送ってやるよ。もう夜も遅いから、興奮しすぎるなよ」

「そういう話をしてるんじゃないんだ。彼を犯しちまいそうなんだよ。この感情を抑えるにはどうしたらいいか教えてくれ。頼む」

「名案がある……」

テームの案はバスルームに閉じこもり、シャワーを頭にかけ続けて冷静になれというものだった。その結果、俺は午前2時までシャワーを浴び続けるはめになった。そしてもちろん指と体のあちこちがしわしわになった。もうこれ以上シャワーは無理だ。それでバスルームから出て、服を着た。ベッドのタイプさんは穏やかに幸せそうに寝ている。

こんなに我慢をしたことはこれまでなかった。起きていればいいなら、涙が出るほどケツを叩けばいい。だが今回は眠らなくてはならない。うーーーーむ。

目の前の酔っぱらった男を眺めているだけで、俺はブランケットを噛みしめて耐えなければならなかった。この男に触れてはいけない。触れたが最後、そこで自制できる自信がない。きっとその先まで行ってしまうだろう。

翌朝、俺は手がつって痛くて仕方なかった。ブランケットをちぎれそうになるほど握りしめていたからだ。だが、ブランケットの心配をしている暇はない。タイプさんが俺のことをすごくにらみつけているからだ。彼は俺の体を頭から足先まで見て、それから自分の体を不快そうな顔つきで見ている。

「俺は……」

ドスン！　バン！

「いや、殴らないで、俺は決して……」

バン！

バン！

「俺の話を……」

口から血が流れてきた。クソ！

その後は壮大な戦争のようだった。昨夜は何もなかったと俺が言う前に、タイプさんは俺をボコボコにぶん殴る。俺は指を動かすことさえできない。

俺は何もしなかった。なのになんでこんなに殴られなきゃいけないんだ。しかも、なんと彼は出ていくときにドアを蹴飛ばした。今、俺の恋は終わった。ここまで拒絶されたら、もはや望みはなさそうだ。俺はタイプさんの全身を包み込むことを望んでいたのに、彼は俺を足蹴にしただけだった。実に素敵なお話じゃないか。

家に連れてくるんじゃなかった。ワットと一緒に帰しておけば、状況はまったく違っただろう。

あるいは、これはみんなが俺に言う因果応報ってやつだろうか。最初から行儀よく生きていれば、俺は今ごろ恋人に恵まれていたんだろうか。やっと本気になれたと思ったら、殴られた。オー、俺のタイプさん。

不運な俺にさらに悪いニュースが飛び込んできた。タイプさんは行ってしまった。いや、死んだという意味ではなく、バンコクに帰ってしまったんだ。さよならさえ言わせてくれなかった。もう生活に身が入らない。タインにタイプさんの電話番号を聞いたが断られた。運よく彼のインスタグラムとフェイスブックのアカウントは探し当てることができた。インスタはしばらく更新なし。だから選択肢から外す。そうすると、俺の手に残るのはフェイスブックのアカウントのみ。だが100回も友達申請を送っても、承諾してもらえない。

お手上げ状態になっていた俺のもとにティーがやって来て、恐ろしい作戦をささやく。

「それなら、フェイクのアカウントを作れよ」

なんてこった。こんなすばらしいアイデアを今まで思いつかなかったなんて。俺は馬鹿になってしまったんだろうか。さて、タイプさんの心を掴むための計画を再開するぞ。

I love my wife the most さっきのあの人、イ・ミンホだったと思う。そっくり @EmQuartier ※

新アカウントのステータスだ。すると、友達みんなが俺を助けるために次から次へとコメントしてくる。

Nattapong Bigger（ビッグ）ほんとにバンコクにいるのか？

I love my wife the most いや、注意を引きたいだけさ。

Tee Kittipat（ティー）この名前だったら、彼が友達リクエストを承諾するのは望み薄だな。おまえ、馬鹿かよ。

Boss Boss（ボス）さすがに俺でもこれは承諾しない。

Theme Thanit（テーム）フェイクアカウントにしか見えない。おまえはとことんアホだな。作り直せよ。

うんざりする連中だ。俺を勇気づけるつもりはないのか。アカウント名を変更しなければならないので、俺はネットで可愛い女の子の写真を探し、名前は……。

MuMint Lalita みんな、わたしムーミント。友達申請待ってるね。

俺はずる賢いやつだ。善人はこういうことをしない。新アカウントがホワイト・ライオンのメ

※ EmQuartier（エムクオーティエ）はバンコクの大型商業施設。

ンバーたちの審査を通過し、俺はタイプさんに友達申請を送った。そして12時間後、ついに彼が承諾した。よし！　勝ったぞ。

俺はタイプさんのアカウントに24時間張りついた。たいした変化は起こらない。インターンプログラムに備えて、大学で学んだ内容を整理しているようだ。彼がチェンマイとバンコクの会社に応募用紙を送るのを見て、心が乱れる。どう祈れば、彼を再びチェンマイに来させられるだろう？

Type Teepapat（タイプ）バンコクでお願いします。

俺はこの投稿を見て、心臓が高鳴った。思わずコメントしてしまう。

MuMint Lalita なぜチェンマイでインターンをしないんですか？　わたしはチェンマイで勉強しています。とても美しい街ですよ。

Type Teepapat 誰？

MuMint Lalita わたしの名前はムーミント。あなたのファンです。

実際は俺の名前はマンだ。あなたの未来の夫だ。

Type Teepapat 運がよければバンコクで、悪ければチェンマイでインターンをすることになる。チェンマイには嫌いな人がいるからね。

MuMint Lalita それは誰ですか？

3時間経っても、彼はレスをよこさない。それなのに次々と別の新しい投稿をしている。彼はムーミントの正体に気づいたのだろうか。ホワイト・ライオンのみんなは、相手と距離をとり、コメントしたりせずにとにかく監視し続けろとアドバイスする。

Type Teepapat ときが過ぎれば悲しみは薄らぐ。

5分と経たないうちに、俺も投稿する。

MuMint Lalita ときが過ぎれば悲しみは薄らぐ。

Type Teepapat 俺の投稿を真似したの？

MuMint Lalita わたしのアイドルだと思ってるから。へへ。

Type Teepapat その「へへ」っての誰かを思い出すなあ。知人に変なやつがいるんだ。
MuMint Lalita 変なってどんな？
Type Teepapat マン、このクソ野郎。

さて、ここでクイズです。それからタイプさんがどうしたか。簡単な問題だね。5秒もしないうちに俺をブロックした。大正解！

ムーミント・アカウントはもうダメだ。マンは再びお手上げ状態になった。俺は3時間近く悲しみに打ちひしがれた。こういうとき多くの人はアルコールに頼って、他人の注目を引くのかもしれない。でも俺は普段から酒を飲むのが習慣になっているからその手も使えない。そして午後8時、サラワットが誰かから話を聞いたらしく電話をしてきた。

タインが俺をかわいそうに思って、タイプの電話番号を教えてくれた。待っていられず、すぐに彼に電話をする。電話口の向こうでタイプさんの声が聞こえた瞬間、俺の心は溶けそうになる。俺はすぐに彼に答える。以下の長々しい挨拶で……。

「こんば……」

電話を切られた。クッソーー！

友達の電話を使ってかけ直すが、状況はさらに悪化。俺と話したくないからって電源を切りやがった。彼のふるまいに俺も熱くなってくる。めちゃくちゃぶん殴ってやりたい。俺は友達と直接会って、この問題について話さずにはいられなかった。

「おまえとタイプさんの間で何が起きてるんだ？」

サラワットが聞いてくる。ワットはこれまでも、人生で出会う人々に対する俺の態度に口を出してきたが、今回みたいに個別の人間関係について聞いてきたのは珍しい。俺がこの件には真剣だからだろう。

「俺は彼が好きだ」

「ただ好きなのか？」

「本気で好きなんだ。これまでこんなに人を好きになったことはない」

「おまえ、同じことを俺の妻にも言ったことがあったよな」

「あれはジョークだ」

ワットはいつも俺をとがめる材料を見つけようとする。確かにタインは可愛いが、人間としてはそれほど好きではない。俺はおしゃべりなやつは苦手だ。俺が好きなのはタイプさんのように冷静で穏やかな人なんだ。

「それで……おまえ、本気なんだよな？」

「ああ」

「彼を手に入れた後で捨てたりしないと誓うか？」

「そんなこと言うなら、まず手に入れさせてくれよ。会うことができるかどうかさえわからないんだから。それに遠距離すぎる。俺は週に5日バンコクに通ったりなんかできない」

「それならどうするんだ？　ギブアップか？」

ワットは今すごく意地の悪い顔をしている。嫌なやつだ。

「ギブアップはしない。彼と話すために新しいアカウントを作るつもりだ」

「作っても無駄だぞ」

「……」

俺は口をつぐむ。サラワットも黙る。お互いを見つめているが、この視線でワットが俺に恋することはないだろう。すまない。俺もワットは好みではない。ただ、今の状況が2人を沈黙させている。今までは、誰かを好きになったとしてもこれほど頑張ったことはなかった。それにこれほど拒まれたこともなかった。他人からはお気楽な外面しか見えないかもしれないが、俺だって内面は真剣なんだ。

「マン」サラワットが先に口を開いた。

「1人にしてくれ。俺はフェイスブックに新アカウントを作る」

「タイプさんはチェンマイでインターンをすることになったぞ」

「えっ？」

「俺も今夜知ったんだ。最初はおまえに言うつもりはなかったんだが、でもおまえ、この件には真剣みたいだし、だから……」

「ワット！　おまえこそ真の友達だ。愛してる！」

「俺はおまえのこと嫌いだけどな」

「それ本当の話か、それともフェイクニュースか？」

「お祈りでもしてろよ」

「クソ野郎」

「じゃあ、ちゃんと準備しておけ。あとは彼に会ったときにあんまり困らせるんじゃないぞ」

「へへ」

こんなに嬉しいのは2年前にルームメイトに借金を全部返し終わったとき以来だ。最高のニュースだ。

2

1か月目――。

俺の可愛い、猫みたいにキュートな顔をして、行動は猟犬並みにどう猛な、あなたへ……。

嬉しいことがある。なんとタイプさんが俺のもとに戻ってくるんだ。

俺は大声で叫んで世界中のすべての人々にこのニュースを伝えたい。実際にできるのは、ベッドでブランケットを噛みしめながら興奮で眠れない夜を過ごすことだけだけれど。明日になれば彼に会える！

ワットによると、タイプさんはインターンのため、ここチェンマイに3か月間滞在するという。つまり、彼の心を掴むチャンスが90日間与えられたというわけだ。

翌朝、タイプさんがタインをキャンパスまで車で送ってきたところを見かける。このあたりでは見ない車だから、彼はバンコクからチェンマイまで車で来たのだろう。タインが俺の親友ワットと歩いていくのを確認し、ついに俺の舞台の幕開けだ。

「ヤッホー。とてもいい天気ですね！」

タイプさんは俺を見て、ため息をつく。大学の制服の白シャツにネイビーのネクタイ。そして背が高くスレンダーな彼にぴったり合うズボンを穿いている。彼の姿を見るだけで、俺は嬉しくなって身震いする。彼の全身を飲み込んで、お腹にすっぽり収めたい。

「最悪だ。空気がまずくなる」

「俺もさっきまでそう思ってたんですけど、でもあなたに会ったとたん、どこからか新鮮な空気がやって来て、とても気持ちよくなりました」

「馬鹿なこと言うな」

「じゃあアホな話でもしますか」

「つまらん。クソでも食ってろ」

「試したことはあるんですが、美味しくない。だからやめました」

彼は今にも殴りかかってきそうだったが、やめた。近づいたが最後、俺がキスするつもりだと気づいたのかもしれない。

「おまえとは一切関わりたくない」

車のほうへと歩きながら彼は言った。目の前の問題から逃げ出したいのかもしれないが、そう簡単に逃がしはしないぞ。俺はどんなところにでもついていく。

「インターンしているのはこのキャンパスの近くなんですか？」

「うるさい」

「大学の制服、とても似合ってます。すごく可愛い」

「おまえには会いたくない。クソ野郎」

「それは難しいと思いますね。今日からは毎日会うことになります。慣れてください」

「蹴り飛ばされたいのか？」

「俺はあなたに感じるものがあるんです」

「えっ？」

「いいもの。俺は何かいいものをずっと探してきたんです。そしてついに見つけました。あなたが俺にそれを与えてくれるなら、俺は喜んで受けます」

「おまえ……」

「確かに俺はあなたを困らせるのが好きです。でもあなたの役に立ちたいとも思ってるんです」

心の奥では、彼がいつか俺にチャンスを与えてくれると信じている。たとえ、今は望み薄に思えてもだ。俺はそれくらいに真剣なんだ。フェイスブックでの過去のやりとりを削除した。巨乳の女の子たち全員と絶縁した。インスタグラムで日本のセクシー女優のアカウントは全部フォローを外し、元カノたちの電話番号をすべて着信拒否にした。俺はありとあらゆることをした。新たな人間、ニュー・マンへと生まれ変わるために。

それもすべては今、目の前で、俺に怒りをあらわにしている人のためだ。

「自分のことは自分でできる。おまえの助けは必要ない」

「同じことでも自分でした場合と他の人にしてもらう場合とでは、まったく意味が違うということをあなたは知らないんですね」

「……」

「自分でするのはしなければ我慢できないからでしょ。だけど、俺があなたの代わりにするのは俺の意思の問題です。するもしないも俺の自由です。でも、俺はあなたのためにしたいと思ってます」

驚いたか！　うまいこと言っただろ？

「なんの話かよくわからんな。遅れてるんだ。インターンの会社に行かなきゃならない。ついてくるなよ」

バン！

叩きつけるように車のドアを閉める音の後、カアカアとカラスの鳴く声がむなしく響き渡る。生まれてこのかた、俺のジョークを理解しない人はいなかった。タイプさんは最初にして唯一の人かもしれない。

ホワイト・ライオンの週末はだいたいいつも暇だ。特にすることも思いつかず、俺は昼すぎまで寝た。起きてシャワーを浴び、下の階に降りて食べ物をあさった。独身男の生活はこんなもんだろう。友達もみんなたぶん同じように一日中寝ている。しかし、今日は1人だけ寮にいないやつがいた。

ブブブブブー！

Tee Kittipat マン、おまえどこにいるんだ？　マーーーーーン！　おい馬鹿、返事しろ。

Man Maman なんだよ、そんなにあわてて。おまえ、なんかあったのか？

Tee Kittipat タイプさんをスターバックスで見たぞ。1人だった。（写真添付）

おお、なんと！　写真を目にした瞬間、急に体に力が湧いてくる。愛しの人がコーヒー店にいる。Tシャツにショートパンツを穿いて、本を読んでいる。他の人間に彼の太腿を見られたくない。ティーに返事をしてから、皿に盛ったものを急いで食べて、すぐにスタバへと車を飛ばした。

到着すると、店の奥に座っている彼の姿が見えた。俺は勇気をふりしぼって彼のもとへ近づき、何も言わずに向かいの席に座った。

すぐさま、彼は集中して読んでいた本から目を離して顔を上げる。そして俺は彼に微笑みかける。

「おまえ、なんでいるんだ？」

「すみません。俺も、ここが本を読むのに静かな場所だと思ったから」

「本当に？」

彼は俺の頭から足先まで観察するように見る。俺の格好はサッカーのユニフォームにサンダルだ。その上、本を1冊も持ってきていない。

「他に席が空いてなかったんで。一緒に座ってもいいですか？」

彼が美しい黒い目で店内を見渡す。お昼どきだけあって、幸運にも俺が言ったとおり、本当に席は埋まっている。

「どうせ俺を邪魔しに来たんだろ、このクソ野郎」

「えっ？　俺なんかしました？　本を読みに来ただけなのに」

「なら、本はどこだよ？」

「車の中」

「じゃあとりに行けよ」

「ってことは座っていいの？」

「座りたいのか、座りたくないのか」

「じゃあいいんですね？」

彼は答えなかった。それで俺は彼に笑顔を見せてから、全速力で駐車場に走った。俺が本当に読書に来たと彼を驚かせるために、車の中に本がないか探す。

だが、本のかけらもない。俺の車は空っぽ。頭と同じく空っぽ。俺はあわててデパートに駆け込んで、ペンと鉛筆と本とノートを買った。そしてスターバックスに戻る。豚みたいに汗をかいているが、何事もなかったかのように平静を装う。しかし……。

タイプさんがいない！

「あの、ここに色白の男性が座っていませんでしたか？」

俺は店員に尋ねた。店員は少し考えてから答える。

「もうお帰りになりましたよ」

「トイレでは？」

「うーん、いや。荷物全部持って店から出ていったから。ところでご注文はいかがしますか？」

「いえ、いらない。妻を探しに行かないといけないので」

妻は去ってしまった。どこにいるか見つけたら、俺を無駄に疲れさせた罰として平手打ちしてやる。あの野郎！

その後、ホワイト・ライオンのメンバーがスパイとして頑張ってくれたお陰で、俺の日常は一変した。みんな、獲物の一挙手一投足を報告してくれる。マンの目のなきところタイプさんなし。俺はお粥の屋台だろうと、バーだろうと、公衆便所だろうとどこでも彼をつけ回した。復讐を誓う怨霊のように彼の後を追いかけた。

タイプさんは毎回、静かに姿を消して、俺から逃げる。あるときはトイレに入ると見せかける。またあるときは電話がかかってきたフリをしながら、足早に立ち去る。10分と一緒に座ることができなかった。

そして今日も……。日曜日、すでに正午を回っていたが、俺はまだベッドで寝ていた。そのとき、フェイスブック・メッセンジャーの通知が、俺を心地よい眠りから引きずり起こした。スマホを手にとって見ると、友達からのいつもの報告だ。

Tee Kittipat マン。マン。マーーーーーーン。死んだのか？　レスしろ、馬鹿。
Man Maman 何？　寝てたよ。
Tee Kittipat タイプさんをスターバックスで見たぞ。１人だった（写真添付）。

おお！　デジャヴ！

まったく同じパターンだ。同じ店、同じ奥の席、同じような格好をして、1人で座っている。急いでバスルームでシャワーを浴び、服を着て、いつものように目的地へと飛ばした。彼と話す時間が1分でももらえれば、それだけで満たされる。1分話せればいいのかと思うかもしれないが、俺は情欲にはガツガツいく。

「おまえ、なんでいるんだ？」

「あっ！　同じ質問だ。あの、本を読みに来たんです」

「なら、本はどこだよ？」

「しまった！　車の中」

「クソ馬鹿」

タイプさんは俺には下品な言葉を使う！　他の人には礼儀正しいのにどうしてだろう？　それとも、もしかして俺だけ特別扱いしてくれてるのか？

「一緒に座ってもいい？」

「本を読むって言ってたじゃないか」

「確かに」

「とりに行けよ」

「いつもみたいに消えるつもりでしょ。それなら俺は行きません」

「……」

「わかった。行きますよ。でも必ずここで待っててください」

彼が一瞬怒ったような顔をしたのが見えた。俺はこれ以上怒らせたくなかったから、いつもと同じ行動に移った。勉強道具は持ってきていなかったので、すべて買いなおしたのだ。店に戻ればいつものように、彼がすでに立ち去っていることはわかっていながらも。

しかし今日は違った。おかしい――彼がまだそこに座っている。

「帰らなかったの？」俺は息を切らしながら聞いた。

「帰ってたら、おまえは俺と今ここで話してないだろ。何言ってんだよ」

彼が冷たい声で言う。俺はすぐに答える。

「じゃあ言います。俺はたった今あなたのボーイフレンドになりました」

「アホ」

「ハハ。一緒に座ってもいい？　車の中に本がありすぎて、目当てのものを探すのにすごい時間がかかっちゃいました」

これは真っ赤な嘘だ。俺みたいな人間は本を一切読まない。

「本当に探すのに時間がかかったんだな。顔が死にそうな人みたいに白いぞ」

「ええっ！　心配してくれてるの？」

「馬鹿野郎」

「勉強続けててください。俺は自分のするんで」

俺は今までこんなふうにガリ勉のフリをしたことがない。週末は寝ているか、サッカーをするかで、俺の人生はそれだけだ。でももういつまでも同じままではいられない。すべてを変えなくては。あなたのために……。

「おまえのノート、やけに新しいな」

彼がまた自分から話しかけてくる。なんだか薄気味悪い。

「きれいにしておく性格なんです」

「値札がまだついてるぞ」

「値札だったら僕の体にも。お買い上げしませんか？」

「ほんとおまえには嫌になる」

ふっ、でも俺に殴りかかろうとしても無駄だよ。すばしっこさには磨きをかけたからね。誰も俺には勝てない。

その後は、タイプさんはもう俺に話しかけてこなくなった。もはや俺の存在をシャットアウトしたかのようだった。彼が集中して勉強している間は俺も邪魔しようとは思わない。だから俺は可愛い彼の色白の顔を幸せな気持ちで眺めていた。

突然、あの日ベッドに横たわっていた彼の姿を思い出した。急に彼に対する欲望が強くなってくる。もう我慢できない。

「タイプさん」

彼は怒ったような目で俺を見上げる。

「なんだ？」

「なんであなたはそんなに可愛いんですか？　俺はもう抑えられない。あの……ちょっとだけこすってもいいですか？　1回そうさせてくれたら、その後は自分の勉強に集中しますから」

「マン、おまえは本当に最低なやつだな」

バン！　バン！　バン！

俺の生活はそれを境に完全に変わってしまった。俺は彼専用のサンドバッグになったのだ。痛いけど、でも俺は満足している。


2か月目――。

俺の人生のモットーは「雨垂れ石を穿《うが》つ」だ。タイプさんの視界に入り続け、その生活の一部になれば、もっと彼に接近できるかもしれない。確実な話ではない。でもいつか彼が心を開いて、最終的には俺を彼の心をかき乱す厄介者として認めてくれるかもしれない。そのために俺の友達も、俺の目となり耳となり、日夜頑張ってくれている。みんな、タイプさんを見かけたら、トイレの中だろうと連絡してくれる。

タイプさんは俺と縁を切ろうとしているようだが、それでもいい。とにかく今やめたら、俺は決して彼の彼氏になることはできない。ときの流れは早い。1か月が経ち、さらに半月が過ぎた。

彼に会うたびに優しい挨拶で迎えられるようになる。たとえば今日のように……。

「おまえいったい何しにここに来たんだよ」

「あなたが寂しそうに見えたから。それでつき添ってあげようと思って」

「余計なお世話。自分の心配でもしてろ」

「あなたの心は俺の心と似てます。俺にはあなたの考えていることが自分のことのようにわかる。だからこれは俺にとって自分のことでもあるし、余計なお世話でもありません」

「じゃあ俺が今何を考えているか当ててみな」

「俺から逃げる作戦を練っています」

「ハズレ。答えは、おまえを殺したいと考えている、だ。なんでそんなに俺におせっかいしたいんだ？」

「それは愛があるからです。あなたの部屋まで車で送らせてください」

チェンマイでインターンを始めて以来、彼はタインの部屋の近くにマンションを借りていた。愛する弟にはすでに恋人がいたから、さすがに部屋の中を黄色いテープで遮って住むわけにもいかないというわけだ。彼は新たに部屋を借りて1人暮らしとなった。俺からしたら獲物の居場所が特定されたわけだ。

「俺も車で来たんだ。だからおまえのような人間の手をわずらわせることはない」

「でも俺はあなたにわずらわされたいんです」

「黙れ。勉強しなきゃいけないんだ」

俺はすぐに口をつぐむ。だが手は許しを得ないまま彼にそっと触れ続けている。俺はいったいどうしてしまったんだろう。困らせて不機嫌になった彼を見ていると、とても幸せだ。

「1人でいるときに、俺を思い出したりしますか？」

「黙れと言ったはずだが」

「俺はあなたにときどき俺を思い出してほしいんです。嫌いだからでも。あるいは愛しているからでも」

「……」

「俺は明日もあなたに会いに来ます。別にあなたに怒鳴りつけられたっていいんです。それでも来ます」

「おまえは邪魔だ」

「だから？」

彼に微笑みかけながら眉を2回吊り上げる。わかりました。勉強がしたいと言うなら、俺は静かにしていましょう。それで閉店まで彼に熱い視線を送り続ける。

タイプさんはすっかり俺の生活の一部になった。そして俺も厄介者として彼の生活に組み込まれた。インターンの3か月で、同僚よりも俺に多く会うようにしてみせる。彼はどこでも俺と出くわすだろう。たとえば……。

レストランで。

「ベイビー、何を食べているの？」

「このクソ馬鹿」

「おお、そのスパゲッティ、美味しそう。すみません、こちらのメニュー、俺にもいただけますか。そうです。この可愛い人が食べているやつ」

彼のそばに座っているのは心地いい。実際、温かさを感じる。


映画館で。

「ああ、なんて奇遇な」

「またついてきたのか」

「この映画が見たかったから来ただけですよ」

「あっち行けよ」

「この席のチケットを買ったんです。他の席に座れって言うんですか。それはまずいでしょう」

「マン！」

「しーっ！　映画がもう始まってます。静かにしないと」

映画館の赤い座席に腰を下ろし、俺は勝ち誇ったような顔で彼を見つめる。彼がレイトショーを見るのが好きなのは知っていた。座席にいるのが俺たち2人だけだったのは幸運だ。

車が故障したとき。

「ヘイ！　ちょっと俺に見せてくれないか」

俺は今、マントを翻したヒーローみたいに見えるはずだ。ちなみに俺は機械関係がまったくダメだが。

「俺はタインとサラワットを呼んだんだ。おまえじゃない」

「2人は忙しいんです。俺はあなたが心配になって。俺が最初に来ちゃいけないんですか？」

「保険会社にもう電話してある。おまえはどっか行ってくれ」

「ここからどうやって帰るんです？」

「弟と」

「俺の車でもいいじゃないですか」

「俺はおまえの車に乗りたくない。わかったか？」

「なるほど。それならタインの車を待ちましょう。俺が運転します」

「おまえなあ……」

おお！　タイプさんは俺みたいなクソ野郎は初めてなんだね？

バーにおいても、タイプさんがいる店には必ずマンがいる。そしてマンがいれば、マンの友達が応援と称賛を送ってくる。

Man_maman @MorningCoffee&EveningDrinks 道に迷えば時間を費やし、恋に惑えば心を費やす。

Boss-pol 悪くないね。

Thetheme11 まさにそれって感じだね。

Sarawatlism おまえ陳ぽ

KittiTee @Sarawatlism「陳腐」って書きたかったのか？　馬鹿だな。

Bigger330 マン、なんでその店にいるんだ？

Man_maman 蒸し暑いからね。ドリンクを飲みに来たんだ。輝くドリンクをね！

眼福だ。目の保養だ。黒のシャツとズボンで決めているタイプさんはすばらしい。でもカジュアルな服装でもいい店でその格好はちょっとおかしくもある。とても浮いている。彼を俺の妻にしたい！　毎晩その輝く白い肌を撫で続けると誓うよ！

ある日、俺は深夜3時に彼のオフィスに座っていた。

「誰が来いなんて言ったんだ」

「タインに聞いたんです。あなたが1人で仕事を片づけるはめになってるって。寂しいんじゃないかなって思ったから、俺がつき添おうと」

「おまえが来たら、仕事が終わらなくなる」

「幽霊とか怖くないんですか？」

「臆病者じゃないんでね」

「どんな仕事をしてるんです？　お手伝いしましょうか？」

「黙ってくれてるのが一番助かる」

「お腹減ってませんか？　俺、何か買いに行きましょうか？」

「なんでもいい」

「おお！　俺の申し出を受け入れてくれた！　わかりました。なんでも買ってきますよ」

それで俺は未来の妻に食べ物を買うためオフィスから喜んで飛び出していった。タイプさんはこうなんだ。俺が手助けを申し出ると不機嫌になったように見えるけど、でも最後には……彼は断らない。

また別の日、俺はタイプさんの部屋に突撃した。

コン、コン、コン。

「マン！」

「わあっ！　ごめんね。俺の部屋、電気が切れちゃって。中に入れて、あなたと一緒にいさせてください」

「待て」

「テーブルは使ってますか？　ノートパソコンを置きたいので」

俺は返事を待たずに中に入る。持ってきたのはノートパソコンだけじゃない。枕とパジャマもだ。枕とパジャマはそのまま置いておく計画だ。そうすればいつでも泊まりやすくなる。俺は今幸せすぎておかしくなりそうだ。

3か月目——。

タイプさんはまだ俺に心を開いていないけれど、俺は心配していない。いつの日か彼が理解してくれると信じて、戦い続けている。俺は今までの人生でここまで誰かを好きになったことはなかった。彼のことが好きだから、彼のために俺はすべての悪い習慣をやめられた。カサノバぶるのをやめた。遊び回るのをやめて、彼だけに心を向けた。でも、彼はまだ遠くにいる気がする。

今日は彼の3か月間のインターン最終日だ。オフィスの同僚たちがビストロで彼の送別会を開いている。俺は彼らの輪に入ったり、邪魔したりはしたくない。ただ、彼を遠くから見ていたい。

なぜなら彼の同僚の中には、俺のことを嫌っている人たちがいるからだ。俺は無礼な人間だという。フー、俺もあんたたちのことは嫌いだよ。

それに、あんたたちの1人がタイプさんを狙おうとしていることを、俺が知らないとでも思っているのか。俺はそんなの絶対に許さない。

今回は再び単独行動だ。友達に計画を台無しにされたらたまらない。俺はタイプさんのそばのテーブルでビールを飲んでいた。それから間もなく、事件が起こる。

「タイプ、あれはきみの弟の友達じゃないか？」

「えっ？」

はい。俺ですよ。俺はすぐ彼に微笑みかけたが、彼は反応せず、ただ静かにグラスに口をつけている。

「彼、こっちのテーブルに誘わなくていいの？」

「その必要はないと思います。1人でいたいみたいですよ」

違う！　俺はあなたの生活の一部になりたいと強く願っている！　そういう俺のハングリーな表情に気づいたようで、女性が手招きしてテーブルに呼んでくれた。俺は10人ほどの社員の輪の中でタイプさんの向かいに座る。

俺の隣にはビームという名の男が座っている。この3か月間、タイプさんのトレーナー役だった男だ。俺はこの男が嫌いだ。俺がタイプさんに会いに会社に行くたびに、それを妨害しようとしたからだ。ほんとに迷惑なやつ！

「マン」

「はい！」

女性たちが俺にいろいろなことを聞いてくる。彼女たちには最初からタイプさんのことが好きだと伝えてあるので、俺の味方になってくれている。

「今日は1人で来たの？」

「ええ、でも会いたい人がいるから来たんです」

「まあ！」

「何か食べた？」

「ええ」

「明日学校があるんじゃないのか？　ここに長居してていいのか？」

ビームが割って入ってくる。俺はその顔を見て、冷たい声で答える。

「でも来たかったんです。タイプさんのお祝いでしょ。だったら俺も参加しないと」

「彼がきみを招待したのか？」

「もちろ――」

「俺は招待してない」

俺が答え終わる前にタイプさんが割り込んできた。ひどいな。でも俺は文句を言わず静かにする。タイプさんはシャイだから自分の気持ちを話したりしないんだ。だから俺も今のを本気にはとらない。

「タイプはきみを誘ってないという。じゃあなんできみはここにいるんだ？　勉強している分野もうちと関係ないじゃないか」

俺への猛攻撃が始まった。うわっ！　撃っているのはビームだけじゃないぞ。周りの連中もだ。俺を殺す気なのか。

「俺はタイプさんを激励するために来たんです」

「俺はそんな激励は必要ない」

おお、ベイビー！　傷つくよー！　これじゃまるで俺は人々の輪の真ん中に引きずり出されて、みんなに殴られたり蹴られたりしているようなもんじゃないか。最悪なのは残りの連中も俺を見て笑っていることだ。ジョークのつもりかどうかわからないけど、心が折れそうになってくる。

「なあ、質問させてくれ。正直に答えるんだ」

「いいですよ」さっさと終わらしてしまおう。

「きみの人生の目標はなんだ？」

「大学を卒業すること。そしてタイプさんに彼氏になってくれとお願いすること。それで何か問題ありますか？」

「おおお」

テーブルにいたほとんどが感嘆の声を上げる。そしてビーム氏が再び怖い顔をする。なんのつもりなんだ？　ブー！

「誰かと一緒にいること、そのためにはいろいろと必要なことがある。俺はきみに教えてやりたいから言うんだ。きみは幼すぎて大人の複雑さがわからないかもしれないけどな」

「……」なんだ？　こいつは俺に何を望んでいるんだ？

「今きみがしてること。今日みたいにタイプをつけ回すこと。それはよくないことだ。きみは彼の働く時間を無駄にしているかもしれない。集中力を失わせているかもしれない。俺は思うんだが、きみは時間を自分の勉強に使うべきだ。あるいは他の人にいいことをするとかな」

「……」

「きみは政治学部で勉強しているんだよな。前の学期の成績はどうだったんだ？」

そんなのおまえに関係ないだろ。そう叫んでやりたいが、俺がタイプさんについてきたという手前、そんなことを言ったら彼のメンツが潰れてしまう。俺にできるのは、ビームをイラつかせる表情をしてみせることくらいだ。まるで教師みたいな態度で俺に教え諭そうとする。あらゆる手段を使って俺を威圧しようとする。

「きみは今まで人生で何ひとつ真剣にやったことがないんだな。きみと人生を過ごすなんてリスクをおかす人はどこにもいない。俺はきみを弟のようなものだと思って、警告してやってるんだ」

「弟か、敵か。もっとはっきり言ってくれよ。俺はあんたが敵だと思う。そりゃ俺はまだ働いてないし、金もあんたよりないさ。でも真心だけはある。心であんたと戦う準備はできてるぜ」

「きみの真心と戦う？　ハハハハハ。いいさ、じゃあ降伏してやる」

こういうシチュエーションは今までもどうにか切り抜けてきたとはいえ、本当に嫌だ。自分がみんなに笑われているときに微笑み返せる人はそうそういないだろう。だが、俺はできる。

俺は笑顔を保ちながら、半ばやけくそにアルコールを飲んだ。この状況がつらくないのかと聞かれたら、そりゃつらい。俺だって別に石じゃない。彼らは俺がまるで存在しないかのようにふるまった。タイプさんもそうした。彼は俺に話しかけようともしなかったし、それで俺もなすがままにまかせた。

もう深夜だ。みんな帰ろうとしている。俺は立ち上がって、彼らに自分とタイプさんの分の金額を渡す。

「いやいいよ。きみは若い。俺たちが払う」

ビーム、またあんたか。今度こそケンカしたいのか？

「タイプさんの分を出しますよ」

「彼がインターンで得た収入は、きみがママからもらっているお金よりも多いと思う。そのお金は友達と遊ぶときのためにとっておくんだね。タイプ、俺が会計をするんだが、きみの分はインターンの最後ということでおごりにしておくから」

「ありがとうございます、ビームさん」

そしてタイプさんも断らなかった。なぜ俺のおごりは拒否するんだろう。

俺は心の奥の怒りを抑えて、タイプさんの同僚たちと店の外へ出て、歩き始めた。すると、あの悪魔がまた俺をいじめようとする。もう頭に来る！

「タイプ、行くぞ」とビームが言ったのだ。俺から引き離そうというのか。

俺は足を止めて、タイプさんを見る。彼も俺を見ている。そういえばタイプさんの車がないから、どうやらタイプさんはビームの車でここまで一緒にやって来たらしい。

「ビーム、早く来いよ」

「ああ、すぐ行く」

運よく、いいタイミングでビームの友人たちが彼を呼んでくれた。それで俺はまだその車のそばに立っているタイプさんに近寄っていく。

「俺と一緒に帰りませんか？」

「今日はビームさんと来たんだ」

「ああ、わかりました」

「……」

「うまくやっていけてると思ってたんですけどね」

「……」

「でも少なくとも頑張れたことは感謝してます」

「いったいおまえはなんの話をしてるんだ？」

「あなたの前には輝かしい未来があります。俺はそのことを完全に忘れていました。その未来に俺がいたら、それはあんまりよくないですね」

俺はスマホを耳に当てた。電話はかかってきていないし、着信音も一切鳴っていないが、電話をしているフリをした。

「おお、何？　サッカー？　明日、それなら。えっ？　今から？　オッケー、すぐにそっちに行く」

「……」

「友達から電話があって。行かないと。また明日」

俺たち2人に明日があるかどうかはわからない。俺は屈辱感でいっぱいになっている。彼がいい人生を送れるように、俺は彼を解放すべきなのだろう。そして、その人生の中に俺はいない。もともとわかっていたことだった。最初から分不相応なことはすべきじゃなかった。ワットの愛は満たされたけど、俺のはいつも残念な結末ばかり。以前の俺に戻れたらどんなに楽だろう。誰も愛さず、何事にも真剣にならず、誰にも心を許さない。そうすれば失ったときの悲しさをずっと知らずに済むだろう。

今回俺は何も満たされなかったが、それでもいい。少なくとも、愛から「悲しさ」という言葉を知った。それはそれで価値がある。

でも、もう疲れた。こんな気持ちを2度と味わいたくない。ユーモアがあるだけでいいじゃないか。お気楽な人生でいいじゃないか。明日、彼の人生から立ち去り、昔の俺に戻る。それだけのことだ。それで何も変わらなかったことになる。ただ、俺があなたを自分の人生に招くことは2度とない。

ビームが戻ってくると、俺は後ずさった。タイプさんが車に乗るのを見守る。それから間もなく、ビームの車は走り去っていった。俺はいつものように笑顔で手をふった。

友達ならみんな知っている。俺が「また明日」と言って手をふる意味は……さよなら、だ。

タイプ Side

俺はサイドミラーに映るマンの姿を見ていた。笑顔で手をふっている。しかし何か奇妙な感じがする。自分でもどうしてそう思うのかわからないが、悪い予感がする……。

マンはまた明日と言っていた。俺は最初のころはこの言葉が好きではなかった。あいつと会わなければいけないと考えただけで、嫌な気分になった。しかしおかしなことに、最近は「また明日」と言われても、かつて思っていたほどには悪い気がしなくなっていた。

インターンは終わったが、チェンマイにはあと1か月滞在することにした。バンコクに戻って大学で卒業書類を準備するのはその後だ。滞在を延長した理由は自分でもよくわからない。ただし、マンの存在が後押ししたのは確かだ。

いつから彼の存在を意識するようになったのかは思い出せない。あるとき、俺はこの3か月間、マンに毎日会っているという事実に気づいたのだ。そしてよくも悪くも、彼はいつも俺の味方だった。

俺の勘ぐりすぎだったらそれでいい。だが、今夜彼が言った「また明日」という言葉のことを考えると、俺は眠れなくなった。それで俺は明日からいつもの店でコーヒーを飲もうと決めた。何もなければいつもどおりマンが俺の邪魔をしにやってくるはずだ。

インターン終了から1日目

いつもの店にiPadを持ってきたのは失敗だったかもしれない。マンの気配を探して店内を何度も見渡すせいで、画面に集中できない。

昨夜の出来事への罪悪感が繰り返し脳裏をよぎる。ひどいことをしたと思う。俺が彼を人々の輪の中央に投げ出し、みんなに彼を侮辱させていたようなものだ。さっきまでは、彼がそのことをあまり気に留めていないと信じて、自分の気持ちを楽にしようとしていた。

2時間経っても、彼は来なかった。

「お友達は今日は来ないんですか?」

店員が、常連となった俺に話しかけてくる。コーヒーの味や食べ物や、交通事情についてよく話すのだ。そして話題は俺の友達、つまりマンに及ぶこともあった。

「どうしたんだろう。今日は大学があるのかもしれない」

「残念だ。彼が来ると店内が活気づくのに」

もちろん、実際はマンが来るといつも大混乱だ。店員や他のお客さんなど巻き込んでしまう。あるときには、店員と一緒になってテーブルや窓の掃除をしなければならないこともあった。この店のみんなも彼のことは迷惑に感じていると俺は思う。ただ、幸いこの店には誰も彼を殴ったりするような人はいない。しかし、彼がいないと逆に静かすぎる。俺は寂しさを感じざるをえなかった。

「試作中のデザートです」

店員がデザートを2つ乗せたトレイをこちらにさし出した。俺はそこからひとつもらう。

「ありがとう」

「もうひとついかがですか。お友達が来たときのために」

「いやいいよ。彼が来たら自分でとりに行かせるから」

店員はうなずき、仕事へと戻っていった。俺はデザートを食べ、コーヒーを飲み、静かに待ち続けた。長い時間が過ぎ、マンが来ないと判断すると、俺は店を出ることに決めた。

俺はそのときようやく、彼が言った「また明日」の意味を理解した。

インターン終了から2日目

今日もマンの気配はない。それで俺はタインの部屋に行き、サラワットにマンのことをそれとなく聞くことにした。

「今日はサッカーはしないのか？」

ソファでスマホをいじっているサラワットに尋ねる。

「もうしました」

「メンバーは？」

「いつもどおり。ホワイト・ライオンたち」

「マンも参加してた？」

「ええ」

「彼、何か言ってなかったか？」

「……」

サラワットが興味深げに俺を見る。俺は今まで誰とも、タインとさえもマンの話はしたことがなかった。でも今日は違う。マンの親友と彼のことを話している。不思議がられるのも当然だ。

「つまり、彼はきみに何か相談したりしなかったか？」

「いえ。ただサッカーに来て、終わったら帰っていった。どうかしたんですか？」

「いや、なんでもない」

マンはいつもどおり友達と遊んでいるのだから、どこかに出かけたわけではなく、この街にいる。彼は単に……以前のように俺をかまうのをやめたのだ。晴れて自由の身になったのだから、俺は喜ぶべきなんだろう。誰にも邪魔をされることがなくなるんだから。よかった。これで安心だ。

インターン終了から１週間

ビームから映画を見ないかと誘われる。ご飯もごちそうしてくれるという。俺としては断る理由もない。食事のときは特に何も起きなかったが、映画が始まる前、マンと再会した。

彼はホワイト・ライオンのメンバーたちと一緒だ。俺を見つけても、以前のように近寄ってはこない。

「こんにちは、タイプさん。映画見に来たんですか？」

「……」ティーの挨拶にうなずいて返す。

「どの映画？」

「『ラ・ラ・ランド』」

「なんて偶然！　俺たちもそれを見に来たんです。ただ、ミュージカル映画が嫌いな連中は別の映画を見ることになりますけど」

「へえ」

「マン、おまえはどれを見るんだ？　早く選べ」

「俺？」マンは友達に返事をする前に俺の顔を一瞬見た。

「俺はワットと『メッセージ』を見るよ」

「はあ？　俺と『ラ・ラ・ランド』見ないのか？」

「シリアスな映画が見たいんだ。恋愛映画は見たくない。信用できないんだ」

「わかったよ。おまえの勝手だ。金くれ。チケット買ってくる」

「ほらよ。トイレに行ってくる。すぐ戻るよ」

マンはその場から離れ、映画が始まる10分前に戻ってきた。ホワイト・ライオンはポップコーンとソーダを手にソファに座ってマンが戻るのを待っていた。彼らが引き止めるので、ビームと俺も同じ場所に座っていた。

「マン、おまえずいぶん長かったじゃねえか。トイレ掃除でもしてたのか？」

「ウ○コしてた。映画を見る前は気持ちの準備が必要なんだよ。まあどうでもいいだろ」

「そうだな。どうでもいい。座れよ」

「いや。もう中に入るよ。じゃあまた後で」

俺が目で追っていたにもかかわらず、彼は俺に何も言わずに歩き去っていった。

インターン終了から1か月

タインの誘いでバーに行く。弟とサラワットは金曜の夜はいつも遊びに出るのだ。俺は自分の気持ちに困惑しながら彼らについていく。

　ホワイト・ライオンとスター・ギャングが集まっていると聞いたとき、俺は今日マンに会えると期待したのだった。なぜなんだろう。彼にアタマジラミみたいにまとわりつかれたときには、とんでもなく邪魔なやつだと思っていたのに、今では逆に俺のほうが彼を探している。

「タイプさん、こっちこっち」

　バーに入ったとたん、ホワイト・ライオンの誰かに低い声で呼ばれる。

　そのテーブルのほうに目を向けると、いきなりマンの姿が目に入る。胸の大きな女の子を抱きしめている。店内に入る俺に気づくと、すぐに友人たちに何かを話している様子だ。

「ちょっと席外すよ」

「マン、どこ行くんだよ？　これからってとこなのに馬鹿か」

「バンドのサウンドチェックを手伝ってくる」

「夕方に済ませただろ。おせっかいはやめろよ」

　サラワットがそう言うと、マンは真剣な表情でサラワットに向けて中指を立てる。

「ミムさんをテーブルに連れてきて。あとトイレにも行ってくるよ」

「膀胱がおかしくなってんじゃねえか。まあいいや。どこでも好きなとこ行け」

　マンは1時間近く経っても戻ってこなかった。今はみんなゲームを楽しんでいるところだが、マンの気配はない。俺は気になり、人波をかき分けてトイレへと向かった。

彼は喫煙所にいた。バーのぼんやりした照明の下に立っている背の高い男。彼は煙草を吸っている。そこは喫煙する人で密集していて、部屋の空気も白い。俺は煙草の煙が嫌いだが、彼のもとへと進んでいく。

「何しに来たんですか？」

彼はいつもの低い声で言うと、吸っていた煙草を床に落として、足で揉み消す。

「なんで俺を避けるんだ？」

「避けてなんかない」

「煙草吸ってたっけ？」

「ストレスを感じたときだけ。トイレですか。左です」

「話をそらすなよ」

「この場所はよくない。煙草は苦手だったでしょ」

「俺が嫌いだって知ってるんなら、なんで煙草吸うんだよ？」

「タイプさんには関係ない。煙草が嫌いで、俺のことも嫌い。その俺が煙草を吸ったって何もおかしくないじゃないですか」

「マン、おまえおかしいぞ」

「はいはい、そうですよ。タイプさんはちゃんとした服装で定職があって、輝かしい未来がある人々の世界に住んでる。でも俺は何？　取り柄のないただの学生で。真心を示そうと、心を入れ変えようとしたけど、なんの役にも立たなかったし」

「マン」

「俺はあなたの人生から消えた。これ以上俺に何を望むんだよ？」

「……」

「俺はいつかあなたが俺を受け入れてくれると思ってた。俺が誰のために生まれ変わろうとしたか、気づいてくれると思ってた。俺はそれまで誰も愛したことはなかった。女もとっかえひっかえ。あなたに出会って、初めて自分が誰かにとってふさわしいということがありえるんだって気づいたんだ。でもそれでどうした？　単に馬鹿にされただけじゃないか」

「……」

「俺の心は役立たず。俺のすべては役立たず」

「マン、ちょっと飲みすぎたんだな」

「そんなわけないでしょ。コップ半分しか口にしてないんだから。俺はとにかく知ってほしい。俺はあなたのために消えたんだってことを。それでもまだ不満なのか？」

「不満だからここまで来てるんだろ」

「……!!」

「おまえは本当にクソ野郎だよ。おまえは俺の人生に入ってきたんじゃないか。じゃあなんでそのまま居続けないんだよ？　なんで姿を消したりしたんだよ？　おまえ、それで俺が喜ぶとでも思ったのか？」

　俺はもう自分を抑えられなかった。感情だけじゃなく、肉体もだ。俺はあいつを胸に抱きよせた。彼もよけようとしなかった。

「タイプさん……」

「今なんで俺の名前を呼んだ？　なんのためだ？」

「ビームとデートしてただろ？」

「あれがデートだとしたら、おまえのことを待ってたりするか？　おまえに会いにここに来たりしないだろ？」

「……」

「おまえのせいで俺はおかしくなった」

「俺のこと好きってこと？」

「いや、違う！」

「俺が何もない人間だって事実を受け止めてくれる？　ただの大学1年生だってことを」

「いや、無理だ」

「俺がつきまとったり邪魔したりするのが嬉しいの？」

「嬉しくない」

「……」

「でも、俺はおまえを失うことができない。そしたら俺はどうすればいい？」
マンは答えなかった。が、代わりに俺に微笑みかけてきた。俺はこの笑顔を1か月も見てなかったんだ。笑顔を見たとたん、俺の心臓の鼓動が速くなっていく。

マン Side

3年後

Man_maman とても可愛い。

俺は誰かの写真にいつものからかいのコメントをつける。それを合図にみんながコメント欄に突撃する。

KittiTee お互いに褒め合うのはウンザリ。

Man_maman @KittiTee 俺の彼はとても可愛らしい。他の人を褒めるなんてことするだろうか？

Boss-pol その一言で浮気したって墓穴を掘ってるぞ。
Bigger330 ハハハハハ。俺はこいつの過ちを知っている。
Sarawatlism 絶体うわキだナ
Man_maman @Sarawatlism 平手打ちしてやるからな。待ってろよ。
Man_maman とても悲しい。彼が俺のコメントにレスしてくんない。

「どうしたんだよ」

おおおお！　彼の反応はＷｉ‐ｆｉより速い。コメントでのレスではなく、面と向かって声でレスしてくれた。

「彼女、可愛くてね。だから褒めずにいられなかった」

「俺も可愛いぞ」

「あなたのことはもう褒めたでしょ。俺は経済学部卒業のタイプさんのことは１００年前からずっと褒めてるよ」

そんなトシなのか！　ゾンビ？　俺、いつの間にか感染したか？

「口が悪いな」

「おいで。ハグさせてよ」

「近づくな。なんか臭いぞ」

「サッカーしてきたばっかりだから。でも今日はあなたとも遊びたい」

「あっち行け」

「なんで俺にはそんなに意地悪なんだよお」

「自分を見てみろ。もう4年生だぞ。なんで体は大きいのに頭脳は育たないんだ？」

「俺が体だけが大きいなんてそんな馬鹿な。頭脳だって大きいし、心もそうだよ。俺の心は大きい」

「おこがましいな」

「えっ、でも俺の将来についての話でしょ。俺はあなたが一緒にいる未来がすごくいいと思う」

俺はソファでスマホをいじっている彼の膝の上に寝転がる。

信じられるか？　俺はタイプさんと出会って以来、ずっと一途だってことを。誰かの笑顔を褒めるときだって彼のことを考えている。人を好きになるってことがどういうことかもわかった。彼はぴったりという言葉の意味も教えてくれた。彼とだったら1からすべてを作っていける。

俺のすべての中にあなたがいて、あなたのすべての中に俺がいる。それはこんなときも……。

「しようよ！」

「マン、おまえ……！　うぐ」

バタッ……。

Special 3

好きだけど憎らしいカンケイ

1

大学生の時間はあっという間に過ぎていく。今はもう2年生だ。タインみたいなやつが2年になれるのか、と疑っていた人もたくさんいた。そいつらの耳に食らいついて言ってやりたい。僕は進級したよって。しかも、けっこういい成績だったのさ。

今年も例年どおり新入生歓迎行事がある。大勢の新入生を学部に迎え入れるんだ。サラワットの弟プーコンもその1人。ここに来たのが偶然なのか、意図的なのかは不明だけど。まあ、僕とは関係ない話だ。プーコンが借りた部屋は、僕たちの部屋からはかなり離れたところにあるし。よかった！　そうそう僕たちの邪魔しに来られないだろうな。本当にウザい子供だ。長時間一緒にいなくちゃならなくなったら、頭がどうにかなりそうだ。

「タイン、メンターの顔合わせ、何時に行く?」

週に2回午前の講義があるから、その日はサラワットと僕は朝7時ごろに起きて準備する。

「上級生から午後6時に来るように言われてるんだ。絶対また遅刻するけど」

クローゼットの前でシャツのボタンを留めてるサラワットをじっと見ながら、僕は言う。

「遅刻するってわかっているなら、なんで早めに行かない?」

「だって、おまえのサッカーの練習が終わるのを待たなきゃならないだろう」

「下級生には言ったのか?」

「ああ、3年生と4年生にも言ってある。おまえは?」

「俺も言ってある」

こんなふうに予定を確認しているのは、2人とも今日が顔合わせの日だからだ。ホワイト・ライオンと法学部の上級生たちは僕たちのことをよく知ってるから、日を合わせて顔合わせすることにしたんだ。席は離れているけど。

正直言って、僕が新入生だったときのメンターとの集まりは、悲喜劇として記憶に残っている。あのとき初めて披露したイケてるダンスのお陰で、シックな男・タインとして認知された。でも、ワットもその場にいて、一部始終を見られて、とんだ赤っ恥をかかされたんだ。

1週間ぐらい前、法学部ではメンターとメンティの組み合わせが決まった。僕がメンターになった新入生はチェンマイの有名高校の卒業生で、キュートで才能ある女の子。上級生から絶大な人気だ。僕がメンターになるって決まってから、1回食事をおごってあげた。でも、今日は全然違う。他の学年の上級生たちが初めて新しい後輩に会う日だからだ。

「アホな顔して寝てないで。さっさとシャワーを浴びろ」

サラワットの声で考えごとから引き戻された。何言ってんだか。いつもこっちが先に起きるのに、シャワーの順番は後にされるんじゃないか。待ってる間、だんだん体が傾いてきて、結局僕は今だらしなくベッドで寝ていることになる。

一緒にシャワーを浴びれば一気に問題解決だ、とサラワットが提案したことがある。実行したら講義をサボる羽目に陥った。午前中はお互い体を触ったりしないほうが身のためだ。わかってたはずなのに。

「ダルい」

僕はベッドに寝っ転がったままだ。

「起きろ。時間どおり食わないと、おまえ、腹が痛くなってまた文句たれるじゃないか」

「今日は講義が2つしかないんだ。後で食う」

「唇が傷だらけになるまでキスしてやるぞ。なんでそう頑固なんだ?」

キスするって言ったのに、あいつは足で僕のケツを突っついた。僕を蹴飛ばしてベッドから叩き出せるとなったら、サラワットは絶対にやるだろう。

しばしの沈黙。すると、やつのスマホのシャッター音がする。

「何してる？」

「母さんに証拠を送ってる」

「わかったって。シャワー浴びるから」

彼のお母さんとはケンカしたくない。すっごくいい人だから。サラワットに僕のダメなところをチクられたら、ホームドラマみたいにかしこまって、お母さんの言うことを聞かなくちゃならない。

僕の母はサラワットに対してなんの影響力もない。それどころか、この部屋に来るときはいつもサラワットのために何か持ってくる始末だ。僕なんか、もう彼の飼い犬扱いかも。サラワットのお母さんと僕の母はしょっちゅう連絡をとり合ってる。だから、僕たちに会いに来るときはいつも2人一緒だ。

なんとまあすてきな人生！　僕には母が2人、父が2人、兄が1人、弟が2人いるわけだ。あったかくて仲のいい大家族かよ。

「シャワー浴びるって言ったのに、まだ寝てる」

「おまえがウザいからだよ」

「俺が何をした？」

「僕の背中を踏んづけてるぞ、クソ野郎」

「そりゃ悪かった」

へぇー！　スゲー心のこもった謝罪だな。わかってる。わざとイラつかせようとしてるんだ。お母さんに言いつけてやる。

僕らの生活はたいして変化していない。講義に出席した後、サラワットは友達とサッカーの練習をする。ギターの練習をすることもある。僕はといえば、スター・ギャングの仲間たちと新しい料理を食べに行ったり、サラワットと2人で映画を見に行ったり。

試験期間中は2人でコーヒーショップや図書館で猛勉強する。なんとなくつまらなくなったら、2人でチェンマイ郊外までちょっと遠出する。だいたいがこんな毎日。単調っていえば単調だけど、僕は満足している。

顔合わせの時間が近づいてきたので、僕はサラワットと合流するためにサッカー・グラウンドへ行く。今日はこれからイベントだから、やつもたいして練習できてないはずだ。

車は2人とも持っているが、使うのは1台だけにしている。今日は僕が彼の車に乗る日だから、レストランまで乗せてもらう。

「おまえのグループはどのテーブル？」

レストランに着いたところで僕が尋ねる。今日は新歓フェスだっけ？　レストランはありとあらゆる学部の学生でいっぱいだ。

「24番テーブル」

上級生たちを目で探しながらサラワットが答える。かなり広い店だ。しかも2階まである。

「僕は12番テーブル。大きい列2つ分は離れてるな」

「俺の膝に乗って食うか?」

「やめろ、すげーイラつく」

「タイン、ここだよ!」

「あ、発見」

「俺も。帰るときはインスタにメッセージ送って」

「電話するほうが早くない?　おまえの打ち間違いを解読してるうちに、閉店時間になっちゃうよ」

知り合って1年になるけど、サラワットの打ち間違いは相変わらずだ。だから、インスタ以外のSNSに手を出してもらいたくない。

大混雑をかき分けて店の真ん中あたりにあるテーブルまで歩いていく。サラワットのテーブルは反対側だ。

「どうも、フェン先輩、オーク先輩、エン。それと……」

「ああ!　今日は別のメンターのグループも参加してるの。もうみんな知ってると思うけど」

「はい」

4人用のテーブルが8人用のテーブルに様変わりしてる。新入生が2人、2年生が2人、3年生が2人、4年生が2人。なかなか「楽しい」夜になりそうだ。特に、食事の前にやる伝統のアレは見ものだな。すごいことになるぞ、絶対。

「新入生は知らないかもだけど、行事が始まる前にまず自己紹介とダンスをしてもらうの」

「どういうダンスですか？」

エンが手を挙げて質問した。彼女は、さっき話した僕がメンターになる新入生。なかなかキュートなショートヘア。初々しくてぴったりだ。

「どういうダンスかって？　えーと……じゃあ、タインに見本をやってもらおうかな」

「は？　なんで僕？」

またやることになるとは思ってもなかった。今夜みんなの前で踊るのは新入生のはずだろ。どうして僕ってこう、運に見放されているんだろう。

「面白くないっすよ、オーク先輩」

「絶対面白い。あなた、もう伝説だもん」

フェン先輩が賛成する。クソっ！　新入生のときはいい人だと思ったけど撤回させてもらう。全然いい先輩なんかじゃない！

「えええ……」

「お願い、タイン。どうやって踊るかちゃんと見せてあげて」

クソっ！　クソっ！　クソっ！

「わかりましたよ。まあ、こんな感じってことで軽くやってみせますね」

「やった！　ステップは全部やってよね」

とフェン先輩。先輩、帰り道で待ち伏せしてきっちり復讐させてもらいます。

「えへん」

咳払いをしてなんとか気をとり直す。最初に自己紹介だ。できるだけ小さい声でやろう。周りのテーブルまで聞こえないように。ところが、４年生のジュムジームさんがそれ以上のことをやらせようとする。

「立てよ、タイン」

ああ、まったく！　そんなに恥をかかせたいんなら顔に1発お見舞いしてくれたほうがマシだ。こっちからは反撃しないから。どうにも断れないので立ち上がる。目の前は大群衆。みんなこっちを見てる。サラワットと彼のテーブルの人も。

もう勘弁してよ。彼氏の前で、あんなこっぱずかしいことやれってのか。こうなったらヤケクソだ。

「自己紹介しまーす」

「……」

「こんばんは、みんな。僕はシックな男・タイン、２年生。僕はキュート、とってもキュート！前でも後ろでも、なんでも来いだ。あは！　あははは」

「うわー！　ハハハ」

いっせいに笑い声と叫び声、そして拍手喝采。全然嬉しくない。気まずいことこの上ない。

それに、このダンス、マジ嫌いだ。両手で尻を押さえて腰をふりながら踊るんだから。ここから逃げ出してどこか遠くに行きたくなる。やっと腰を下ろす。できるだけ周りと目が合わないようにしながら。なんだよ、サラワットのやつ、同じテーブルの上級生たちとまだ笑ってるじゃないか。あのヤロー。

「これで、やり方はちゃんとわかったよね。考えがまとまったら、1人ずつやってみよう。まずはエンから」

へへっ、やってみろって。僕と同じように恥かくよ。

「こんばんは、みなさん。わたしの名前はエン。新入生です。可愛い顔をするのが好き。この顔どう？」

うわー、いいね！　気に入ったよ。エンのダンスはハムスターみたいに可愛い。同じテーブルに座ってるアイスっていうもう1人の新入生も、同じぐらいキュートだ。メガネをかけてるけどオタクっぽく見えない。それと、おっぱいが超デカい。言葉にできないほどセクシーだ。みんなの目が彼女に集中したって言えばわかってもらえるかな。どこかで見たセクシー女優にそっくり。

2人の自己紹介ダンスが終わり、やっと食事が始まる。ビュッフェ・レストランだから、しょっちゅう立ち上がって食べ物を取りに行かなくちゃならない。そんなに手間でもないけど。僕は豚肉とシーフードと寿司ばっかり食べている。野菜ばっかり食べる人もいるけど、僕は肉や魚ならなんでもいい派。

「明日は土曜日でしょ？　タイン。部屋にいる？」

「なんでですか？　フェン先輩」

「この間言ってたでしょ？　講義ノートがいるって。明日、部屋まで持ってくね」

「了解。待ってます」

「今も同じ部屋？」

「はい」

フェン先輩はしょっちゅう僕の部屋に来る。サラワットのことも知ってるし、けっこう親しい。以前は彼のことを好きだったけど、僕が彼氏だとわかってからはサラワットを弟みたいに思ってるみたい。

食べながら、お互いの近況を交換する。3年生と4年生は自分たちが1、2年生だったころのことを懐かしそうに話してる。僕は新入生たちに新学期の講義の準備方法についてアドバイスしてあげた。そのうち、フェン先輩は友達と前学期の成績の話をし始める。隣同士の席に座ってる2人の新入生はなんだかすごい盛り上がってる。何話してるんだか。どうでもいいけど。ただし、サラワットの話なら別だ。

「でさ、豚肉の料理をおかわりしに行こうと思って歩いてたら出会っちゃったの。超イケメンと。

思わず見つめたら、あっちも見つめ返してくれた！　ああっ！」

アイスの口が止まらない。このレストランにイケメンならたくさんいるけど、「超イケメン」なら1人しかいない。あのね、それ僕の彼氏だから。

「その人って隅のほうに座ってる人？　法学部の上着を着てる人と同じテーブルの？」

「そう」

そうだよ！

「ACミランのシャツ着てる人？」

それ、シャツじゃなくてボロ布だけどね。僕はしばらく箸を置いて考える。僕の口から自分が彼氏だと伝えるのは、ちょっと感じ悪いだろうな。そのうち誰かから聞くだろうし。

「名前はサラワットだって」

うん、僕の後輩はなかなか優秀だね。もう情報は掴んでる。僕から紹介したんじゃないけど。

「わあ！　すっごいクールな名前。何年生かな？」

「わかんないけど、2年生じゃないかと思う。みんなからちょっと内気な人だって言われてるみたい。人から注目集めたり、チアリーダーやったりしたくないんだって。フェイスブックもツイッターもLINEもやってないの。やってるのはインスタだけ」

「嘘！」

「ホント、人からちょっかい出されたくないんだって。すごくプライベートを大事にしてる人みたいなの」

僕も最初はそう思ってた。でも、よく知るようになってみたら、打ち間違いがひどくて他のSNSに手を出してないってだけなんだよ！

「つき合ってる人いるのかな？」

「まだ彼のインスタのアカウント調べてないんだけど、ここ最近はつき合ってる人の写真はアップしてないみたい。もしかしたら別れたのかも」

僕、ここにいまーす。やあ、僕だよ、タインだよ。もしサラワットが恋人と別れたんだとしたら、2人とも僕よりやつのことをよく知ってるんだね。今朝、彼のベッドから這い出してきたんですけど、僕。最近、やつが写真をアップしてないのは、勉強に集中したいからだよ。なんせ、そんなことしてたら1時間はかかっちゃうからね、あいつは。その間に本を読み始めたら半分は読めるだろう。

「エン、彼のインスタのアカウント、フェイスブックのメッセンジャーで送って。寮に戻ってからでいいから」

「わかった。送るね」

「あ、彼、また食べ物をとりに行った。ちょっとごめんね」

アイスがサラワットめがけて走っていく。腹いっぱいの僕は好奇心満々だ。

上級生たちはこの手の話題に興味がない。将来、何がしたいとか、来月どうするとか、そんな話に夢中だ。そういうわけで、僕とエンの2人はお互いの顔を見合わせながら焦げた豚肉をつついてる。

「お腹いっぱいなんですか？　タインさん」

「ああ……」僕はサラワットの姿を目で追っていて、上の空だ。

「デザートは？」

「大丈夫。自分でとりに行くから」

「タインさん、サラワットのこと知ってますか？」

心臓にぶすりと突き刺さる短剣みたいな質問だ。

「そりゃ、知ってるさ。有名人だもん」

「彼、つき合ってる人いるんですか？」

「いると思うよ。なんで？　好きなの？」

そうじゃないって言って。好きな相手が同じだと、先輩後輩関係にひびが入るし、エンだって傷つくだろうし。

「はい、好きなんです」

「……！」

「でも、見てるだけでいいんです。あんなにハンサムだし。高望みはしない。ああいう人はいつかお似合いの相手を見つけちゃうと思うんです」

そうしてエンは、サラワットに対する見解をたっぷり2ページ分は語ってくれた。もうお腹いっぱい。

「でも、フリーだったら、アイスにもまだ望みはあると思います。あの子、キュートだし応援してあげたい。ほら、見てください」

エンが僕の腕をそっと叩く。2人の姿が見える。おおっと。アイスがワットの気を引こうとしてる。あっちへ歩き、こっちへ歩き、ゆっくりと食べ物を選んでる。ワットのクソ野郎もふり返って彼女を見てる。

あいつ、おっぱいには敏感だ。僕のおっぱいにやたら執着してたことがあったし。もっとデカいおっぱいを見て血迷ったか？　これ以上見ていられなくなった僕は、立ち上がって2人のほうへ近づく。通りすがりにつぶやく。

「デザートが欲しいなあ」

「あ、デザート食べます？　なんかとってきますね」

アイスにとってきてほしいんじゃない。サラワットにやってほしいんだ。

だがしかし、僕は静かにうなずく。これでアイスを厄介払いできたから、今ここにはサラワットと僕だけ。説明してもらわないと。

「おまえ、すげーカッコいいよな。わかってるよ」

「妬いてるのか？」

「妬いてない」

「なんで声がイラついてる？」

「話をすり替えるなよ。おっぱい眺めてたろ。わかってるんだ」

「いつ眺めてた？　妄想が激しすぎるぞ」

「あの子が自己紹介していたときも、おまえ、おっぱい見てた」

「そういう言い方が妬いてるっていうんだよ」

「違う！　妬いてない。や、や、妬いてなんかいない。トイレ行ってくる」

アイスが持ってくるデザートなんか、もうどうでもいい。どうしてこんなに大騒ぎしてるのか自分でもわからない。

なんだか抑えが利かないんだ。あの子があいつのことをどれだけ好きかわかればわかるほど、イヤな気持ちがどんどん湧いてくる。

サラワットがピタッと後ろからついて来る。近くに人がいなくなると、やつは僕を両腕の中に抱き寄せて、冗談っぽく言った。

「まったくおまえは。しょうがないやつ」

「うるせー」

僕はもがいてやつの腕から抜け出したが、やつはそれでもついてくる。

「どうしてついてくる？　小便したいんだよ」

「妬いてる男を見に来た」

「妬いてるわけないだろ」

「わかった。おまえは妬いてない。さっさと小便済ませて席へ戻ろう」

「……」

「ぐずぐずしてると、個室に連れ込んでヤっちまうぞ」

その言葉を聞いた瞬間、鳥肌が立った。脅しを口にしたら絶対に実行する、こいつは。反論するつもりはないから黙った。

SARAWATLISM Side

タインがふくれっ面のまま席に戻っていく。あの頑固もんには、あのくらい言ってやらないと。あの子のことなんかなんとも思っちゃいない。見られているのを感じたから、そっちを向いただけだ。本当に妄想が激しいやつだ。何を聞いたんだか。まあ、そこが可愛いところなんだが。

嫉妬すると、いつものあいつよりさらに、はるかに可愛くなる。今夜は寝かせないぞ、タイン！

もう勘弁してとおまえが叫ぶまで、楽しいことをしてやる。

「タインのやつ、どうかしたのか？」

席に戻ると、様子を見ていた上級生が話しかけてきた。

「ただのやきもちです」

「おまえ、何した？」

「何も。あいつと一緒に来た新入生の女の子を見ただけだ。すぐ妄想に走るんだ」

「自分は違うってか？」

「え？　俺は妄想なんかしない。現実とジョークの区別ぐらいつきますよ」

「わかった、わかった。口の減らないやつだな」

「サラワットさん、あの色白の男子、あなたの友達ですか？」

テーブルに戻ってきた新入生が尋ねてくる。彼の名前はトゥラー。俺と同じく国際関係専攻。

俺たちにはかなり共通点がある。だが、ひとつだけ共通であってほしくないものがある。それは……。

「どうして？」

「別に。ただ、あなたと話しているところを見かけたから親しいのかなと思って」

「もちろん親しいさ」俺の妻だからな。

「誰の話だ？　トゥラー」

俺の先輩のヘーンが会話に加わる。ヘーンは、タインと俺がつき合ってることを知ってる。やはり俺の先輩である4年生のコーンも知っている。タインとつき合い始めたころ、ヘーンにはよくからかわれたものだ。

「サラワットの友達の話です」

「ああ、タインだよ。好きなのか？」

「いえ、さっきからずっと食べてるから面白いな、と思って」

「面白いか、可愛いか、どっちなんだ？　正直に言えよ」

ヘーン、どうしてわざわざ問題をほじくり出そうとする？　食べる気が失せて箸を置く。

「面白いし可愛いです」

ああ、ちゃんと聞こえたぞ。後輩のくせに俺の彼氏が好きか？　自分の立場をわかってないな。真実を告げようとしたがヘーンの話は続く。少しは俺にも話をさせろ。

「法学部の学生でチアリーダーやってるんだよ。イケメンだろ」

「……」

「つき合ってる相手がいるかどうかは知らないな。本人からそういう話は聞いたことがないし。いるとしたって、もう別れてるかも」

めらめらと怒りの炎が燃え上がる。もしも先輩後輩の関係を切れるなら、今すぐにでも切ってやる。

「まだフリーなわけないですよ」

「へっ、見た目じゃわからないって。心の問題だから。そうだろ？　サラワット」

まだ俺をからかう気満々なのか。信じられん。なんとコーンまでこのゲームに参加してきた。

「挑発しないでもらえますか」

「なんでサラワットは怒ってる？」

「はあ？」俺はぶっきらぼうに答える。

「ほら、タインがまた食べ物をとりに行くぞ。あいつをつかまえて自己紹介したら、コーンが話をしたがってると伝えてやれ」

「了解」

トゥラーがすくっと立ち上がり、俺の妻のほうへ歩いていく。あいつは寿司を選んでいるところだ。近づいてくる者に気づいてタインが目を向ける。2人はしばらく話をしている。くっそ！　これ以上我慢ならない。2人が微笑み合っているのが見え、嫉妬にかられる。タインに関わるやつ、みんなに腹が立つ。立ち上がろうとすると、ヘーンに止められた。

「離してください！」

「何怒ってるんだよ。おまえの妻を呼びに行かせただけだぞ。怒ることないだろ」

「シャレにならない」

「冗談でやってるわけじゃないさ。ほら、こっちに来るぞ」

「こんばんは、コーンさん、ヘーンさん」

テーブルに近づいたタインがコーンとヘーンに挨拶し、俺の前の席に着く。コーンの隣だ。新人生は俺の隣の席に戻った。

「俺の尊い顔でも拝め、タイン」

「え、先輩、もう成仏したんですか？」

「蹴っ飛ばすぞ、こら」

「ははは。どうして僕はここに呼ばれたんですか？」

「こっちで一緒にどうか、と思ってね。ほら、豚の焼き肉がまだたくさんあるぞ」

「もうデザート食べちゃって。でも、いただきます。出された食べ物は断らないことにしてるから」

タインは箸の包み紙を破って食べ始める。俺はみんなにしばらく話をさせることにした。話題が尽きたところで、すかさず俺はタインを問い詰める。

「何を話してた？」

するとタインは皿から顔を上げ、生意気な目つきで俺を見る。

「……」答えはない。

「おい、おまえとトゥラーは2人で何を話してたんだ？」

「何って？　僕は寿司を選んでたから何も言わなかったよ」

「おまえたち、2人でしばらく話をしてたろ」

「ありがとう、へーンさん」あいつは話題を変えるのが実にうまい。

「おい、聞いてるのか？」

「何？」

「俺をイラつかせるんじゃない」

「僕をイラつかせるなよ」

あいつは同じ言葉を繰り返す。だが俺が本気だと気づくと、口調を変えた。

「僕がおまえの友達かどうか、聞かれた。おまえから僕が友達だって聞いたって。だから、そうだって答えた」

「……」

「僕たち友達なの？」

俺たちは、まるでトゥラーやコーンやヘーンなどこの場にいないかのように話をする。俺をからかうのがえらくうまいな。いいだろう。部屋に戻ったら、しっかりお仕置きしてやる。俺に嫉妬させるようなふざけたまねなんかできないように。覚悟しろ。

「皮肉はやめろ」

「皮肉なんか言ってない。おまえが自分でそう言ったんだろ」

「俺は言ってない。言ったのはあの2人だ」

「おまえ、どうした？　なんで怒鳴るんだよ？」

周囲に気を揉ませるほど大声を出したわけじゃないが、レストランの中にいる以上、タインの誤解を解く余裕はない。

「先輩、落ち着いたほうがいいですよ」

「黙れ」

俺はずうずうしくも割り込んできたトゥラーをにらみつけ、ひと言ひと言はっきりと言ってやった。

「……」

「こいつは俺の妻だ。こいつを見るだけならいいが、好きになるのは許さん」

「お！　いいぞ、やれ、やれ、親愛なる後輩諸君。応援するぞ」

「後輩同士ケンカを始めようってのに、クソったれ、ヘーン」

「ワット、落ち着け。部屋に戻ってから、2人で話せよ。まずは冷静になれ。それから、タイン、これ以上騒ぎがひどくならないうちに自分のテーブルに帰れ」

コーンが俺たちの間に割って入る。もっとも、ヘーンと一緒に騒動を引き起こしたのはコーンなんだが。わかってる。2人とも俺たちをダシに楽しんでいただけだ。どうして俺はこんなに本気でイラついてるのか。タインに関わることだと、つい考えすぎてしまうからだ。頭に血が上ってる。

「もう食う気が失せた。タイン、元のテーブルに戻らなくていい。部屋に戻ろう」

「なんで？」

「ぐだぐだ抜かしてると、今ここでキスしてやるぞ」

「……」

「聞け」

「おまえ、僕の彼氏なの？　それとも父親？」

「両方だ」

１人の人間相手にイラつくのと同時に、優しくしてやりたいと感じることがあるだろうか？

俺がそうだ。タイン相手だと、いつもこうだ。

2

「ワット、こんなの、面白くない」

「わかってる」

部屋に戻った瞬間、俺はタインの服を全部脱がせた。他のやつらにタインと関わらせたくない。特に、タインに興味を持ったり、可愛いと思ったりするやつらなら、なおさら。こういう状況に陥るといつもイラつく。今は2人きりだから、お互い正直に気持ちを話し合って緊張を解くことができる。だが、自分がどれだけやれるかは今の状況次第だ。

「うう！　痛っ。僕、何か悪いことした？」

「何もしてない。悪いのは俺だ。自分を抑えられないんだよ」

俺は彼を抱きしめ、頭を彼の肩に乗せた。頭に来ることが多すぎるからだ。

俺という人間は変わらない。いつも嫉妬を感じてる。タインにちょっかい出してたミルさんのことも、自分勝手な理由でタインのそばから排除した。だから、俺の彼氏にスケベなことを考えたトゥラーを排除するのも難しいことじゃないだろう。トゥラーを殺して問題が解決するなら、そうする。失うものは何もない。

「サラワット、おまえ……」

「どういう気持ちになるのか今ならわかる。俺が誰かを見るとおまえが嫌がる気持ちも、わかる。もっとも、俺はそいつのことなんか忘れてるが」

タインがトゥラーのことをなんとも思ってないこともわかってる。2人は立ち話をしてただけだ。それなのに、どういうわけか俺は自分を抑えられない。

「僕も同じ。おまえがあの子のことを見てたとき、同じ気持ちになった」

「……」

「おまえがあの子を見てたのがイヤだったわけじゃない。あの子がおまえのことを好きだってわかってるのに、自分は遠くから見てるだけで何もできないのが嫌だったんだ」

タインが話しながら震えている。白い肌が熱を帯びている。これはもうすぐ泣き出すな。手を差し伸べて彼を腕の中に抱き寄せ、優しく体を揺らしながらなだめる。

抱きしめていると不意にタインが堰《せき》を切ったように泣き出す。泣き声を聞いているうちに、俺の心も静まっていく。タインの涙を見ただけで、感情の高ぶりが完全に消えた。

俺はタインの真っ赤になった頬から涙をぬぐい、あいつが泣きやむまで優しく愛撫し、キスで肌をたどっていく。今、誰が嫉妬してる？　その答えはわからない。わかってるのは、何が起こってもなだめるのは俺の役目だってことだけ。

タインは真っ裸だ。部屋に足を踏み入れた瞬間に俺が服を全部はぎとったから。ちょうどいいタイミングだと感じた俺は、あいつをソファに押し倒して上から覆い被さる。金曜の夜。しかも、ケンカの直後。そうだ。一戦交えるのは理にかなってる。

「待てよ、サラワット。おまえ、何してる？」

「金曜の夜だ」

「だから？」

「おまえがシャツを脱いで俺を煽《あお》ったし」

「おまえが脱がしたんだよ！」

「知らん」

「おまえってやつは……」

部屋に響くタインのうめき声からすると、サラワット・ジュニアはいい仕事をしているようだ。

正直、自分がどうなってるのか、俺にもわからない。肌と肌が触れ合った瞬間、俺の中でありとあらゆる感情がほとばしる。タインのこととなると、自分が抑えられなくなる。俺に組み敷かれたタインが、耐えきれない歓びの声を上げる。

何時間もタインを抱いているうちに、さっきのケンカで生まれたつらい思いが消えていく。俺は徹底的にタインを可愛がった。あいつはぐったりしてソファにへたばっている。

絶対に1人じゃ寝室まで歩いていけないだろう。俺たち2人の間にあった苦しみはもう消えた。すやすやと眠るタイン。俺はあいつを起こす代わりに、ソファの上で抱きしめることにした。

翌朝、急にタインの具合が悪くなっていた。ものすごく心配だ。一緒に寝るようになってから、最初のときを除けばこんなことはなかった。今までと違う。昨日の夜、激しすぎたせいか。眠っている間も呼吸が苦しそうだった。

「タイン、聞こえるか?」

額に手の甲を押し当てる。かなりの高熱だ。

「うう……」

「ぬるま湯に浸したタオルで体を拭いてやる。ちょっと我慢しろ」

「眠たいのに寒い」

目を閉じたまま、あいつが言う。抱き上げてベッドまで運ぼうとすると、つらそうな声で怒る。

「痛い、サラワット。触るな」

なんだよ、こんな不機嫌な声で言われたら、無理に移動させるわけにいかない。俺は大きなため息をつく。代わりに、寝室から厚手の毛布を持ってこよう。

タインを休ませる前に、タオルで全身を2回拭いてやる。今日は土曜日でよかった。講義をさぼらなくて済む。

冷蔵庫には食べるものが何もない。いつもは週末に買い物をして冷蔵庫に入れておく。今日はダメだ。タインを放って出かけるわけにはいかない。ホワイト・ライオンの友達に頼んで、お粥を買ってきてもらおう。

すぐにスマホを手にとって親友に電話する。

「おい、マン」

「こんな朝っぱらからなんだよ？　寝てたんだぞ」確かに眠そうな声だ。

「頼みがある」

「今度はなんだ？」

「タインのためにジョーク（砕いた米のやわらかいお粥）を買ってきてくれ。具合が悪いんだ。1人で置いておけない」

「ええ。おまえ、ありえないな。またかよ」

「頼む。それから、昼に食わせるカオトム（タイの雑炊風お粥）も」

「わかった」

「タイプさんには黙っててくれ」

「了解！」マンはそう叫ぶとすぐに電話を切った。

タインの兄タイプさんとマンは一緒に暮らしてる。タイプさんはタインの面倒を見るためにこっちにいるってことになってるが、マンのためにいることはみんな承知だ。ま、誰もあえて口にしないが。あのカップルでは、タイプさんの言うことがいつも正しい。マンが何か口答えすると、タイプさんは激怒して部屋を破壊しかねない。まあ、そういうことだ。

マンを待つ間、タインのために薬と冷却シートを用意する。10分も経たないうちに誰かがドアをノックした。

トン、トン、トン。

ちっ！　やけに早いな。まだタインの世話がすべて済んでいない。

ドアまで行って、さっと開けると、そこにいたのはマンではなく……。

「すみません。ここ、タインさんの部屋ですか？」

見覚えのある女子が2人。タインの後輩だったっけ。俺の顔を見て、驚いたような表情をしている。

「ああ」

「あの、フェン先輩に頼まれてタインさんに講義ノートを持ってきたんです。先輩が行けなくなっちゃったって言うんで代わりに。それから、1年のときの講義ノートのことを聞いてみたらって言われたんです」

　長い話が終わるのを待って、俺はうなずく。そして、２人を中に招き入れる。

「タインは具合が悪い。ノートは俺が探してみよう」

　確か、１年のときの講義ノートは箱の中だ。

「わかりました」メガネの子がすぐさま答える。

「きみたち、タインの後輩？」

「ええ、私の名前はエン。こっちは、友達のアイス。あなたは……」

「サラワット。タインの彼氏」

　ルームメイトと誤解されると、のちのち面倒だと考え、こう言った。また一から説明して時間を浪費したくない。それに、またタインに考えすぎてもらっては困る。

「ええっ」

　２人には少し待ってもらってタインのノートを探していると、リビングルームから叫び声がした。鳥肌が立つ。すぐにリビングルームに向かうと、まるでタインがマンに襲われてるみたいな態勢になっている。

「何してる？　病気なんだぞ」

　最悪なことに、タインの様子を見ようとしたマンが全体重をかけているものだから、タインがうめいている。

「おまえってやつはとんでもないな」

「俺を責める前に自分を責めろよ。タインのやつ、体中キスマークだらけじゃないか」

「お節介はやめろ。お粥は？」

「俺はおまえの召使いかよ」

「失せろ」

「このヤロー、感謝しろ！」

後ろで騒ぐマンを無視して、改めてタインの体を毛布で包み込む。そして、そばに膝まずいて耳元にささやきかける。

「タイン、痛むのか？」

「うーん」

「どこが痛い？」タインは目を開かない。

「体中」

「ベッドで寝たいか？　運んでやるぞ」

「いい。痛いから」

ほんの少し体を動かすだけでも痛むらしい。その唇にそっと唇を押し当てる。優しいキスで痛みが和らぐかと思って。落ち着いたところを見計らって、ゆっくりと抱き上げて寝室へ運ぶ。だが、あいつはまた痛みでうめき声を上げる。

「おまえ、友達に使う声と妻に使う声が全然違うじゃん。タイン相手だと、どうしてそんなに可愛いんだよ？」

マンが言う。

「おまえがタイプさんに話しかけるときと同じだ」

「ああ言えばこう言いやがる！　ほれ、こっちがジョーク。こっちの袋がカオトムな」

「助かった。まず食べさせてから薬を飲ませる」

「じゃ、帰るわ。ところで、あのキュートな子たちは誰？　すげー可愛いじゃん」

かがみ込んで耳にささやくマンの声を聞いた瞬間、思い出す。彼女たちのことを完全に忘れていた。

「タインの後輩たちだ。講義ノートをとりに来た」

「超イケてる子たちだな！」

「さっさと帰れ。おまえの妻からお叱りの電話が来ても、今度は助けてやらないからな。エン、アイス、もうちょっと待っててくれ。何冊か見つけたから。もっとあるはずだ」

彼女たちの返事を待たずにすぐさま自室へ戻る。古いノートを箱から全部とり出して、待ってた子たちに手渡す。

「はい、これ」

「ありがとうございます」

「……」

「あ、あの、タインさんはラッキーですね。こんなにお世話してくれる人がいて」

エンがぎこちない口調だが、はっきりと言う。その言葉に俺は答える。微笑みを顔に浮かべて。

「ラッキーなのは、タインのそばにいられる俺のほうだ」

「……」

「勉強頑張れよ」


女の子たちが帰ると、妻の面倒を見るミッションが始まる。いつもの土曜日なら、試験勉強がない限り、タインを散歩に連れ出すか、一緒に映画を見に行く。だが今日は具合が悪いから部屋にこもる。

タインはお粥を食べ、薬を飲み、しばらく体を休めていた。そのうちに目を覚まして、またうめき声を上げる。

「体中が痛いよ」

「すまない。夕べの体位、無理があったな」

「さっきマンに乗っかられたのも効いてる」

「俺、おまえに慰謝料請求できるよね」

「こっちが被害者だよ。訴える権利があるのはこっちだ。ちゃんと話聞け」

「この、チビ独裁者」

具合が悪くなってからタインはあまりしゃべらず、代わりにふくれっ面をしていた。そういうタインを見るのも楽しい。1時間ほどしゃべってからタインはまた眠り込んだ。熟睡したところでまた体をさすってやる。しばらく経ってタインが目を覚まし、いつものようにぶつぶつ文句を言う。

「腹減った」

「マンが買ってきたカオトムをあっためてやる」

「なんかつまんないな」

「映画でも見るか？　外付けハードディスクにいろいろ入ってるぞ」

「いい。全部見た」

「じゃあ、何したい？」

「音楽を聴きながらご飯食べたい」

「まったく、ちょっと甘やかしてやったら、もうこれだ」

あいつはニヤっと笑った。俺は首をふり、小さなキッチンへ行く。カオトムを温めるために。

「他のことをする前にまずこれを食うんだ。もうかなり熱も下がったしな」

「でも、まだキスマークがたくさん残ってる。めちゃ恥ずかしい。マンは本当にお節介なやつだな」

「気にするな。おまえの後輩たちも来たぞ」

「ええっ！　どの後輩？　マンだけじゃなかったの？」

そうか、気づいてなかったんだな。タインは目を大きく見開いて、矢継ぎ早に質問を繰り出す。

いつエンが来たのか、誰と一緒だったのか、どんな様子だったのか。

「フェン先輩に頼まれてノートを持ってきたって。それと、おまえが1年生のときの古いノートを貸してくれって頼まれた」

「僕らが一緒のところを見られた？」

「かえってよかった。これで、おまえも妬かないですむし、妄想も収まる」

「妬いてなんかいなかったよ！　馬鹿ヤロー！」

クソオモロい、おまえ。俺はタインの気が済むまで文句を言わせる。いいかげん飽きたところで、あいつはベッドに横たわる。寂しそうなあいつを見て俺はギターをとりに行く。俺たちの名前が書いてあるギターだ。ベッドの端に腰を下ろす。あいつはすぐ隣にいる。無邪気な顔で俺を見ている。

「何が聴きたい？」俺が聞くとすぐに答えが返ってくる。

「スクラブの歌全部」

「この欲張りめ。おまえの要望にいちいち応えてたら俺の指がダメになる」

「僕を喜ばせたいんなら、とことんやれ」

「昨日の夜みたいにか？」

「クソ野郎」
と言いつつ、頬を見る見る赤らめ、恥じらっているのがわかる。
「じゃあ、この曲にしよう」
俺はギターを握りしめ、それから弾き始める。あいつ以外の誰にも弾いたことのない曲だ。

「誰かが　夢を見させてくれる
誰かが　幸せにしてくれる　心を温めてくれる
言葉では　あらわせない人
いつかきみに出会う　その日を待っている」

俺はスクラブの『Every Day』をタインのために歌う。これから先も俺の毎日に彼がいてくれるように、と祈りながら。いろんなところへ出かける日もある。友達とつるんだり、サッカーをしたり、頭を死ぬほど使って講義に集中したり。でも、家に帰ったら会える。俺の帰りを待っているタインに。

「毎日きみといられたら　僕の夢は続く
毎日きみの手を握れたら　抱きしめ合うこともできる

毎日きみといられたら　つらいこともすぐに過ぎる
きみといるだけで　すばらしい日々になるんだ」

毎日こうして続いていく、これからも……。

Special 4

新歓ナイトふたたび

1

あの日、メンターとメンティの顔合わせでカオスになって以来、サラワットはインスタのアカウントを非公開にした。誰にも僕らのことに首をつっ込まれたくないからだ。僕のメンティが、サラワットのインスタをフォローしたがっていることについて、僕たちはじっくり話した。サラワットはこれ以上いろいろなことを新入生たちに詮索されたくないと考え、自分に繋がるルートをすべて閉じることに決めたんだ。

あいつがインスタを非公開にした理由はもうひとつ。自分が誰かと話すと、僕がすぐに嫉妬するからだって。でもサラワット、そう言うおまえの嫉妬のほうがひどかった。おまえが逆上してベッドでラフプレーするから、翌朝僕が死にかけたのを忘れた？ あの朝、僕のインスタアカウントも非公開にするように言ったよね。トゥラーが僕をフォローして、ちょっかいを出してくるのが怖かったんだろ。常軌を逸してる。

つまり、これから開催されるイベントで初めて、サラワットが軽音部のメンバーだと知る新入生がかなりいるというわけだ。

今年は新歓ナイトと課外活動の日が同じ週に開催される。新歓ナイトは明日、課外活動の日はその翌日だ。課外活動の日は、クラブの新部長が登場して、新入生にクラブの面白さをアピールするというイベントだ。趣旨はわかるけど、もし新部長が去年より新入生を勧誘できなかったらマズイよね。

僕たちは今日、軽音部のフェイスブックアカウントでライブ配信をやって、今度のイベントを宣伝しようとしている。予定時間にログインして、ライブを始める。

サラワットと僕が画面に映ると、最初は10人だった観客がみるみるうちに数千人に増えていく。数日前に部長がライブ配信を始めて、昨日はサラワットを除いた、アンたちCtrl Sの番だった。そして、今日はサラワットと僕だ。

「やあ、みんな。シックな男・タインと……」

「サラワット」

いつものように澄ました顔で語る。まったくもう、やる気出せよ！

「サラワット、今日、僕たちがお届けするのは……？」

「クラブの宣伝」

「そのとおり！　きみたちを、軽音部の課外活動の日に招待するよ。重要なのは、僕らが部活動に関する質問にも答えるってこと。興味があったら、ぜひ気軽に聞いてね」

画面はすでにハートマークの嵐だ。その後誰かわからない最初の質問が、ポッと表示される。

「クラブでは、タインとサラワットが教えてくれるの？　ゾクゾクしちゃう。こんなイケメン見たことないから」

この質問を読み上げたのは僕だけど、サラワットに答えさせる。

「仲間と俺が教える。タインはやらない。Cコードも弾けないから」

おおっと、サラワット。僕にゾッコンだな！　言葉にできないほど嬉しい。さっさと次の質問に移ろう。

「『あなたたちのギターは、どこのブランドですか？　すごくギターを弾きたいと思ってます』と。えーっと、僕はタカミネ・プロシリーズ。サラワットはマーティンだよね」

肘でサラワットを2度つつく。次はおまえが質問を読む番だ。質問が届きまくっているから、面白いのだけを選ばないと。現部長のジェンの指示どおりにね。

インスタが非公開になる前にサラワットの存在を知った新入生は、超わくわくしているに違いない。サラワットがフェイスブックでライブをやるのは初めてだから。でも、彼を知らない人はこの配信を見て驚くだろうな。

今日、僕らのライブを視聴しているのは1年生だけじゃなく他の学年もいるけど、新入生の質問だけに答えるようにする。

「中央カフェテリアで一番美味しいコーナーはどこですか？」

ああ、なんてためになる質問なんだ。涙が出る。それがクラブとなんの関係があるんだ。泣いちゃうよ。食事がクラブとどんな関係があるんだって聞き返したい。サラワットは少し黙ってから、いつもの彼らしい冷たい声で答える。

「ジアップさんのところはいい。フライドチキンがうまいから」

うわっ！　僕はパソコンに頭をぶつけて今ここで死にたいぐらい。おまえがふざけるせいで質問が激増したじゃないか。クラブについて聞く子もいれば、そうでない子もいる。僕たちは答えたい質問だけを選び出す。

「あなたたちはお似合いだって聞いたんだけど。つき合ったらどうですか？」

僕はすぐにサラワットを見る。

「……」僕たちは無言でその質問をパスする。

「サラワットがチャンダオのサンダルを愛用しているっていうのはホント？」

「ああ、あれは履きやすい」

「タイン、笑って」

すぐさま僕はカメラに向かって微笑む。サラワットは、僕をチラリと見てから質問を読み続ける。

「秘密の恋の歌、おすすめしてくれる?」

「『Secret Admiring(秘めた想い)』がいいかな」と答えると、新しい質問が表示される。

「サラワットに首ったけの子の歌なんてどう?」

僕がちょっとショックを受けている間に、自分の名前が出たサラワットが代わりに答える。

「404 Not Found(404エラー:ページが見つかりません)」

待てよ、なんなんだ? はははは……。何をしたいんだよ?

「サラワットのご両親は何をしているの?」

もう質問のほとんどが、このセクシーな男に集中している。もしサラワットが世間体を気にしない男だったら、僕はもうどうにかなってしまっていただろう。彼がみんなにサービスする姿なんか、見ていられない。

「父は警察官」

「お母さんは?」

「母は……警察官の妻」

あー、だんだんイラついてきた。もう好きなようにすればいい、サラワット。お好きなように。

さあ、続けるよ! ここでやめることはできないんだから。まだ、たった20分しかライブ配信していない。どうして僕がこんなにあわててるのかというと、サラワットがこの後サッカーの練習に行かなくてはいけないから。

「サラワット、フェイスブックはやらないの？　やってほしいのに」

「やらないよ」

「あなたたちのインスタアカウント、どうして非公開なの？」

　この質問には、ちょっと衝撃を受けた。僕が答えようとする前に、即座に隣の人物が答えたが、僕はその答えを聞いて椅子から転げ落ちそうになる。

「アクシデントで。マジで非公開にするつもりはなかった」と続ける。

　こんなのを信じるやつがいたら、それこそ大馬鹿だ。

「お気に入りのバンドは？」

「スクラブ」と僕。

「ソリチュード・イズ・ブリス」と短くサラワット。

「タイン、つき合っている人はいる？」

　僕のキラースマイルが、たちまちこわばる。答えを間違えたら、サラワットに死ぬほど蹴られるに違いない。最悪なのは、この質問をしたのが男だってこと。なんで僕は男ばっかりに惚れられるんだ？　生まれてこの年までズル賢く生きてきた僕は、ソッコーで話題を変える。

「クラブには関係ない質問なので、答えないほうがいいかな。さて、今度はサラワットに答えてもらおう」

　これで一安心。問題はサラワットに投げたし。

「あなたたち2人がいるから、クラブに申し込みます」

彼は間をおいて答える。「ありがとう」

「まだ定員に空きがあるのか心配。どうしたらいい？　なんとかしてもらえますか？」

「……」

「祈るしかないかもね」

そうなんだ、それしかできないんだよ、新入生諸君。最初、僕もこのクラブに落選した。タイ東北地方料理クラブのメンバーになるしかないところだったんだ。もしサラワットがディム部長に掛け合ってくれなかったら、軽音楽部のメンバーにはなっていなかっただろう。Cコードでつまずいていた頃、友達とスパイシーでうまいパパイヤサラダを食べまくっていたかも。

質問はなかなか途切れないが、ある質問が流れを止めた。

「私のために、サラワットがギターを弾いて、タインが歌ってくれない？」

「ああ、どの曲にしようか？　サラワットくん」

僕は、彼と丁寧に話すフリを続けている。正直に言うと、前の学期の休暇以来、サラワットと一緒にカバーを歌うなんて考えもしなかった。大失敗しそう。ディム部長にめちゃくちゃ言われたし。

「おまえが選べよ」

サラワットは膝の上のギター「厄介もん」を叩きながら言う。おい、やめてくれ！　僕にプレッシャーをかけるな。

「スクラブの曲」

「ダメだ」

「いや！　俺はこのバンドの曲をやりたい」

「自己中だな」

でも、僕は気にしない。この曲にするよ。

「スクラブの『Rain《レイン》』にしよう」

「その曲のコード、思い出せない」

「何言ってるんだよ！　よしわかった。次の質問に行こう。『タインって……めっちゃキュート』」

ポロローン。

突然サラワットが弾いたギターの音で、言葉の最後がかき消される。

「キュート？」

サラワットが、僕が口をとがらす前に言う。

「次の質問に移ろう」

「俺が読むよ」

サラワットが、僕に口をはさませまいとばかりに申し出る。

「私、タインのような超自然体の人が好き」

何百っていう質問が来ているくせに、なんで僕に関するくだらない質問ばかりとり上げるんだよ。

「……」

「森の妖精でも好きになればいい。あれだって自然体だ」

以前、ミルと仲間たちがおまえを殴った理由が今ならわかる。時間を巻き戻せるなら、もっと激しく殴るようにあいつらに言ってやるのに。

「これまで酔うっていったらお酒だけだった。でも、あなたに会って初めて、本当の愛に酔うってことを知ったわ、タイン」

「……」

「蹴られてぼろぼろになったことある？」

僕が反応に困っていると、サラワットがとんでもない発言を投下する。

「おいサラワット」

と僕は彼の耳元でささやく。依然として、カメラには笑顔を作りながら。

今日、僕たちはクラブの代表だってこと、おまえはわかってるのか？　ジェンがヘッドホンして近くでコーヒー飲んでるぞ。気づかれでもしたら、間違いなく大事になる。

「サラワットは攻めまくってるね。ハハハ」

僕は新しいコメントを読んで、緊張した空気をほぐそうとする。あとちょっとでこのライブ配信は終了する。できるだけ彼を落ち着かせなければ。ところが、新入生のあるコメントが……サラワットの怒りの火に油を注ぐ。

「タイン、つき合っている人いるの？」

「……」

「いないんだったら、コクってもいい？」

ライブ配信終了直前、サラワットは真剣な顔で視聴者に中指を立てると、声を出さずに口だけ動かした。

「死にやがれ」

「何やってんだよ」

配信終了後、僕がそう言うと、あいつはスマホの操作に集中して顔を上げようともしない。他人や僕にどう思われようが、いっこうにお構いなしなんだ。サラワットはいつもこうだ。でも、実は何も気にしないように見えても、僕を気にかけていないわけじゃない。

「待ってる」そう答えると、彼はスマホをいじり続ける。

「何をしてるんだ？　おまえ、入力しては消してて、ウザい」

サラワットは答えずに、黙って何か操作をしている。今、僕は仲間と一緒に控え室に待機中。

大学は新入生を歓迎するため、たくさんのイベントを用意している。チアリーディング・パフォーマンスもそのひとつだ。上級生のチアリーダーたちに、朝8時からここにいるように言われているんだ。怠け者のサラワットは、朝早く起きるのが苦手で、なんとか僕についてきたけど、今もスマホにかかりっきり。

「それでは、チアリーダー女子、メイクの時間よ」

「チアリーダー男子は、まずは待機ね。ファンデーションをつけたければ、この間に友達にやってもらって」

指示が終わるとほぼ同時にサラワットが僕を見る。ま、待ってくれよ。心の中で首をふる。

「俺につけてもらいたい？」

絶対にイヤだーーーーーーーーー！

昨年のイベントで、僕の顔にファンデーションを塗ってくれたのが彼だった。上級生が他の仲間のメイクで忙しかったから。あのときは時間が迫っていて、他に選択肢がなかった。でもメイクの出来がひどくて、僕の顔は粉をふきまくり。あいつのメイク技術のせいだ!!　もしあの日の写真を誰かがタグづけして公開していたら、怒り心頭だったよ。その後1週間近く、僕の怒りは収まらなかった。サラワットはもう2度と、僕の顔に何かしようとしなかったけど。

「今やってることだけやってて。僕は順番が来るまで待ってるから」

「それじゃ、後でおまえのメイクを落としてやるよ」

好きにすればいいさ、サラワット。いまだにメイクリムーバーを「顔を拭くモノ」なんて呼んでいるレベルなんだから……まったく。

「タインくん、あなたのスマホ」

そのとき上級生の1人が、スマホを手渡してきた。僕はうなずいて、受け取ろうと彼女に近づく。いつもなら、僕のスマホは仲間のものと一緒に部屋の隅に置かれているはずだ。

「ありがとう」

「通知音が鳴りっぱなしだったわよ。誰か亡くなったのかと思っちゃった」

「そうなんですね」

誰か死んだって？　メッセージが機関銃並みに送り続けられてるが、通知はインスタからだったので、ちょっとほっとする。もし誰かが死んだなら、これほど立て続けには送ってこないだろう。気になってしょうがないからすぐにチェックし、引き返してサラワットの隣に座る。

はあ。なんなんだ、いったい。

「サラワット、何やってるんだよ」

「何もやってない」

「何もやってなくないだろ？」

「妬いてるだけだ」

「マジ？」

「俺たちが別れたって噂になってる。最近インスタの更新がないから。だから、全部更新してる」

「だからって、これはないだろう。もういっかんの終わりだ」
サラワットは、昨日のライブ配信の後、数か月ぶりにインスタを更新していた。あいつのインスタには、スマホが熱を発するほど大量に僕の写真がアップされていた。僕のスマホもおんなじ。でも、あいつのアカウントは非公開だから、新入生は見られない。まったくの無駄じゃないか。

Sarawatlism（サラワット）カレシ1@Tine_chic

2枚目の写真も僕の顔で……。

Sarawatlism カリシ2@Tine_chic
Sarawatlism カレシ3@Tine_chic

画面を最後の写真までスクロールすると、全部で23枚。少しタイプミスはあるけど、とにかく僕は23回もやつの〝カレシ〟になっていた。フォロワーはこの状況を理解していて、『いいね』が止まらない。

Happy.minnie 愛しのだんな様、どうして私の希望を打ち砕くの？ T^T

Janjanlism サラワット、こんなこと、思い出させないで。
lovesarawat_forever なんでこんな仕打ちができるの？
Thetheme11 （テーム）タインはただの彼氏、なら奪えるじゃん。
Sarawatlism @Thetheme11 だれかの、カレシに蹴られて死んだことある？
Thetheme11 @Sarawatlism（爆）。お願い、やめて！　怖すぎる。
Bigger330（ビッグ）ワット、これから会いにいく。おまえの彼といちゃつきたいから。
Sarawatlism @Bigger330　笑

「おまえさ、勉強に対してもここまで熱心？」

「さあね。だけど、俺はおまえにいろいろ捧げてるが」

彼が「捧げる」という言葉を強調するので、鳥肌が立つ。あいつの「捧げる」には、それ以上の意味があるから。

「こんなことしてる暇があるなら、ギターのリハーサルをしたら？　今夜、演奏するんだろう？」

「俺の応援に来てくれる？」

「疲れてるし。人混みは嫌だな。でも、僕のチアリーディングの発表は見てくれないとダメだからね」

「人混みは嫌だな」

サラワットが僕の不機嫌な顔をマネる。思いっきり、ひっぱたいてやりたい。

僕は言い合いをすぱっとやめ、スマホを操作してインスタの通知設定をオフにする。サラワットと僕がつき合っているという事実について、チーム・サラワットの妻たちが悲嘆にくれている大量のコメントなんて読む気分じゃない。それもこれもサラワットが僕の写真を投稿したせいだ。

10分後、マンを除くホワイト・ライオン全員がやって来た。当然、最近のマンは僕の兄のことで頭がいっぱいだ。

「タイプさんはいい。タイプさんは完璧だ」

と言っていたが、おまえは部屋に黄色いガムテープを貼りまくって、自分の領土を主張するタイプに会ったことないだろ？

「昨日さ」テームが僕の注意を引こうと会話を始め、ボスも話し始める。

「なんだよ？」

「フェイスブックの配信で攻めてるやつがいてさ」

「それで？」

「早々にクラブの部長に叱られたらしい。当然だよな」

「あわれー。録画はある？」

テームとボスがサラワットと僕の隣に座る。他の2人は僕たちの反対側だ。全員がニヤニヤしている。僕はサラワットをけげんそうに見る。

「彼はすごくイケイケだった。感心するよ」

「おまえが中指を立てて『クソったれ』って言ってるGIF動画も作ったぞ。な、相棒」

そう言いながら、僕らに動画を見せてくる。みんな、なんてムカつくやつなんだ。何が楽しいんだよ。こんなふうにからかってサラワットが怒ったら、そのせいで死ぬのは僕なんだぞ。

「やめろ」

「なんだよ。何をそんなにカリカリしてんだよ。あの新入生はおまえの彼氏を崇拝しているだけだろ」

「俺はあいつが気にくわない。一線を越えたから」

「おまえさ、今までタインにアレが好きかって聞いたことあんの？」

クソっ！　あいつらは、結局僕をイラつかせる。まだまだ馬鹿にする気満々の顔つきだ！　サラワットとケンカになったら、いったい誰が責任をとってくれるんだ？

「知らない。とにかく髪をセットしなくちゃ」

僕はこの状況から逃れる口実を見つけた。スタイリングジェルを髪につけようと、その場を離れる。でも、どんなに髪をセットしようとしても、全然決まらない。見かねて、サラワットが手伝ってくれる。

「これでいいか？」

僕に鏡を手渡しながら、聞いてくる。同時に仲間たちは彼をからかうのだが、そのうち新しい話をし始める。僕がメイクしてもらう番になると、サラワットは飛んできて、そばに座る。メイク担当者のオイルとやり合うのが好きなんだ。あいつは、こういう機会を決して逃さない。でも、以前はここまで意地悪じゃなかった。

「オイル、ファンデーションはつけなくていいかな？　会場はそれほど暑くならないんじゃないか」

屋外でパフォーマンスするなら、ファンデーションをつけてもいいだろう。でも、まだ塗るのに慣れていない。何度も自分でメイクしているけど。今回はホールでのパフォーマンスだから、もっと軽めにしたい。

「それなら、ＢＢクリームをつけるわね」

「うん」

「どう思う？　サラワット」

「まかせるよ」

最近は必ず彼に意見を求める。ただし、影響されることは一切ないんだけど。

オイルはメイクの仕上げ前に、好みのリップの色を聞いてくる。サラワットと僕はぎこちなく見つめ合う。ここにあるリップは明るい色合いばかりだから。彼女はヌードカラーのリップを持ってくるのを忘れたんじゃないか？　と思いつつ、男性チアリーダーたちの唇を見てガクゼン。暗闇の中、唇が発光しているじゃないか！

「オイル、これじゃケバすぎだよ。リップクリームだけじゃダメ？」

「そう？　薄すぎると思うけど」

頼むよ……あんな色をつけたら、吸血鬼の唇に見えるじゃないか。

「リップグロスはどう？　自然に見えるわよ」

妖精みたいに自然ってわけ？　泣いていい？

「俺がタインを担当するから、きみは他の人にメイクしてやって」

サラワットはリップグロスを手にとると、僕を部屋の隅の席へ連れていく。そこにはあまり人がいない。大半はメイクの列に並んでいるから。僕は椅子に座って、リップグロスをつけてもらおうと口を半分開ける。それなのに、サラワットは一向にリップをつけようとしない。何やらリップを手に持って、上下に動かしているだけ。

「いいかげんにしろよ！　早くつけてくれ」

「こんなふうにリップグロスをいじっていると気持ちがいい。イケナイ考えが浮かんでくる」

クソ‼　おまえはリップグロスでさえ、そんなことを考えるのか？　僕は完全に詰んだ。

「困らせてるのか？」

「まさか。ただ、どうやるのか知らないんだ」

そもそもやり方も知らないのに、どうしてやるって言ったんだ。もう、恋人関係は終わりにしよう。僕は脳出血で逝ってしまうかもしれない。

「自分でやるから、鏡を貸して」

「いやだね。口を開けて」

「食わせたいのか？」

「いや。やりやすくするだけだよ」

「何をたくらんでいるんだ？」

僕が少し体を引くと、あいつはニヤリと笑う。

「グロスをつけてやる」ああ、よかった。

サラワットはゆっくりとピンクの液体をチューブから出し、優しく僕の唇につける。乱暴にやって失敗するのが怖かったんだろう。実はグロスを落とすのは簡単なんだけど。

「にっこり笑って！」

リップグロスを塗り終えてからそう言うと、見つめながら、だんだんと顔を寄せてくる。

「な……何か変なのか？」

「うまい？」

「リップグロスはデザートじゃない。うまいわけないだろ」

「確かめていい？」

「待てよ、サラ——」

突然、僕の呼吸が奪われる、彼の唇が僕のに触れた瞬間に。たちまち、あらゆる感情が心臓に向かってドッと流れ込む。無力さを感じていると、彼の温かな舌に口の中をくまなく探られて、パニックに陥る。これはキスじゃない。あいつは僕の魂を吸い尽くしてる！

わざわざみんなが見ているところで、こんなことをするなんて。周りからどう思われるか、想像もできない。誰かに見られてる？　今、頭の中は、この窒息状態からどうやって抜け出すか、それだけだ。

あいつは正しいタイミングってものがわかっていない、そうだろう？　ときと場合ってものも気にしない。ただ、僕の唇を台無しにしたいだけ。おまけに、自分の「ライトセーバー」で僕を突き刺したこともある。僕がベッドから這って出る羽目になるほどに。もう十分だろう？　わかったよ……降参だ。

僕がまともに呼吸できないとわかって、彼は嬉しそうに離れた。こちらを見て、舌なめずりする。その間も、こっちは息が苦しくてゼイゼイしている。もう心臓が溶けかかっているよ。

「すごくうまい」

「……」

「次はもっとつけよう。気に入った」

彼は優しく僕の髪を撫でると、少し離れたところにいた先輩にリップグロスを返した。

ありがたいことに、誰もあいつのやったことを目撃していなかった。もし見られていたら、間違いなく死ぬほどからかわれただろう。まさか、始めからそのつもりでここに連れてきた？

「お化粧は終わったかい？　タイン」

　ホワイト・ライオンのメンバーの1人が、からかうように口をはさんだ。すると、サラワットが引き返してきて、突然、ギロリと友人をにらみつける。

「すっげー、キュート！」やめてくれないか？

「彼氏いるの？」

「おまえ、死にたいのか？　クソったれ」

「俺たちは友達だろ、ワット。あ、軽音部の先輩がリハーサルするって呼んでたぞ」

「ああ」

「あと、おまえたちがキスしてるの見たぞ。邪魔しないでやったけど」

　あのヤロー!!

「見てたのか？」

　声を震わせながら、ビッグに尋ねる。彼は首をふりながら、ジェスチャーとは真逆のことを言う。

「ああ、しっかり見たよ。はははは」

　なな、なんてことだ。もう気絶しそう。超恥ずかしい。これからのことを考えたいのに、サラワットが近づいてきて、僕のシャツの襟とネクタイを整える。僕の思考は完全にストップした。彼は言う。

「集中するんだ、いいな？　俺はリハーサルに行かないと」

「……」

「考えすぎるな。落ち着け」

落ち着けだと！　僕のいいイメージはもう終わった。おまえのせいだ、サラワット。クソったれ。

2

チアリーディング部のパフォーマンスが近づいてくる。あと5分でスタンバイだ。すごく興奮してる。この規模のホールで、何千人もの観客を前にパフォーマンスしたことなんてなかったから。いつもは野外の、だだっ広くて深呼吸できるようなスペースだった。今日は完全に勝手が違う。

サラワットを探す。僕をサポートしに来るかもしれないから。でも、あいつの気配はまったくなかった。きっと今夜は、自分のリハーサルなんだろう。多大な期待はしてない。

「すぐに始まるわ。スタンバイして」

「はいっ」

「これから大学のマーチング・ソングと何曲か学生歌を披露するわよ。準備はいい？」

「はい」

「笑顔を忘れないで。準備オッケーなら、始めましょう」

「いよいよ、みんなが待ちかねている瞬間ね、ポンパーム。我が大学のチアリーディング部によるパフォーマンスです」

2人のMCがステージに上がる。

「うわー。ゾクゾクする！　みんな、用意はいい？」

「もちろん！」

「さあ、チアリーダーの登場よ」

僕らは観客からの大喝采を浴びて、一時的に耳が聞こえなくなりそうだ。仲間に続いてステージ前方へ進む。自分のポジションに立ち、大学のマーチング・ソングが始まるのを待つ。

ステージはかなりの興奮状態。毎年、生徒の座席は学部ごとに決められていて、ホールの最後列は社会学部と保健科学部の学生たちだ。ちょうど前列で僕たちを見上げているのが、農学部の学生たちだ。もちろん、女子の叫び声に負けない大声が、前席からしっかり聞こえている。

「タイン！　ウオー！」

おまえらなんか大嫌いだよ。

全員が休みなく踊り続ける。ヒューヒューいう歓声が大きくなり、一瞬、ひときわ大きくなるのを感じる。でも、そんなのどうでもいい。

「ワーッ！　なんてイケてるの！」

待てよ、なんなの？　僕が踊り続けていると、圧倒的な拍手の中でショーが終了した。2人の

ＭＣがステージにやって来て、僕たちそれぞれにインタビューをする。マイクを回しながら答えていき、僕の番になった。

「男性チアリーダーの番よ。女子が悲鳴を上げる以上に、男子が絶叫しちゃう人です。タインくん、シャツの裾がパンツから出てるわよ」

「はい？」

「色白でステキなお腹ね。見せるべきじゃなかったけど」

僕の隣にいるＭＣのカウプーンが言う。僕はやっと、自分のシャツがはみ出ているのに気づいた。しまった。このシャツはジャストサイズだから、普段のより短めなんだった。あわててシャツをパンツに突っ込む。

「自己紹介をお願いします。ここにいるたくさんの新入生は、あなたを知らないかもしれないから」

「えっと、こんにちは。僕はタイン・ティパコーン。法学部の2年生です」

「ウオー！　超シックなタイン！」

「そうだー、超シックだよ。ウオオ！」

ろくでなしめ……。新入生のときは、僕も似たようなウザいやつだった。怖いものなしだったから。でも当時は、こんなふうに大勢の前に立って、ウザいやつらに言い返せないとは思わなかった。今、僕は笑顔しか作れない。

ＭＣのポンパームとカウプーンは、できるだけ明るい雰囲気にしようとしている。会話と質問が終わらなくて、次のショーの開始時間が遅れている。運悪く、次のショーの直前に答えるのが僕。ショーの準備のほうも、少々遅れている。

「タイン、どうして大学のチアリーダーメンバーになれたの?」

これは典型的な質問で、すでに僕の仲間たち全員が聞かれていた。つまり、僕は彼女たちの答えをコピーして、すらすらと答えればいいだけ。お安い御用だ。

「まず、学部のチアリーダーの1人に選ばれて、その後、大学のチアリーダー選抜に進んだのさ」

「その日はどんな気分だった?」

ちっ! あの日は、サラワットにずっと追いかけ回されて、顔に「顔を拭くモノ」を塗られかけてたんだ。あいつは僕の端正な顔にメイクが脂浮きしてるって言ってた。覚えているのはそれだけ。

ここにいる新入生には、チアリーダーになりたい、と思ってもらわなきゃならない。質問には楽観的に答えないといけないな。

「あの日は興奮したよ。たくさんの友人が励ましてくれたから、ベストを尽くせたと思う。もし、うまくいかなくても、マジで後悔しないって思ってた」

こんなの、現実とは思いっきり違ってる。僕は大学のチアリーダーになりたいなんて、これっぽっちも思ってなかった。それに、サラワットからは、僕が大喜びでメイクしてるって馬鹿にされてた。カンベンして! 感動なんて一切なかった。そう、何ひとつなかったんだ!

「今日は誰が応援に来てる？」ポンパームは休みなく質問を続ける。

「同じ学部や、別の学部の友人たち」

「そこにいる彼じゃない？　うわー！」

彼女たち冗談を言おうとして、自分たちで笑っちゃってる。楽しんでいるんだろうけど。スタッフも大拍手だ。

「あの人は誰かしら？　ポンパーム、彼があのギタリスト？」

「ウオー‼」

「ここにはいません。ちょうど、自分のショーのリハがあるから」

率直に答えるのは、新入生の中に僕とサラワットがつき合っているのを知っている学生は少ないから。今、僕たちをからかう人間のほとんどが、３年生か４年生、もしくはそれ以上だ。

「政治学部のサッカー選手と法学部のチアリーダーが、よく一緒に食事してるのを見かけるって聞いたんだけど、それって事実？」ポンパームが尋ねる。

「ええと……」

「しょっちゅう見かけるわ」

カウプーンが僕に代わって答える。彼女は質問に答えない僕に、発言の機会を与えるものかとばかりに話し続ける。

「私たちはもうたくさん質問したから、新入生に質問があるか聞きましょう。最初に質問したい人は？」

その瞬間、たくさんの新入生が素早く手を挙げた。選ばれた1人にマイクが渡される。

「自己紹介をお願いします」

「こんにちは。名前はフェーン、経済学部です」

「ご質問をどうぞ」

「タインに質問があるんです」

「はい」

「大学選抜のチアリーダーになるのは難しい？」

「難しくはないよ。でも、熱心に練習して、時間に正確じゃなくちゃいけないし、自制心も必要かな」

「あっ、チアリーダーになるのはそんなに難しくないんだ。でも、きみの彼氏になるのは難しい？」

オーーーーッ！

ホール中に、観客の嬉しそうな声が鳴り響く。僕はこんなにいじられなきゃいけないキャラなのか？　かつてはそこら中の女の子たちとイチャつく、たらしのタインと言われていたのに。

「わかった、わかった。もういいんじゃないかな。最近の子は遠慮ないわね。いいですね？　次の人に進んでも」

新入生が順番に質問をしているうちに、次のショーが近づいてきた。チアリーダー仲間もいじられ続け、恥ずかしそう。ポンパームとカウプーンは、バックステージのスタッフが合図を送っているのに気づいたようだ。もうそろそろ話を切り上げなくてはいけない。

「最後の質問になります。せっかくの機会なので、先ほどから毎回手を挙げながら、一度も指されていない学部のみなさんにお願いしたいと思います。その学部は……工学部！」

「やったー！」

前方の座席から野蛮な歓声が上がって、大勢が笑い出す。普通、観客を煽ったときに聞こえるのは、女性の悲鳴だけだろう。でも、この学部は80パーセント近くが男だから、ぞっとするような怒号になる。大歓声を聞いて、サッカーのビッグ・マッチの日のことを思い出す。僕らはバーで応援する計画だった。

「質問したい人はいる？」

工学部から生徒が1人、立ち上がる。新入生用のシャツを着て、バギー・ジーンズを穿いている。彼が立つと同時に、歓声が上がる。

「イケメンくん、自己紹介をお願いします」

「こんにちは。キーです。グループを代表してタインに質問があります」

「……」はあ、また僕か。

「遠慮しないでね。まず、マイクをタインに回すから」

マイクを受けとって、若者からの質問に耳をすます。今日の調子だと、質問のほとんどは僕をからかうか、新入生の生活か、チアリーディング活動になりそうだけれど。

「僕のような工学部の学生には、ギアがあるんです」

「……」

「でも、あなたのような大学選抜のチアリーダーの心の中には、何があるんですか？」

「ウオー‼」

まいるよ。ゲロ吐いていい？　もう茫然自失。必死で何か答えようとする。仲間たちはようやくステージから退場できるので、僕の答えを待っている。まもなく、次のショーが始まるという現実。そんなさまざまな要因があって、古い手を使って逃げるのは許されない。いつもなら、話題を変えるところだけど。どうしていいかわからなくて、なんとか答えが降りてくるよう祈った。

突然、目の前で光が輝く。

僕の恋人だ。サラワットがバックステージに立って、僕を見つめてる。まるで僕をこてんぱんにするのを待っているみたいに。クソが！

「答えはどうなの？　タイン」

カウプーンがプレッシャーをかけてくる。さあ、意を決して、答えるぞ。

「工学部の学生にはギアがあるということだけれど、僕の心の中には……」

「……」

「僕の心の中には、恋人がいるんだ」

「ウオー！」

雷鳴のような音が何度もとどろいて、耳をつんざく。サラワットの……笑顔が見える。彼は暗がりに立っているというのに。

Ctrl Sは、今夜ライブを予定している有名アーティストの前座を務めなければならない。ステージを降りた後、僕はサラワットに食べ物を渡すため、バックステージに立ち寄った。その後、2年生の学生スタッフらと一緒にホールを出た。みんなそれぞれ担当している仕事がある。

「さあ、待ちに待った瞬間がやってまいりました。いよいよ、去年の音楽フェスティバルの優勝者がみなさんに幸せをお届けします！」

イメージが、まるでデジャヴのように重なる。まず重厚なドラムの音が流れ、それに他の楽器が加わって、歌が始まる。

「やあ！」

タームの声が会場中に鳴り響き、バンドに向かって1年生がキャーッと叫ぶ。みんな総立ちで曲に合わせて踊り、ステージの上の人間は、自分たちのベストのパフォーマンスを披露しようと決意する。それは、暗がりにいる人間も同じ。

サラワットはまだ、さっきまでと同じ隅っこに隠れている。他人と知り合うのが大嫌いで、いまだにたくさんのことを受け入れられずにいる。その気になれば偉大なミュージシャンにもなれるだろうに。

あいつは、大勢の人間に囲まれることに慣れていない。その一方で、人生で多くの変化を経験し、多少、好みは変わってきている……。でもあいつは……あの日と同じままだ。

「この曲を、恋をしているたくさんの人に贈りたい。俺は信じてる。みんなが、スーパーマンやスパイダーマンのような、超絶パワーを持つイケてるスーパーヒーローになりたいわけじゃないってことを。僕たちは……ただキスしたり、恋したり、そんな普通の人でいたいんだ」

タームの言葉が続く。

「ウオー！」

「一緒に歌って、楽しもう。『Something Just Like This（サムシング・ジャスト・ライク・ディス）』」

チェインスモーカーズ・アンド・コールドプレイの『Something Just Like This』が地鳴りのように響く。観客の多くは、声がかすれるまで叫ぶ。僕らの素肌は汗で湿ってくる。エアコンがついているのに一向に涼しくならない。

AV部門がとてもいい仕事をしている。カメラマンも仕事を開始。各バンドメンバーに合わせてカメラをぐるりと回していく。ライトに照らされ、ステージ上のメンバーの姿がはっきりと見えた。リードヴォーカルに始まり、ドラマー、ギタリスト……。

「アアアーー！　ウオー！」

観客の歓声がいっそう大きくなる。ステージでギターを弾いているのが、サラワットだとわかったのだ。おそらくこれが、大勢の新入生を前にしての初登場。会場はすでにノリノリだったが、さらに興奮の頂点に達する。

　ステージライトに照らされるたび、歓声が大きくなる。みんながお互いの腕をつつき合って、長身のあいつのことを噂している。曲が次々と流れ、もはや何を演奏してもサラワットは圧倒的な声援を浴びる。公演が終盤にさしかかり、新入生は限界まで踊りまくる。有名アーティストの演奏のとき、再び踊るためのエネルギーなんて、ほとんど残っていないくらいに。

　大音量の音楽が次第に小さくなっていく。そして、ついに会場中が大歓声に包まれて終了した。MCが出てきて、再び自分たちの役割をこなす。バンドのメンバー全員に自己紹介を頼んで、質問もする。

　そのとき初めて、会場中がサラワットとプーコンが兄弟であると知った。このニュースでSNSはカオス状態になった。ガンティッサノーン家の嫁になりたいという女子が大勢いるから。でもサラワットは、これ以上MCたちに質問を許さない。いつものように話題を変えると、ステージを降りていく。お陰で1年生は、まだまだ知りたいことがあるのに叫ぶことしかできなくなってしまう。

　サラワットはそんなことまったく意に介さない。ステージから降りるとすぐに僕を呼んで、部屋へと戻る。明日のイベントの準備を手伝うためだ。そう、僕らはフェイスブックでのライブ配信の一件で罰を与えられている。サラワットと僕は、「課外活動の日」のイベントで入部申込書を受けとる手伝いをしなければならない。

軽音部の活動は例年よりも大規模になっている。サラワットのギターレッスンを受けたい新入生が山のようにいて、軽音部の申し込み窓口に殺到しているからだ。

軽音部への入部希望者の列が、他のクラブのスペースまで侵食している。これでは、前の年と同じ基準で応募者をふり分けなければならない。

「はい、みんなー。今年は去年よりさらに特別よ～。入部したいって人がすごいたくさんいる。でも場所と楽器に限りがあるから、入部する人を選ばないといけないの。楽器ができなきゃダメってことはないよ。条件は音楽好きなこと、申込書をきちっと書くこと」

現在、MCとして活躍中のアンが、小さな舞台の上で仲間と一緒に話をしている。友人と僕は、彼女からそれほど遠くない舞台下に立っている。

「じゃ、去年申し込んだ部員が申込書になんて書いたか聞いてみようね。どうやったら入部できたのかな？　ヌンニーン、どうぞ」

少しの間、大きな歓声が上がる。ヌンニーンが舞台上に進み、新入生に自分の経験談を話す。ひょっとすると、これが質問に答える際のガイドラインになるかもしれない。つまり、活動をつまらないものに聞こえないようにするガイドラインだ。ヌンニーンが彼女の経験を話し終えると、アンは僕のほうを向いてうなずく。

「次の部員、行くよ、タインです！」

「ウオーーーーー！」

なぜ僕を呼ぶ？　昨年、僕はスムーズには入部できなかったのに。おそらく、最初に除外された人間のはず。サラワットの助けがなければ、今、ここに立っていないだろう。

「タイン、去年の経験をシェアしてよ。何を書いたか、そして選ばれた理由は？」

一瞬、間をおいてから、質問に答える。

「僕は何も演奏できなかったんだ。ギターやベース、ドラム、キーボード、どの楽器もね。最初はタイ東北地方料理クラブに入るつもりで、うまい食事作りを学ぼうとしてた」

「ははは」

しばらくの間は笑いが続いた。そして、静かになると、続きを促される。

「あのときは、上級生に向けてひどく惨めなメッセージを書いたんだ。どうか僕に同情してくれってね。でも結局、最終的に入部できる50人のうちの1人にはなれなかった」

「なら、その後どうしたの？」舞台下の女性が手を挙げて、質問をする。

「そのとき、サラワットと親しくなったんだ」

全員がふり向いて、ステージ正面に立っている男を見る。

「それで彼が部長にかけ合って、いくつか質問に答えるだけで入れるようにしてくれたんだ」と、僕は続けた。

あの恐ろしいディッサタート部長と初めて知り合った瞬間が浮かび、思い出がフラッシュバックする。彼は真面目くさった顔で、僕に質問してきたんだった。

「部長から、どの楽器をやりたいか聞かれて、ギターと答えたんだ。そしたら、弾けるのかって言われて、ギターコードはひとつも弾けませんって答えたよ」

もちろん、女の子とイチャついたり、グリーンから逃げまくるのに、自分の時間のほとんどを費やしていたから、何かをやる時間なんてまったくなかった。練習する時間なんて、なかっただろうな。

「部長はギターコードのうち、数種類でも弾こうとはしなかったのか、って聞いてきた。当然だけど、ギターを弾く機会さえなかった僕には、コードを弾くなんてとんでもないことだったんだ」

「……」大勢がうなずく。

「部長は続けて、CメジャーかEマイナーは知っているかって聞いてきた。僕は最初、物理学の公式か何かだと思ったよ。実は、今使っているギターのブランド名だって、知らなかったんだ。救いようのない馬鹿だよ」

「じゃあ、何も知らなかったのに、どうやって入部したの？」

僕はサラワットを見つめる。もしかして、ロマンティックな場面になるかもって思いながら。でも、そんなことはなかった。あいつはクソが出てないっていうような顔をしてる。

「そのとおり。全然、知らなかった。僕だって可能性はないなって感じてた。でもそのとき、部長にあることを伝えようって決めたんだ」

「……」

「音楽について何も知らない。でも、僕はサラワットの知り合いで……」

「……」

「彼の影響でギターを弾きたいんです、って」

「きゃー！　あなたたちは友達なんかじゃないわね！」

そうさ、僕たちはあのときは友達だったが、今やあいつは僕の愛する夫さ。

みんなが叫びまくって、ヒューヒュー言っている。僕はロマンティックにするつもりだったのに、名指ししたやつが……まさか鼻をほじってるとは。もうカンベンしてくれ！　おまえ、ほんとロマンチストだよ！　もうこれ以上何も言いたくない。急いで階段を降りて、MCを続けるアンを置き去りにする。すると彼女は、即座にサラワットをステージ上に呼び出す。

まさにその瞬間、観客は携帯を掲げて、サラワットを写真に収めようとする。サラワットはステージ上で簡単なギターレッスンをしてから、他の部員による別の楽器の演奏デモに移る予定だ。

「こんにちは。サラワットです」

「ワーッ！　サラワーット！」

「ここに持っているギターは、アコースティック・ギター。今日は、いつも部員に教えている様子を見せようと思う。クラブの感じがわかると思う。そうだ、アシスタントが1人いる」

彼がステージの端に目をやると、そこにいる全員が、有無を言わさず僕をアシスタントにと突き出し、ステージに上がらせた。

「なんで自分のギターを持ってこなかった⁉」

彼は声を張り上げ、僕だけじゃなく、そこにいるたくさんの新入生をびくつかせる。僕は急いでステージを降りるとスピーカーに立てかけていた「厄介もん」をひょいと持ち上げる。あいつめ！　僕のイメージなんてまったくお構いなしだ。

「きちんと座れ、しかめっ面しない」

僕はサラワットをにらみつけたが、とにかく言うことを聞くことにした。ステージの最前列に座っている新入生が、サラワットの態度がきつい、とささやき合ってる。

「最初に基本のコード、C、D、E、GやAから始める。やってみろ」

僕だけに命令する。彼が言ったように演奏しようとするが、たちまち指先がからまってしまう。ちょっとまごついていると、あいつは僕の手を叩いた。

「違う！」

「これでどう？」僕がわずかに手を動かすと、あいつがうなずく。

「鳴らしてみろ」

ジャラーン
「違う」

「あーどーも」

「1年も練習して、どうして覚えられないんだ？」

多くの新入生と僕は、サラワットの厳しいレッスンに、もうすっかり恐れをなしている。頭が回らない。本当は演奏できる曲はあるけど、こうやっていちいちコードをやらされたら、正しく弾けるものも弾けないよ。

「期末休暇の間、練習をしてなかったんだ」

「新しいコードを弾いて。Eマイナー。Eじゃないぞ」

「合ってる？」僕が尋ねる。

「鳴らすんだ」彼に従い、ピックで弦をかき鳴らす。

「違う」

「ええ？　合ってると思うけど」

「違う」

「無理だよ」

「もう一度やれ」

僕は同じ手順を繰り返す。Eマイナーを間違えるなんて、すでに赤っ恥。なのに、サラワットの言葉のせいでもっとみじめになる。僕はふくれっ面をして、ため息をついた。

「違う」

新入生は、まるで昼メロを見るかのように僕らを見ている。すると、ある人が僕の心を溶かすような言葉で、すべてを和ませてくれた。

「なあ、サラワット」

「……」

「彼氏を大切にしろよ。かわいそうだ」

ワーッ。

みんなが、今起こったことについて話している間、声の主である現部長が笑みを浮かべながらステージの前方へ歩き出す。

「泣き出しそうじゃないか。イジメはもう終わりにしろ」

「……」

「みんな、どうかショックを受けないように。サラワットはいつもこんなふうに彼氏をイジるんだ」

「サラワットとタインって恋人同士？　えーーーーーー！」

「どうして気づかなかったんだろう？」

どうしてかって？　僕がきみらに話したことがないからさ。騒ぎを起こした張本人はポーカーフェイスのまま。僕をからかうのに成功して満足そうだ。

「はっきりさせよう。ミスター・ギタリストとミスター・チアリーダーは恋人同士。どちらかの気を引きたいって人がいたら、夢の中だけにしておいたほうがいいよ」

「でも、入部希望者は、今すぐ申込書を送って！」

「わーーーーーーっ」

僕はこの混沌とした瞬間を味わっていた。僕の心臓の、この上なく幸せな鼓動とシンクロしていたから。

Special 5

最後の運命 プーコンの365日

1 夏

はーい、私の名前はフレンド。デジタルフィルム学科の3年生。

そんなに忙しそうに見えないかもしれないけど、これでも実は忙しいの。今年は短編映画の課題があるからわくわくしてる。年末には、短編映画を仕上げなければならないから、情報集めと制作のすべてのステップを慎重に計画しなければならない。

私は脚本チームに所属しているけど、脚本を書いたり役を作ったりするのは、簡単な仕事じゃない。経験と周りの環境、それにクリエイティブな能力が必要。私たちが選んだ題材は「愛」。簡単そうでしょ？　でも、どうやってこの「愛」を他と違った表現で描くかが問題なの。

脚本チームの友達は、この短編映画の主人公のロールモデルを探すという、重要な仕事に私を任命した。任務は学期初日の今日から始まったの。

　私は1か月かけて1人のロールモデルを探し続けた。コーヒーショップやユニバーシティ・パーク、サッカー場まで探したけど、希望に合う傑出したキャラを持った人は誰も見つからなかった。でも、政治学部2年にサラワットという学生がいた。私はサラワットのことをもっと知りたかったけど、「予約済み」というひと言でブロックされちゃった。すでに恋人がいる人の愛はさほど面白くないからこの人じゃダメ。

　それで、サラワットみたいなキャラで恋人がいない人を探してるんだけど、そういう人を探すのはどうしてこんなに難しいのかな。

「フレンド、新歓ナイトっていうイベントが今晩あるよ」広報学科の友人が教えてくれた。

「そう」

　彼女が大学内のすべてのイベントを知っているから、私はどんなイベントもチェックし損ねたことがない。私はいつも短編映画のロールモデルになる誰かを探すために、イベントに参加するの。でも、期待すればするほどプレッシャーを感じてしまう。

「行く?」

「もちろん行く。去年みたいに誰か面白い人を見つけたいし」

　そのイベントで初めてサラワットが公の場に姿を現し、それから多くの人が彼を話題にするようになったの。

「よかった。今年の学部のスターたちもとてもカッコいいから」

「私もポスターで見た。パフォーマンスの間と質疑応答セッションで観察してみるね」

「じゃあ、幸運を祈ってる。早くいい人に出会えるといいね」

私もそう願う。

夕方6時に音響部門のスタッフとしてホールに入ったけど、私の実際の任務は、楽屋にいるプリンス＆プリンセス・コンテストの出場者やミュージシャンに食事を配る役だとわかった。そしてそれと同時に、私の目線は背の高いある人物の背中にとまったの。

白い新入生向けシャツと、ストレートカットジーンズを身につけたその人は、とても長身だった。たぶん、彼は新入生。でも18歳にしては体が大きすぎ。

その人はとてもチャーミングな顔をしていて鼻は完璧な高さ、唇は形が整っていて美しい。微笑んでなくても漆黒の瞳が目も眩むほどきれい。

やった！　ずっと探していた人をついに見つけたと思ったわ。彼はどんな話し方で、どんな性格なんだろうと思いをめぐらせながら、彼からそう離れていないテーブルにお弁当の入ったレジ袋を置いて腰掛けた。

彼は黙ったまま、身長190センチもあるサラワットを見ている。

「すみません、今サラワットを見ている男の子は誰？」私は好奇心からスタッフに聞いてみた。

「ああ、彼はプーコン。サラワットの弟だよ」

「なんですって？」

世界はどうしてこんなに多くのすばらしいものを、この家族に与えるんでしょう。去年はお兄さんで、今年は弟なの。

「まるで同じ人みたいね」

「性格も似ているんだ、大人しく見えるけど実は陽気」

「私もそう思うわ、チャーミングで際立ってる」

「何学部の代表？」

「彼は代表じゃないよ、ここに来てただ座っているだけ。イベントはつまらないって言ってた」

サラワットにそっくり。なんて内向的な性格なの。感動しちゃった。

私はだんだんプーコンに興味が沸いて、舞台裏の人たちが忙しくしている間に、彼に近づいて声をかけてみた。

「あなたは……えーとプーコン？」

彼は私を見つめて穏やかな声で答えた。

「そうです」

「誰かとつき合ってるの？」

彼にこんな質問をする人がどれだけいるかわからないけど、私の質問の目的は、自分の映画の主人公のキャラクターとして、彼の個性が使えるかどうか知りたかっただけ。

「いいえ」

「あ、ナンパしてるわけじゃないわよ。ただ知りたかったの、それだけ」

「どうしてそんなことを知りたいんですか？」

「ええと……」

私はどう答えていいかわからなかった。彼を密かに観察したかったから、本当の目的は言いたくなかったの。

「誰かとつき合うのって馬鹿げているって思うんです」予想外に、彼は突然話し出した。

「俺の兄貴、つまりサラワットはもともと1人でいるのが好きだったけれど、『愛』っていう言葉の意味を知って、とても変わりました。以前だったら絶対しないようなことをするようになったし、今までまったく興味なかったことで頭がいっぱいになっている」

「……」

「それがいいか悪いかわからないけど、愛が彼を変えたんです。でも俺は変化が好きではない。今のままの自分のほうがいいんです」

彼は話し終わるとスマホでゲームを始めた。まるで私がここにいることを忘れてしまったみたいに。

こういう態度、好きだわ。彼の魅力は他の誰とも似ていない人物であること。彼の心を変えることができる誰かがいるかどうかを見極めることに、私は興味をそそられる。

携帯をとり出して、映画制作グループの友達に興奮しながらメールした。少なくとも友達は私たちがいい映画を作れると希望を持ったはず。

BeFriend（フレンド）「プーコンの365日」の課題を始める

「プーコン、ホールの席に戻れ。ここにいたら怒られるぞ」

サラワットは弟に歩み寄って平坦な声でそう言い、プーコンの目がスマホから離れた。

「俺は大勢の人の中にいるのが好きじゃない」

「状況を受け入れることを学べ」

「兄貴が一番俺のことを知ってるだろ」

私はサラワットも以前同じ感覚を経験したことがあるんだと思ったわ。これはスポットライトを浴びたくないと思っている人の感覚。でも、最終的には多くの人が彼のことを知りたくなって興味を持つことになる。

「それがどうした？　去年俺は友達と一緒にホールに座ってなくても、たくさん仕事を割り当てられていた。さあ、てこずらせるな、行けよ」

「もし兄貴がここから追い出すようなら奥さんにちょっかいかけるよ」

「おまえ」

「とりあえずここにいさせてよ。兄貴の演奏が始まったら席に戻るから」

「わかった」

「サラワット、Ctrl Sの演奏はコンテストのアナウンスの後だよ」

行列に対応していたスタッフが、サラワットに伝えて間もなく、新たなグループが入ってきて注目を集める。

スタッフの後ろから、「ザ・リズム」というバンドのメンバーが入ってきた。建築学部で学ぶメンバーの1人がサラワットに挨拶するために歩いてきた。彼も完璧な体をしたスタイリッシュなイケメン。たくさんの人が彼のことを知っていて、マスコミュニケーション学部の学生の半分が彼に恋している。ミルという名前の4年生で、彼らのバンドは去年の音楽祭でファイナリストだった。

ざっと見たスケジュールによると、ミルたちのバンドは各学部の代表たちが登場する前に演奏する予定になっている。そして優勝バンドは毎年、有名アーティストのパフォーマンスの前座として演奏する。

「久しぶり、おまえは相変わらず鬱陶しい顔をしてるな」

サラワットに対するその4年生の第一声はまともではなかったし、むしろからかっているように聞こえた。

「そして相変わらず威張ってやがる」

「なんて汚い言葉遣いをするんだ」

「そっちほどじゃないよ」

「クソったれ……」

「俺とケンカしている暇があったら準備したらどうですか。俺たちより前でしょう。台無しにしないように」

「ミル、もうやめとけ。来世まで勝負を持ち越しちまうぞ」

そうバンド仲間に言われ、ミルはようやく座った。そして、誰かが自分を見ているのを感じたみたい。

「おまえ、何見てやがる」

「何も」

プーコンはそう答えたけど、まだその4年生を見ていた。ああ、やめて。ケンカが始まるの？

「おまえは新入生だろ、違うか？　学部代表者は別の部屋だ。場所を間違えてないか？」

「いいえ」

「ミュージシャンか？」

「いいえ」

「じゃあ、ここで何してる？」

「ただここに来ただけです」

「おまえなめてんのか、用がないならさっさとホールの席に戻れ」

「えーと、ミル。彼はサラワットの弟のプーコンです」

2年生のスタッフがプーコンとミルの間の緊張をほぐそうと、椅子に寄りかかっているミルに向かって笑顔で言った。

「それがどうした？　サラワットの弟だからって他のやつと違って特別扱いか？」

プーコンはとっさにふり返った。

「俺は特別扱いなんてされていません。ここにいたいからいるだけです」

「しつこいな」

「しつこくなんかしていませんよ」

「じゃ、おまえが今していることはなんだ？　おまえは兄貴そっくりだな」

ミルは同じ調子で話し続けたが、聞いているプーコンはそんなに怯えた様子に見えなかった。

周りのみんなは怖くて2人を引き離すことができなかったけれど。

「俺はサラワットには似ていません。俺は俺です」

「さすが俺の敵の弟、すげえな」ミルが話し出すまで一瞬の沈黙があった。

「学部は？」

「ＩＴ」

彼は短く答えたけど、その答えにミルはまったく満足しなかったみたい。プーコンの周りにはイベントの準備に追われている大勢の人がいるにもかかわらず、かまわずに携帯のゲームをし続けている。

「理由は？」

「俺はゲームを作りたいし、コンピュータを使える仕事がしたいんです」

「いつか女の心を読むことにチャレンジしてみな。スーパーコンピュータより、いかに人間の脳が複雑か理解できるぜ、間違いなく」

「人の心を読むことは好きじゃありません。退屈だと思います」

ミルはその答えに納得してうなずくと、私がテーブルの上に置いた弁当をとりに行き、席に戻って静かに食べ始めた。

ミルが食べ始めるのを見て、部屋にいた他の人たちも弁当をとりに行き、レジ袋は空になった。多くの人は音楽のリハーサルをしていたけれど、サラワットだけは、バンド仲間が退屈そうな顔で座っている近くで、テーブルの上に寝そべって目を閉じている。

「名前は？」プーコンがミルに質問した。

「なんでおまえに答えなければならない？　俺が名前を教えなければならないくらい、おまえは偉いのか？」

もうひと口食べる間にミルは言った。

「建築を学んでいるでしょう？」

「なんで知ってる？」

「ギターに学部名が書かれてます」

「ああ」

「どうして建築を学んでいるんですか？」

「俺は食事中だ。ここで尋問を受けているわけじゃねえ」

「質問が終わったら解放してあげますよ」

「なんだと？」

「ザ・リズム、準備して。あと5分でステージです」

スタッフがドアを開けて彼らに準備を促した。プーコンと言い争っていたミルは議論をやめて急いで食事を済ませた。

「プーコン、さあホールの席に戻れ」

サラワットはバンドの演奏が始まりそうなのでプーコンに警告した。

「わかったよ」

「正直になれよ。どうして仲間と一緒にいるのが嫌なんだ？」ミルは聞いて、水をひと口飲む。

「友達と一緒にいるのは嫌じゃないけど。ただスポットライトを浴びたくないんです。誰かが俺のことを話しているのが嫌なんです」

「おまえ、自分がハンサムだと思ってるんだろ、違うか？」

「俺はただ他の人とは違うだけです」

「ちょっと言わせてくれ。おまえの特異性やユニークさは芸術だ。おまえの持ち味や性格を批判されるのはおかしなことじゃない。俺たちはコピーマシンから生まれてきたんじゃない。おまえの持ち味はとても貴重だ。ときどきはそれを見せてやれ」

「俺をホールの席に座らせたいんですね、違いますか？」

ミルは肩をすくめたけど答えないまま、席を離れてお気に入りのギターを手にとった。手にはバッグからとり出した発泡スチロールの箱も。

「これ」

彼がプーコンにそれを渡すのは奇妙な感じだった。

「何ですか？」

「これを食べれば下痢にならないですむ。あの無料の弁当は最悪だから」

「でも全部食べてたじゃないですか」

「……」

「唇に何かついてますよ」

プーコンは静かにミルの顔に近づいて、親指を優しく動かしてミルの唇についていた物を拭きとった。ミルは素早くプーコンの手を顔から跳ねのけてその場を立ち去った。

あら。私はなんと言っていいかわからないままだった。

「サラワット、俺ホールに戻るよ」

「勝手にしろ。俺が何度も言ったのに、あいつが1回言っただけでそうするのか？」

サラワットは顔を少し上げて弟に言ってから、再びテーブルにゴロンと転がった。

私はプーコンがドアから出ていくのを目で追ったわ。彼が今どんな表情をしているかわからない。たぶん、すました顔をしているはず。でも、彼の心臓は今、激しい鼓動を打っているに違いない。

新歓ナイトのイベントはザ・リズムの演奏と、バンドが登場したときの新入生の歓声で再び盛り上がった。ミルがスポットライトを浴びて大きなスクリーンに映し出されると、観客の叫び声はさらに大きくなる。

「僕は1人で微笑んでいる
今まで　こんなに爽快な気持ちになったことはない
きみに出会ってから　現実と夢が一度に起こった
きみが僕の人生に現れた瞬間を凍結したい
きみがこの気弱な人間の心を開いて大胆にさせたんだ……」
――グルーブ・ライダーズ『Stop《ストップ》』

演奏は新入生たちが感動する中、美しく終わった。

コンテストが始まる前、ホールの各コーナーにいるMCは新入生にいくつか質問することでイベントを盛り上げた。そうすることで、まだ準備ができていない各学部のコンテスト参加者に時間を作ってあげている。

「はーい！　私たちはポンパームとカウプーンです。みんなは夕方からずっとここにいるからもう退屈してるよね。でも、そんなの気にしない。どうしてって私は今日、素敵な人を探しているから」

有名なトランスジェンダーの4年生がみんなを楽しませる。

「誰を探しているの？」

「カウプーン、私は今夜イケメンを探しているの」

「ウォー！」

スポットライトがホールのあちこちを照らす間に歓声は大きくなった。応急処置ステーションに座っている私も興奮していたわ。

「誰から始めようかしら。新入生のみんな、どう思う？」

彼女がマイクを観衆に向けると大声で答えが返ってきた。

「プーコン！」

「えっ、誰？」

「プーコン！」

「プーコン、どこにいるの？　姿を見せて」

「ウォー！」

スタッフがすぐにそのセクシーな彼を見つけて、プーコンの顔がスクリーンに映し出される。今、彼にスポットライトが当たっている。たくさんの観客が、特に周りにいた女の子たちは悲鳴を上げたわ。

ＭＣの２人がプーコンをつかまえようと、観衆をかき分けてホールの２階に進んでいく。やっとたどり着いて１人がマイクを向けた。

「おっと、きみがチアリーダーになりたくないプーコンね。いくつか質問してもいいかしら？」

プーコンは立ち上がってマイクを持った。

「勘弁してくださいよ」

「嘘でしょ。そんなこと言わないで、とっても短い質問だから」

「……」

「お願い、みんながきみのことを知りたがってるから」

「わかりました」

「ウォー！」

「落ち着いてみんな、まだ質問してないわよ」

カウプーンはポンパームが質問を始める前にふざけて言った。

「何学部？」

「ITです」

「ワオ、IT学部だって。次の質問は、たぶんみんなが聞きたいと思ってること。つき合ってる人はいる？」

「いません」

「オー、みんな死にそう」

「誰か好きな人はいる？」

「はい」

「あーーー！」

大勢の人が死んじゃったに違いない。嗅ぎ薬《ヤードム》が必要。誰かお願い。あら、ちょっと待って。さっきプーコンと話したとき、誰かに恋してるようには見えなかった。しかも、愛は重要なことじゃないって言ってたけど、私に関わられたくなくて適当に答えただけだったのかな。

「で、きみの好きな人はこの大学の人？」

「そうです」

「誰？」

みんながこの話題を口にしている。私もそうだけど、みんな相手は誰だろうと推測していたわ。

「新入生？」

「いいえ」

「ちょっと待って、他の学年の子を口説いてるの？」

「ウォー！」

ホール内の大勢の人が死にかけた。プーコンが上級生を好きだと知ったとき、コンテストが始まっていることをすっかり忘れてしまったくらい。そのイケナイ人が誰なのか、みんなが知りたがってる。

「新入生じゃないとすると、このホールにいる上級生？」

「そうです」

「なんてこと！　いったい誰？」

「別の質問をするわね、何学部の学生？」

「学部はえーと……。ケール添えの美味しいクリスピー・ポーク学部」

「冗談やめてよ、プーコン」

他の人はプーコンが本当の答えを隠すために、ジョークで答えていると思ったに違いない。でも、実はそうじゃないの。それが彼の真の答えだったの。

だって、ミルがバンド演奏が始まる前にプーコンに渡したお弁当は、クリスピー・ポークのケール添えだったんだから。

「この人と一緒の一瞬を止めて　止めて
どんなに他の人が素敵でも
僕の心をあなただけに留めさせて　留めさせて」

2　雨季

プーコンはIT（情報工学）学部の1年生。イケメンゆえに大学生活の初年度から注目を集めている。同級生も上級生も、多くの女子学生が彼に心を奪われている。彼女たちは彼のことをおおっぴらに「夫」と呼んだりして。

プーコンはイベント活動に参加したがらない。彼はコンテストや会場を盛り上げるパフォーマンスにも参加していない。楽器演奏はしないみたいだし、自由時間に絵を描いたり音楽を聴いたりすることもないみたい。

スマホでゲームをする姿しか見たことがない。フェイスブックもツイッターもインスタグラムもアカウントを持っていないし、私の知る限り連絡用のLINEのアカウントさえ持っていない。

家族や親しい友人が彼とコンタクトをとる方法は電話のみ。大学の講師との連絡もEメール。

「プーコンの妻たち」を自認するすべてのファンは、彼を称賛するためのアカウントを開いたわ。プーコンにすでに好きな人がいることを知っても、誰もそれを信じていない。彼女たちは、プーコンみたいな人が簡単に誰かを好きになるはずがないと信じているの。

そして「プーコン・ファンクラブ」のホームページが作られた。

私はこのサイトに、彼に関して知っている情報をすべてアップデートした。自由時間があれば彼の生活のすべてを追いかけた。プーコンの妻たちも授業のスケジュールや、その日の食事など彼についていてアップデートした。このサイトは彼のことで頭がいっぱいの人たちのサイトなの。

彼の車のサイドミラーにスナックや飲み物が入った袋がかけられているのをよく見かける。サラワットを思い出させる光景だわ。彼女たちはデジャヴのように同じことをしてる。

Phukong FC（プーコン・ファンクラブ）プーコンはシス・トゥーンのカフェにいる。
——管理人ジョーム

秘密のグループが作られてから、プーコンの生活を追いかけるのが簡単になった。まるで私が個人的にスパイを雇っているようなものだから。

最後の授業が終わると同時に、私はシス・トゥーンのカフェに急いだ。ここは建築学部卒のシス・トゥーンが経営する店で、彼女はここを学生が入りびたる場所としてオープンしたの。たくさんの学生がこの店に集まっているけれど、ユニークな点は彼女が常に建築学部の学生をアシスタントに使うこと。学生たちは当初、無償でここで働いていたらしい。

待って！　プーコンを知っている学生に尋ねたときに、誰も彼が働いたり、勉強したり、入りびたるのが好きな場所があるって言ってなかった。

プーコンは映画を見るのが好きだけど、必ずその日の最終上映回を見る。

プーコンがキャンパス内でいつも行くレストランは、中央カフェテリア。

プーコンは自分の部屋にネット環境が整っているから、インターネットカフェには一度も行ったことがなかった。

プーコンはバーに行くのが好きではない。友達に誘われたときにたまに行くだけ。

プーコンはコンサートやライブを見るために、混雑した場所に行くのが好きではない。

プーコンは彼のインタビューや写真を雑誌に載せる、各学部の上級生を常に避けている。

プーコンはスポットライトを浴びたがらないから、こういうカフェにいるのは異例のこと。問題は……彼がここで何をしているのか？　ってこと。

店に着くやいなや、私は彼を素早く探した。彼は他の席とかなり離れて店の隅に座っていたけれど、目を引く存在だから、みんなが彼について話していた。

「ご注文は？」

私がカウンターの前で立ち止まると、すぐにシス・トゥーンを手伝う学生が尋ねた。

「キャラメル・フラペチーノに抹茶とペパーミントを混ぜたのがいいかな。2回強くシェイクしてホイップクリームを乗せて」

「お望みのとおりに」

この店のもうひとつのユニークな点は希望を聞いてくれるところ。どんな変な注文でもバリスタは最終的に何かを作ってくれるの。唯一の問題はそのドリンクを受け入れることができるかどうか、それだけ。

サプライズを求めていない客向けにメニューも用意されている。なぜ彼らがこんな面倒なことをしているのかわからないのだけれど。

チリン。

またドアのベルが鳴った。この時間に来るのはお客さんではなくて、授業のない時間に友達と来る手伝いの4年生。

「遅刻だぞ、ミル。お客さんがたくさんいるのを見なかった？」

「先生と話してたんだ」

「なんだって？　Fをとったのか？　おまえは確実にシス・トゥーンと同じ道をたどってるな」

「顔にパンチを食らわすぞ。俺の作品の修正についての話をしてたんだ。今はそんなこと言ってるけど、おまえもそのうちわかるさ」

「ははは、おまえの指導助手は厳しいな。5年生になってまたその助手に会うぞ。文句を言うのをやめて、バッグを置いてお客さんの注文を聞くのを手伝ってくれ」

彼は何も答えずに中に入った。ミルはカウンターの中で完璧に仕事をこなすの。この店を手伝っている学生は大勢いるけど、ミルの仕事ぶりがベストだと思う。

「名前は？　グラスに名前を書くよ」

ミルは私の注文をとったわけでもないのに私の名前を聞いた。

「フレンドよ」

「オーケー、フレンド。ところできみはかなり若いね」

「ナンパはやめろ、彼女はこの店のお客さんだ」

ミルは答える代わりに彼の友達にストローを投げた。彼らはこんな馬鹿げたことをやって楽しんでいるみたい。あることが起こるまで彼らはお互いにふざけ合っていた。

「どうも」

その声を聞いて、お店の他のお客さんも含めて全員が静かになった。背の高いプーコンがカウンターの前に立ったから。私は彼を注意深く観察し、彼がまだ何も注文していないことに気づいたわ。

「いつ来た？　なんで見かけなかったんだろう」

ミルはすぐさまそう答えて、プーコンの対応を始めた。ドリンクをまだ受けとってない私はそこに立ち続け、別のスタッフを待たなければならなかった。

「ここにしばらくいたよ」

「そう」

「俺の授業はふだん遅くまであるんで。ときどき7時から8時にここに来るんです」

「そうなんだ。おまえはふだん5時からここに来ているような気がするけど」

「覚えてくれていたんですね」

日焼けしたプーコンは何かに成功したかのように作り笑いをした。

「なんだよ。見かけただけ、それだけだ」

「いつものお願いします」

「おまえの『いつもの』ドリンクをどうして俺が知っている？」

「知っているはずでしょう」

ちょっと待って！　プーコンがこのカフェでミルに会うのは初めてなんじゃないの？　どうなってるの？　どうして彼らがこんなふうにしゃべってるの？　この出来事を書き留めておかなきゃ。


愛が誰かと芽生えるのを知らない人のよう――フレンド

「俺が作りたいものを作っても、後で文句を言うなよ」

ミルは反対を向いてお客の注文に応じたコーヒーを作った。その後、ほどなくして私が頼んだドリンクが来た。ラッキーなことに、それは私の注文した内容にどこか似た感じのものだったわ。このキャラメル・フラペチーノかなり美味しいんだけど。

私はカウンターからそう離れていないテーブルに座った。お店にはたくさんのお客さんがいた。運よく新規のお客さんが来なかったから、私はプーコンがミルをてこずらせるところを見ることができた。多くの人がこの出来事に好奇心を駆り立てられていた。

「アイスアメリカーノを用意した」プーコンがグラスをとる前にミルが言った。

「ただのアイスアメリカーノ？」

「シロップなし」

「とってもキュートだね」

「……!!」

「つまり、お客の好みを知っているってことだよね」

「俺は頭がいいからな」

プーコンはドリンクを受けとっても、自分の席にすぐ戻る気配もなくそこに立ち続けていた。まるで目的があるようにミルを困らせている。

正直なところ、彼らが初めて会ったのは新歓ナイトのイベントだったのに、どうしてこんなに早く関係を深めることができたのだろう？　おまけに、プーコンは変わったわ。彼は世界に関心がないように見えたのに、ミルを気にするようになって。

「おまえ今日は中央棟で授業だったよな、違うか？」

ミルは話題を変えた。新しいお客さんが来なかったので彼は携帯で遊ぶか、目の前のプーコンと話す以外することがなかった。

「それを知ってたんですね」

「おまえは有名人だからな」

「ミルさんもです。大勢の学生が話してます」

「そんなことわかってる。お世辞を言う必要はない」

「他にどんな料理ができる？」

「おまえ、話題を変えるのが超早いな」

「ミルさんが作ったものを何か食べたい」

「おまえがサラワットみたいにウザいって誰か言ってなかったか？　俺はよくサラワットとケンカする。もしケンカしたくなければ2度と俺をイラつかせるな」

「ミルさんが作るハニートーストが美味しいっていろんな人が言ってました」

プーコンはミルをイラつかせるのを楽しんでいるようだった。

「ちょっと待て、俺の話聞いてるのか？」

「それって脅し？　ああ、怖い怖い。お願いですからハニートーストを作って」

実際、プーコンは馬鹿みたいだったわ。彼は見た目と違ってまったく冷静じゃなかった。

「作りたくない」ミルは断った。

「この店はお客さんの注文を断るんですか？　それはよくないですね」

「客の注文なら焼くよ。でもおまえは俺の客じゃない」

「僕が客じゃないとすると、彼氏とか？」

「……！」

「シス・トゥーンさん、ミルさんが……」

「わかった、クソっ！　作ってやるよ」

最終的に負けたのは、最初に妥協しなかったミルのほうだった。大勢の人に見られていることに気づく前に一瞬見せたプーコンの微笑む顔を、私は見逃さなかった。笑顔はすぐに消えたけど。

プーコンが店の隅の自分の席に戻ったから、それ以上2人の会話を聞くことはできなくなったけど、ミルは怒っていたわ。彼は自分が作ったハニートーストをプーコンのもとに運ぶことさえもしなかった。代わりにフーに給仕を頼んでた。

私は1時間お店にいた。6時ごろになって、プーコンがカウンターに戻ってきて面白いことを言ったの。

「ミル、何時に仕事終わるの？」

「ミル！」

「ミル‼」

「ミル！！！」

プーコン、そんなふうにミルのことを呼ぶなんて、なれなれしくない？

「俺はおまえより年上だ。おまえの仲間じゃない」

ミルはきつい目つきでプーコンをにらみつけた。でも彼はそれを聞いても怯える様子もなくて。

「わかったよ。何時に仕事が終わるの？」

「決まった時間はない。俺はここで彼女を手伝っているだけだ。帰りたくなったら帰る。おまえは？　いつ帰るんだ？　ムカつくやつだな」

「じゃあ俺のこと見ないでくれます？」

「俺とケンカしたいのか？」

「プーコン、ずっときみのこと探してたぞ」

幸い、タイミングよく新しい訪問者が来て言い争いを止める形になったので、シス・トゥーンのカフェでミルとプーコンが殺し合うところを見ないで済んだわ。

新たにやって来たのはＩＴ学部の1年生。首から下げているＩＤカードを見てプーコンの友達だとわかる。

「どうした？」

「一緒にサッカーやらないか？　僕たち工学部の学生とチームを組むことにしたんだ」

「たぶん行かないと思う。じゃ、後で」

「ねえ、ミル！　若いやつらのお陰で思い出した」

カウンターの中に座っていたフーがミルに大声で呼びかけた。どうしよう、今すぐどっちの話を聞くべきか決められないわ。

「何？」

「バンクが今夜サッカーをやろうって。おまえにも聞いてくれってさ」

「行くよ」

「行くよ」ミルが答えるやいなやプーコンも友達に言った。

「何？　プーコン」

「サッカーしたいんだ」

「でもおまえ今……」

「俺と同じグラウンドでサッカーするんですね。じゃあ、ミルさんの持ち物は俺が持っていきます」

プーコンはミルの許可も待たずに彼のバッグを手に持った。

「必要ない」ミルはとり返そうとしたけどできなかった。

「今バッグを持っているのは俺です。もう一度バッグを床に置かせて、わざわざそれをとりますか？」

「おまえ……」

ミルは不機嫌そうだったけど、プーコンが彼のバッグを持って店を出ていくところを見守るしかなかった。

私にはプーコンにとって「愛」が何を意味するのかわからない。変化が彼の人生をよりよいものにするとしても、彼は変化を望まないと言っていたわ。彼にこんなに変化が起きても、それに気づいてもいないのは奇妙だった。彼がミルと一緒にいるときに。

Phukong FC 大試合、世紀の大試合。サラワットとプーコンが同じグラウンドで。さあ見てこなくっちゃ。——管理人ジョーム

ゲーム以外にプーコンが興味を持つものはサッカーだった。

「プーコン、ファイト！　サラワット、サラワット！」

「ああ！　私の夫たち！」

「どちらかを選ぶなんて無理。だから両方に賭けるわ」

スタンドの観客の叫び声で、屋外サッカー場が賑やかになる。太陽が地平線に近づいていたけど、各コーナーのスポットライトが立派に代わりを務めている。みんなの顔がよく見える。

「プーコンの動き、おかしくない？」

「敵をブロックしている。レフトウイングだからだよ」

多くの人はうなずいたけど、私は違うと思った。プーコンは、相手がミルだからブロックしているんだわ。

「俺にボールをよこせ」

政治学部の男の子が叫んで、プーコンにボールを蹴るよう手で合図した。でもプーコンは躊躇《ちゅうちょ》しているように見えたわ。

「パスをよこせ、この野郎」

「いいかげんにしろ」

プーコンがボールを前後に蹴り続けていたから、サッカー場の中は完全に混乱していた。彼の前に立っている選手は迷惑そうだった。結局試合は中断。いまだにボールを追いかけているミルとプーコンの他にはもう誰も走っていない。

「おい、これよくないぞ」

「サラワット、あいつらを引き離してくれ」

「お願いだからケンカをやめてくれ」

大試合は激しい乱闘とともに見事に終わった。建築学部、工学部、政治学部、ＩＴ学部の選手たちはグラウンドの中を、脚を引きずりながら歩いていた。私は愛し合っている人たちが不運にもお互いに争うところを見なければならなかったの。これもひとえに、カップルが最終的に結ばれるのを阻む、運命のいたずらのせいね。

みんな7時にはスタジアムを立ち去りだした。普通サッカーは今日の試合より1時間は長くかかる。予想外の出来事が起こったせいで試合はいつもより1時間も早く終わったの。

レアル・マドリードの白いシャツを着たミルは、グラウンドの横に歩いていった。彼が水のボトルを手にとると、そこにプーコンがやって来た。プーコンはバルセロナのシャツを着ている。知ってのとおり、バルセロナはレアル・マドリードのライバルチームよ。ミルをイラつかせるつもりだったに違いないわ。でも……。

すでに暗くなっていて、彼らの周りに応援する人は誰もいなくなっていた。遠く離れたスタンドから見ているのは私だけだった。彼らが何を話しているのかはわからなかった。私はただ遠くから見守るだけの部外者。

プーコンが飲み物を欲しがるように手を差し伸べたけど、ミルはボトルの水がなくなるまで飲み続ける。プーコンが受けとったのは空のボトルだった。

そのときよ、プーコンがミルの頭に優しく手を乗せたのは。ミルは彼から離れようとしているのに、プーコンの微笑みがすべてを物語っていた。いずれにせよミルは離れることができず力なく身をまかせていた。

10分後、2人は立ち上がって駐車場に向かって歩いていく。私は急いでスタンドを降りて彼らを追いかけた。私も車を停めていたし。これが、私が今日手に入れた全情報よ。

「お腹がすいた」プーコンがそう優しく言うと、ミルが即座に答えた。

「じゃあ食べに行けよ」

「俺と一緒に行きたい？　ミル」

「俺はおまえの友達じゃない。覚えてるか？」

「さあ行こう」

「シャワーを浴びなきゃ。汗かいてるから気持ち悪いんだ。腹が減ってるなら1人で行けよ」

「オーケー」

プーコンはそう言いながらミルの赤くなった指を掴んだの。私には、彼が前からそうしようとしているのがわかっていた。指を掴んでから、手をしっかり握ることに成功した。

「いったい、なんでおまえは俺の手を握ってるんだ？」

「女の子は友達同士、手を握っているよ。前の子たちを見てみて」

「あいつらは女だ。俺は男だし、おまえの友達じゃない」

「もし俺が友達じゃなければ、それ以上？」

「おまえは兄貴みたいに俺の敵になりたいのか？　そうしたいならそうしてやる」

「そんなことしないでしょ」彼らは歩くのをやめた。

「……」

「ミルさんはそんなことしない。なぜなら俺がミルさんのことをどう想っているか知ってるから」

3　冬

ミル Side

俺は雨季が嫌いだ。地面はぬかるんでいるし、常に傘を持ち歩かなければならない。ここしばらくは冬らしい天気が続く。どうしてまだ雨が降っているんだ？　今日の授業の後に友達とグラウンドでサッカーをする予定だけれど、午後からずっと雨が降りそうだ。

でも、そんなことは関係ない。雨は嫌いだがサッカーと音楽はいつでも歓迎だ。

「今日は誰とやるんだ？」

俺は着替えているバンクに聞いた。

「俺らの友達だよ」

俺は建築学部と工学部にしか友達がいない。俺たちは1年のときからの友達だ。俺は彼らと本当に親しい。もし俺が誰かを好きになったときには、仲間たちはできる限り俺をサポートしてくれる。でも例外もある。

それはタインの場合だ。

彼は、俺が初めて会ったときから憎んでいるサラワットとつき合っているやつだ。大学の女子学生はサラワットを称賛するけど、あいつの態度は思わずぶっ飛ばしたくなるほど無礼だ。あいにく俺の仲間には短気なやつが多いから、サラワットを殴ってくれと頼んだことはなかったにもかかわらず、仲間はすでにあいつを殴っていた。俺はそれを聞いてショックを受けたが、同じ気持ちになったときには殴ってくれたことに感謝した。

でも、音楽祭の後に話し合って、俺らの間には何もわだかまりはなくなった。俺らは目を合わせても一緒に働いても嫌な気持ちにはならなかった。それで、やつのことを憎むことはなくなったけれど、今でも嫌いなことに変わりはない。

それ以来、誰かを好きになっても仲間には伝えないことにした。問題を解決するために、仲間たちが誰かを傷つけるかもしれないのが怖いからだ。そして、好きになった人にすでに意中の人がいる場合も怖い。仲間がもし一線を越えることがあれば、俺はその責任をとらなければならないから。

そして、それは今、俺を夢中にさせている1年生についても同じだ。俺はプーコンのことを誰にも話したことがない。俺はあいつがどんな人物かさえ知らない。俺が「攻め」だということをあいつが知っているかどうかも聞いたことがない。あいつは俺よりも強そうに見える。妥協はしているが、降参はしてはいない。

「ミル、ちょっと聞いていい？」

「何？」

「おまえとサラワットの弟との関係はどうなってるんだ？　何度も見かけるし、ときどきリハ室の前で待ってるだろう？」

「何もない。あいつは俺をアイドル視してるんじゃないか」

「そうか？　世間を気にしていないようなあいつが誰かをアイドル視なんてする？　いやー、あの子は確実におまえに夢中だよ」

「黙れ。早く着替えちまえよ」

俺は話をやめてサッカー用のシャツを着た。プーコンはいつも俺をトラブルに巻き込む。どうしてあいつはリハ室の前なんかにいたんだろう。あれでは間違いなく仲間に疑いを抱かれる。あいつがサラワットみたいにギターを弾くのが好きなら、別におかしなことではない。でも、あいつは楽器をやらないし。それなのに大胆にも俺の仲間の前に現れる。

夕方の雲行きは怪しくなった。明日は雨が降るだろう。俺たちは2つのチームに分かれた。そしてそのとき、予期せぬゲストが加わった——プーコンだ。

「参加してもいい？」

「もち、プレイヤーが足りないんだ」

「相手チームでもいい？」

「それはおまえの問題だから関係ない」

「どっちのチームがシャツを脱ぐの？」

「俺たちだ」

俺は答えた。これはサッカーの試合中、敵味方をはっきりさせるための基本的な方法だ。

そして、雨が降ってきた。

「やった！　こうなるってわかってた！」

雨が激しく降り続き、全身びしょ濡れになっても、俺たちはいっこうに試合をやめなかった。

ぬかるんだグラウンドを走り回る。雨がますます激しくなりボールの動きを追いづらくなった。ときどき誰もいないところにボールを蹴ったり、ボールを見失ったりした。そしてついに、プーコンが俺からボールを奪った。

あいつは自分のチームのプレイヤーに素早くボールを蹴り、相手チームに試合を続行させた。

そして、いつものように俺をイラつかせるために近づいてくる。

「雨が激しく降っている。震えてますね」

あいつの声は大雨の中でもよく聞こえた。

「大丈夫かな」

俺はあいつの言葉に興味がなかったから、仲間のところに走っていった。俺らはその後1時間試合を続けたが、寒くなってきてさすがに試合をやめることにした。俺は疲れ果ててグラウンドに横たわった。精いっぱい息をしようとした。クソっ！　なんて激しい雨だ。平手打ちを喰らったときのように痛い。

「疲れ果てた」

プーコンは俺の隣に横たわった。あいつもずぶ濡れだった。微笑みかけてきたが、俺は顔を背けた。

「雨がまた降ってきた。ミルさんは傘を持ってくるのが嫌いだから、代わりに持ってきたよ」

「俺はもうずぶ濡れだ。傘なんていらない」

「それじゃ他の日に使いなよ」

「もうじき冬だ。雨季もそろそろ終わるだろ」

今日これほど激しい雨が降ったから明日は間違いなく寒いだろう。

「それじゃ、俺がコートを持ってくるよ」

「自分のことは自分でやるよ。おまえも自分自身の心配をしな」

「そうだね」

「……」

「俺は、サラワットにどうしてそんなに変わったのか尋ねたんだ。兄貴は今までSNSを絶対に使わなかったけど、今は誰かをフォローするために使ってる。以前兄貴は静かで穏やかな人だった。でも、今は恋人といるときはまるでどうかしてるみたいだ」

「……」

「よきにつけ悪しきにつけ、俺はそういう変化は嫌いだった。でも今、俺は兄貴とまったく同じように行動してる」

「……」

「ゲームが俺のすべてだったのに、ゲームに時間を使わなくなった。会いたいと思う人のために、人が大勢いる場所にも出かけるようになった。友達と毎日サッカーをやりたいと思うようになった。俺は今、音楽にも興味を持ち始めて、今までしてこなかったことも始めたんだ」

「……」

「すべてが変わったのはミルさんのせいだって知ってる？　兄貴がタインによって変わったみたいに。サラワットはそれが愛だって言ってた」

「……」

「俺は……恋に落ちたと思う……」

それがいつ始まったのかはわからない。どうやって起こったのかもわからない。俺の鼓動はますます速くなった。今までのように雨を感じることができない。どうして今日の雨はこんなに爽やかなんだろう？　今日は俺が初めて感じた本当の冬だ。

先週シャツを脱いで雨の中サッカーをしたせいで三日三晩熱が出た。友達が俺の部屋に食事を届けてくれた。何よりもショックだったのは、プーコンがフーと一緒に来るのを見たときだった。その日から俺の人生はこれまでになくエキサイティングなものになった。その日以来、たとえ短い時間でもあいつはいつも俺といた。

「ミル、審査員がもうすぐ来るぞ。あいつらに建築模型のカッティングの手伝いをしてくれるよう頼んでくれたか？」

バンクが尋ねてきた。審査会の後、作品を提出しなければならないのだが、まだ終わっていないから下級生に手伝ってもらう必要があった。

「まだだ。まず俺の後輩に頼んでやるよ。昨日ＡＲ学科の下級生が手伝うって言ってくれたから」

「おまえを追いかけ回してるやつには頼まなかったのか？」

「あいつはＩＴ学部だし、あいつにかかると何もかもがめちゃくちゃになるからな」

「おおっ！　おまえ、俺が誰のこと言っているのかわかるのか？」

「……!!」

俺は一瞬呆然とした。引っかかってしまった！

「ところであいつ可愛いな。おまえの面倒をよく見てるじゃないか」

「俺はあいつが嫌いだ」

「本当か？」

「ああ」

「もしあいつがある日消えても後悔するなよ。あいつなら大勢の可愛い上級生との出会いがありそうじゃないか。あいつが年上好きなこと知ってるだろ？　誰かに興味を持っていることは確かだ」

「俺には関係ねえ」

「わかった。さ、お客さんだ、注文をとってきてくれ」

俺はいつもの笑顔でカウンターに向き直った。バンクは俺が不安になるのがわかってて、それ以上触れなかった。そして俺はその考えを頭から離すためにできる限り忙しく働いた。

壁の時計はもうすぐ8時をさす。シス・トゥーンが店を閉める時間だ。仲間はすでに帰っていた。普通俺は7時には自分の部屋に戻る。でも今、俺は何を待っているんだろう。

あいつは今日はホントに来ないのか？　あいつは今日ミーティングがあることさえも俺に伝えなかった。どうして俺に電話してこないんだ？　ホントにウザい。何もかもが俺をムカつかせる。

「シス、俺……」

チリン。

ドアの小さなベルが鳴り、俺が待っていた人物が目の前に現れた。外はあまりにも寒かったので、プーコンはまだ制服にコートを羽織っている。

「いつもと同じのを。でもホットで」

「わかった」

あいつはいつもと同じ場所に立っている。俺はふり返って、奇妙な感覚を感じながらあいつのためにアメリカーノを作った。俺は自分がほっとしているのを感じていた。あいつに会わないと頭がくらくらしそうになるのは事実だ。

「お待ちどおさん。50バーツだ」

「オーケー。もう帰る？」

「俺か……？　帰るところだったけどおまえが来た」

「俺と一緒に帰りたい？」

「俺は車で来てる」

「車まで一緒に行ってあげるよ」

「俺は子供じゃねえ」

「早く早く」

俺はシス・トゥーンに帰ると告げてリュックを肩にかけた。プーコンは俺をドアのところで待っていた。店から出ると、今日は本当に寒いことに気づいた。

「今日はミーティングがあったんだ」

「知ってるよ」

「どうして知ってるの？」

「仲間が言ってた」

「働いているところを邪魔したくなかった。だから電話しなかったんだ」

「こん畜生め」

「へへ」

「何がそんなにおかしい？　ああ、ミーティングに可愛い女の子が大勢いたから喜んでたんだろ、違うか？　俺の仲間が、おまえが誰か年上の人を好きみたいだって言ってたぞ」

俺はあいつを試した。もしあいつが年上の誰かを好きじゃないなら、こんなふうに俺を追いかけないだろう。

「俺は年上が好きなんじゃない」

「じゃあ、おまえ……」

「ミルさんが好きなんだ」

俺はショックを受けた。歩き続けることさえできなかった。なんでこいつはこんなことを大胆に言えるんだ？　おまえはまたしてもやってくれたよ、プーコン。おまえは俺の心を震わせてくれる。

「ミルさんに会うまで、こんなに誰かのことで頭がいっぱいになるなんて思ったこともなかった。あの日、ミルさんは俺のことをユニークな芸術だと言った。俺に悪態もついた。でも、去り際に、俺に美味しい料理の入った弁当をくれた。そういうところが好きだ。ミルさんが描く絵が好きだ。俺がいつもミルさんのことをイラつかせるのは、毎日、怒った顔を見たくて、文句を聞きたいからなんだ」

「俺は……どうすればいいのかわからない」

「じゃあ、何もしないで、ただ俺に心を開いてくれればいい」

「……」

俺はさらにショックを受けた。そしてプーコンは答えを強要しなかった。あいつは俺と並んで歩き、尋ねた。

「寒い？」

「少しな。チェンマイの冬はこんなもんだ。おまえは今までこんな寒さを感じたことないと思うけど」

「指が赤くなっているよ。これを持って」

あいつは俺にホットアメリカーノの入った紙コップを渡して、温めてくれた。

「左手は温かくなったけど、右手はまだ冷たいね」

「それで？」

「こうする」

あいつは俺の右手をいきなり掴んで自分のシャツのポケットに入れた。俺たちは手を繋ぎ、決して離さなかった。俺はそれ以上寒さを感じなくなったから、これはいいと思った。

「ずいぶん薄いシャツを着てるね」

「俺は健康なんだよ」

「温めるために俺が寄り添ってるんだけど」

「ちょっと待て、プーコン。おまえ聞いてんのか？　俺は健康だって言ってるんだ」

「俺が寄り添ってもっと健康にする」

「やめてくれー」

次に何が起こるかわからない。でも、俺はすでにあいつに心を開いていた。


2か月後——。

「ミル、短編映画を見ようよ」

「もうタメ口か?」

「タメじゃないよ、彼氏。いいだろ?」

「黙れ。おまえが言っている短編映画ってなんだ?」

「デジタルフィルム学科の学生の年間課題だって。先輩が見るといいってすすめてた」

「じゃあ見てみよう。どこで見られる?」

「YouTubeだよ、ちょっと待ってて」

「変なタイトルだな」

20秒後——。

「ねえ」

「なんだ?」

「この映画の筋、おかしくない?」

「確かに。新歓ナイトのイベントで会って、カフェで話すようになって、雨の中でサッカーをして、ポケットの中で手を繋ぐ！　誰だよ、この映画を作ったの？　いったい誰だ⁉」

「あなたとの３６５日」

第2部

第2部は作品に登場するバンド、スクラブの歌をモチーフにした5つの短編で構成されています。

Special 6

Close

1

「近すぎて　何も言えない
近すぎて　他に誰も見えない
2人がこんなに近くて　息を止めたくなる
近すぎて　今日　きみと僕しかいないいよう」
――スクラブ『Close《クローズ》』

「もし誰かのことを愛《いと》しく思い、ひどく惹かれ、でもこの一度限りで、もう会うことはないとわかっていたら。その場でできる最善策は、微笑み合うこと、お互いを大切にして、そして、去ること。それだけ、それで十分だ……」

最初のページにあったムエの言葉が心に響いて、その本を買うことにした。バンド「スクラブ」のストーリーだ。大ファンというわけじゃないが、彼らの曲は、ギターに昼も夜も熱中していたころにたくさん弾いていた。特に「Close」……。もう１００回は弾いたと思う。だから彼らがこの曲を書いた理由を読んだときに、さらに特別なものに感じた。


「サラワット」

「……」

「ポンコツ」

「ああ」

読みかけの本を閉じて見上げると、友人たちと目が合う。やつらが口を開ける前に、目つきで言いたいことがわかる。また、どこかへ行こうと言うんだ。

「授業の後、どっか行こうぜ」やっぱり。思ったとおりだ。

「やめとく」

「おい、俺らの高校生活も終わりかけなんだぞ。今のうちに楽しもうぜ」

「自己啓発本みたいなこと言うな。とっくに目いっぱい楽しんだろう」

12年生、最上級生の1学期。ということは、全部のクラスに出る義務はなくなった。気分次第で、必要な教科を選んで出ればいい。みんな大学の入試に備え、ほとんどの時間は予備校で過ごしている。

しかし、入学試験も大事だが、同じくらい人生をフルに楽しんで、18歳という年齢が過ぎ去る前に思い出を作り、後々なつかしく思い出せるようにすることも大事だと思っている人もいる。もちろん俺の友人たちはその部類だ。

「今日、兄貴の大学でインディーズ・バンドがコンサートするっていうんだ。タダで行ける。興味ないか?」

俺の正面のやつが圧をかけ続けているうちに、他のやつらも話に入ってきて、一緒に行こうとうるさい。

「どういうバンド?」行くかどうかは答えず、代わりに質問した。

「たくさん」

「名前は」

「そんなん、いちいち覚えてるか。ちょっと待てリーフレット見る。でも確か……」

と言いよどんで思い出そうと、目だけ動かしている。

「おまえの好きなバンドもいるぜ。アティチュード・イズ・ブリスだっけ?」

「ソリチュードだ。おまえ本当に俺の友達か?」

「ああ、それ。行くのかよ行かないのかよ。気のないフリすんな、みんな待ってるぞ」

「わかった、行くって」

そう言って首を縦にふると、友達は俺をせっついて荷物をバッグにしまわせ、出る用意をする。

シラパコーン大学には何度来たことか、思い出せないくらいだ。とにかく、かなりの数のバンドがここでしょっちゅう演奏する。イベントがやたらにあって、この場所を爆発させたいのかと思うくらいだ。今日のイベントは特に規模が大きい。インディーズの集まりか何かで、だから大学生もいれば高校生もいるし、一般の人も混じってる。

片側にステージが設置され、そこを中心に音楽好きが群がる。多くのバンドがパフォーマンスを始めると、広いスペースがずいぶん混んできた。別のサイドには屋台やアトラクション・ブース、限定版のアイテムを売る店が並ぶ。アーティストの巨大なポスター・スタンドがそこら中にあって、思い出の写真を撮って、みんながそろいもそろってやるようにSNSに投稿するのにうってつけだ。

「笑って。かっわいいな〜」

ちょっと離れたところから、友達の声がする。声のほうを見ると、別の高校から来た彼女の写真を、やつが有名アーティストをバックにせっせと撮っているところだった。他の2人も同じだ。こっちに向かっているところだというガールフレンドが現れるのを待っている、つまり俺は1人で残されてる。

「美人に撮ってね」

「え？　どうやったら美人に撮れるんだ、不美人を」

「じゃあさっさと別のキレイな彼女見つければ？」

「あは、ジョークじゃん、ねええ」

あれだけ来い来いと言っていたくせに、友人たちは俺そっちのけで女の子のことばかりだ。とっくに慣れたはずだが、それでもため息が出る。

結局俺は、周辺の写真を撮るのに忙しいみんなを放置して、気に入ったバンドが出るまでの時間をつぶすことにする。それまでには何時間もかかりそうだが。

「水を1本ください」

「はい、冷たいのと常温のと、どっちがいい？」

「冷たいのを」

しばらくぶらぶら歩き、繁盛しているらしいドリンクの売店に立ち寄った。笑顔を絶やさない女性が切り盛りしている。俺がオーダーすると、彼女は後ろを向いて大きな冷蔵庫から水のボトルを出した。

「10バーツね」

「すみません、ブルー・ハワイ、グラスでくださ〜い」

俺がまだ金を渡さないうちに、誰かが横に来てオーダーする。その声があまりにからっと明るくて、つい顔を見た。

「ブルー・ハワイはないわねえ。ブルーベリーじゃダメかしら？」

そいつはちょっと口をとがらせて、また聞く。

「ブルー・ハワイ以上に美味しいものなんてある？　このへんの売店、どこにもないんだ、がっかり」

セリフの後半のほうは口の中でぼそっと言っていた。店主がないものはないと言うように首をふると、彼は顔を上げ、折れた。

「じゃ、ブルーベリーでいいです」

「ちょっと待ってね。あ、あなたの水、10バーツね」

そこで俺の存在が目に入ったようだ。すぐに水の代金を払ったが、しばらくその場から離れられなかった。足が固まって、そして目は、その見知らぬ色白の少年を見つめていた。

高校の制服を着ていて、学校名の略称に見覚えがあった。シャツの裾をズボンから出して着て、平たい革のバッグを片手に持ち、別の手をポケットに入れて金を出そうとしている。

「ここにいたのか、探したぞ」

俺が彼をガン見している最中に、誰かが割って入る。友人なのだろう、同じ制服だ。

「ブルー・ハワイ探してたんだ」

「あった？」

「それがさ、ブルーベリーしかないって」

「別にいいけど。急いだほうがいい、おまえの大好きなバンド、もうすぐ出るぞ」

友人はそれだけ言ってすぐに戻っていき、残されたほうが大声で呼ぶ。

「おい、待ってよ！　僕、最前列に行かなくちゃ」

彼はすばやく店主に金を払い、ブルーベリーのグラスを掴むと、すごい勢いで友人を追いかけていく。しばらくその光景を追っていたが、やがて視界から消えた。なぜ見ていたのかわからない。なぜ気になるのかわからない。いつもは周囲で起きていることなんか、まるで気にもとめない俺が。

たぶんあいつの可愛らしい顔のせいか、声か、しぐさか、あるいは、説明できない何かのせいか。わかるのは、あいつの何かに強く惹かれるということだ、相手は男だっていうのに。

リリリリリーン
スマホの着信音で現実に戻される。画面に友人の名が表示されていた。落ち合おうと言うのだろうとわかってる。そしてやっと俺たちは、仲間の1人が好きなバンドの演奏を見るために、ステージの前に立った。

「どういう経験してバンドがこういう悲しい曲を作るのかなって、思ったことあったよ。聴くとすげーつらいじゃん」

友達はこっちに少し体を寄せてきて小声で言うが、反対側の手では彼女の手を握ってる。2人とも今世では絶対離したくないと思ってるみたいに。

「俺がそんなことわかるかよ？　おまえのほうがコアなファンだろ？」

「俺は音楽が好きだが、バンドの私生活まではほじくらないぞ、アホ」

こいつが好きなバンドはムービング・アンド・カットだ。彼らの曲を一日中聴いている。暗い曲が多いが、中毒性がある。たぶん、ソリチュード・イズ・ブリスのプレイリストをエンドレスで繰り返してる俺と同じなんだ。


『みんなも　この最後の歌を　はっきり大きく歌ってほしい……』

「お願いだ　もういい　心が耐えられない
痛すぎる　もう十分だ」
——ムービング・アンド・カット『My Heart Has Had Enough（もう十分だ）』

ウォオ～。

それぞれバラバラな場所にいたから、このバンドの最初の曲は聴き逃してしまったが、パフォーマンスの最後のほうでみんな一緒になれてよかった。というのも、ムービング・アンド・カットの寂しい曲に替わって、大きな歓声とともにスクラブが登場していたから。そのとき、俺の目は無意識に、群衆の中の誰かの背中をとらえた。

彼はゆっくりと前に進んで、そのうちほとんど最前列まで達する。それほど陽気な曲でもないのに夢中で踊っている。遠くからでも、大勢の中であいつが体をクネクネさせているのがよく見えた。めちゃおかしくて、クソカワイイ。

「Answer《アンサー》」がスクラブの1曲目だ。友人たちはといえばそれぞれガールフレンドと曲にひたっている。甘い時間を邪魔したくないし、心の命じるままに、俺も前へ移動することにする。人をかき分けて進み、あいつのすぐ横に立った。

「おまえちょっと落ち着けよ。これ、悲しい歌じゃんか」

明るい「Answer」が終わったのにまだゆらゆら踊っている彼を、向こうの友達が止めにかかる。

「え、そう？　僕にはまだ最初の曲が響いてるもん」

「またおまえは！　ウザいなあ」

「そっちがウザい。僕は楽しいんだ。止めるな」

「連れてくるんじゃなかった。社会のお荷物だおまえ」

彼は友達のほうへ口をとがらせて見せ、すぐに楽しそうに大声で歌い出す。周りの人間のことなどほとんど見てない。人目を引く俺のルックスをもってしても、あいつの目にとまることはできなかった。

俺はなぜ、この知らないやつの隣に立とうと思ったのだろうか。わからない、なぜずっと、見ているのか。なぜ、自分も一緒に歌い出したのだろう、いつもは好きなバンドは遠くから演奏を見ることにしているのに。いくら真剣に自分を問いつめても、答えは出ない。ただ自分の気持ちに従いたい、それ以上は何も気にしたくない。

スクラブの歌が次々に続き、ステージ前の聴衆にエネルギーを伝えてくる。空気は楽しく、陽気だ。太陽はゆっくりと沈んでいき、大量のスポットライトが夕陽にとって代わる。それでも俺には自分の横の人物がくっきりと見えた。

こいつ、とんでもなくエネルギーあるな！　最初の曲からノンストップで踊ってる。汗だくで、顔にはずっと笑みを浮かべて、俺の度肝を抜く。いったいどうしたらこんなにキュートな笑顔ができるんだろう？

「よーし、みんな……一緒にジャンプだ。3、2、1！」

ヴォーカルのムエの声が会場を満たし、この少年も言われたとおりに跳ぶ。会場の全員が、音楽の世界に夢中でひたっている。

あまりの熱に俺は少しずつ後ろに押し戻されてしまい、彼を真横から見ることができなくなる。彼の斜め後方に位置どる。俺の視線の行き着く先は、彼の横顔から、ほの白い首すじへと移った。

「外に出て空を見上げ　広い海を見る　風の運ぶ土の匂いをかぐ～」

――スクラブ『See《シー》 Scape《スケープ》』

「うぉ～～！」

俺は「夢中で踊る」という言葉の意味を、この日初めて正しく理解したかもしれない。

そのときだ、事件が起きたのは……。

「あっと、ごめんね」

「……!!」

俺は全身が固まり、呼吸ができない。突然、どうしたらいいのか、わからなくなった。まさかあいつが後ろに一歩下がって、俺にぶつかるなんて。それに、ごめんね、と言うなんて。疲れた声で、息を切らしながら。うわ……俺、襲撃されたのか？

あいつは俺のことを見さえしなかった。謝った後はすぐまた前を向いて、友達と一緒に踊り続ける。しかし、ぶつかられたほうはまだぼーっと、思いの中に沈んでる。

サラワット、普通じゃないだろ、これ。

「これで最後の曲になるよ。会場のみんなに捧げます。一緒に歌って、一緒に踊ろう、そして……みんな、もうちょっとずつ、近づこう。最高の曲って、繋がれる曲だと思うから」

「ウォーー!!」

「近すぎて　何も言えない　近すぎて　他に誰も見えない……」

その音楽が始まり、そしてムエの低い声がマイクから響いてきた瞬間に、俺の世界が活動停止した。よく知っている曲は聞こえている、が、みんなが動くのをやめたように感じる。あいつだけだ、自然に動いているのは。

「2人がこんなに近くて　息を止めたくなる　近すぎて　今日　きみと僕しかいないよう」

これは、恋に落ちる感覚とは違う。これはただ……誰かが、何かが好きだが、それがうまく説明できない、あるいはそのことを言葉にできないという感覚だ。

あの本の引用を思い出す。もしある日誰か、強く惹かれる人を見つけた。でももう2度と会えないだろうというとき、どうすればいい？　知り合いになろうとすればいいのか？　それとも、この気持ちを自分の中だけに収めておく？　歌が続く間ずっと、こんな疑問が俺の頭の中をぐるぐる駆けめぐる。

「きみと偶然会ったからかも　今ここに　こうして2人でいるからかも」

「Close」は、ごく短い間に2人に起きた関係について歌ったものだ。俺はあいつに特別な感情を抱いてる、でも俺たちはこのまま別れるだろう。だったら自己紹介して彼を知ろうとしたりする理由はない。世界に感謝するのみだ、俺たちを会わせてくれてありがとうと。

彼の笑顔、快活な声、ちょっと疲れた、でも幸せいっぱいな顔。ただ見ているだけで十分だ。

これ以上何も望まない。

「サラワット、どこ行くんだ？」

「トイレ」

「じゃあ俺、彼女を送ってく。ソリチュードたちがステージに上がったら連絡する」

「オーケー」

スクラブのパフォーマンス終了後、たくさんの人が帰ったが、まだ次のバンドを待っている人もいる。いつもの俺なら、これから好きなバンドがステージに上がろうとしているときにその場を離れたりしないが、今日は違う。あいつが友達と一緒に帰っていく。だから、少し離れて彼らの跡をつけた。

彼はバックステージのほうへと進んでいく。

「写真頼めよ。ムエもボールも、親切だぜ」

記念写真を頼むよう友達に後押しされているが、彼は愛らしく頭をふる。

「いや」

「なんだ、怖いのか？」

「そんなことしてもらわなくていい」と言ってにっこりする。

「すごい近くで見たんだもん、それだけでいいや」

「それだけでいいのか？」

「うん、でも頼みがある」

「ウザっ。なんだよ？」

「ポスターと一緒の写真撮って」

とスクラブの大きなポスターを指さす。それに近づくと彼らはスマホを出して、何枚も写真を撮った。

　ストーカー中の俺は、急いで近くの人に協力を求める。

「すみません、写真を撮ってもらえない？」

歩いていた女の子にスマホを渡す。笑顔で受けとって、嬉しそうに答えてくれた。

「もちろんいいわよ」

例のスクラブのポスターとあいつからはかなり離れて立つ。彼が写真に入るようにと、少し傾いた。別れてしまう前に、まだ多少の時間はあるだろう。

　カシャ。

彼女がシャッターを切り、俺がふり向くと、もう彼はいなかった。

「ありがとう」

スマホを返してもらう。今撮られた写真が表示されている。もちろん俺がいて、スクラブのポスターが背景にあり、そして拡大すると、誰かの姿も見つけることができる。

信じられない、とうとうシラパコーンのイベントで、もうひとつ、好きなバンドができるとは。

あいつのお陰だ……名前も知らない誰かの。

2

人に深い印象を受けたとしても、その記憶がいつまで続くのかは誰にもわからない。俺など、一度会っただけの人なんてすぐ忘れてしまう。あいつのこともそうなのだろうと思っていたんだ。

まさか思ってもいなかった……まだあの顔を思い出せるなんて。

「サラワット、明日さあ……」

「忙しい」まだ質問が終わらないうちにそっけなく答える。

「スクラブのコンサートなんだけど」

「行く」

「マジ、おまえどうした？　ついにファンになったのか？」

「……」

「実は誰かとつき合ってんの？」

くだらないことを言い続けているが、しゃべらせておく。

「それとも、あのイベントで好きな人できた？　パムが妬いちゃうんじゃね？」

「アホくさ」

友達はみんな俺が同級生の女子、パムを好きなのは知ってる。でも告白とかはしてない。一度も……自分の気持ちを伝えることはしなかった。今以上に近づきたいと思わなかったから。パムは初恋の人だ、そのままにしておきたい。

「ああ、忘れてた。おまえみたいな薄情な男、恋なんかできっこねーよな」

「おまえ映画の見すぎだ。どっか行け」

「わかったよ。明日は一緒に勉強するから来い。夕方からバーベキュー、ノンストップでいくぞ」

「わかった……」

俺は教科書を無造作にバッグに入れ、「CATラジオ・Tシャツ」イベントに出かける。これは数週間前から行く予定だった。たくさんのバンドが演奏し、会場でTシャツを売るというイベントだ。かなりの規模になり、混雑する。またあいつに会えるチャンスかもと思った。

「よう、サラワットじゃん！」

こんなイベントで自分の名前を嬉しそうに呼ばれるなんてめったにない。ふり向くと、同じ予備校の友人がいた。

「元気か？」

彼は男子校に通っている。その友達というのが、そろいもそろって厄介者ばかりだ。

「まさか、ここで会うとはね。1人で来たのか？」

俺に連れがいるか目で探し、いないとわかったようで話を変える。

「どこのバンドのシャツ買った？」

「スクラブ」

「ええ、マジか、ファンとは知らなかった！」

「おまえは？」俺は質問を返す。

「おお、好きなバンドばっかりでさ。買いすぎて、もうすっからかんになった」

「どんだけ買ってんだ、おまえ」

「ライブを待ってるの？」

「当然。おまえは？」

「あまりいられないんだ」彼はスマホを出してメッセージを読む。

「もう行かなくちゃだ。連れが、戻れって言ってるわ。じゃまた」

「また」

短い会話の後、別れた。それからはアーティストのパフォーマンスを待ちながら、Tシャツの売り場に注意を戻す。ひょっとしたら、あのときのイベントでスクラブの演奏中に、ステージ前で夢中で踊っていたやつにまた会えないだろうかと願いながら。

すると思いもかけず……。誰かの背中にふと目が留まった。俺の頭の中から消えない、あの記憶の中の人物が、数メートル先の人混みの中にいる。

俺の血が沸き、脚が勝手に前へ動き、耳鳴りまでしてくる。白いシャツとライトウォッシュのジーンズ姿の人物から目を離さないようにと集中しすぎて、ちょっと視界がぼやけた。

鼓動がめちゃくちゃ速まっていて、理性がぶっ飛びそうだ。わくわくすると同時に、恐ろしかった。ずっと探していた人に会えるかもと期待するが、もしあのシラパコーンで踊りくるってたやつではなかったら、と思うと恐ろしくもある。

前へ進み続けているうちにも、ステージからの音楽が会場に鳴り響いている。ものすごい人混みで、息さえできないくらいだ。走りながら、混んだホールをかき分けながら、いったい何人にぶつかってしまったか、覚えていない、今あいつのことしか頭にないから。

「すみません」

「……」

「すみません」

周囲の人に何度も謝った。また誰かに、かなり強く衝突してしまい、口ごもりつつ詫びた。

「ごめんなさい」

「気にしないで」その女の子はそう言って、怒ってはいない。

一瞬のことだったが、注意がそれた。すると、もうあの白シャツの背中が消えていた。見失ってしまったのだ。

もしかしたら探していた人物ではないかもしれない。こっちの妄想だったのかも。今回のイベントでもまた、成果はなかった。家に帰ったとき、クローゼットにあるたくさんのバンドのシャツに、もう1枚、スクラブのシャツが増えただけだ。このシャツの数……。あいつを見つけようと足を運んだ、でも会えなかったイベントの数ときたら……。

サラワットの日記：前へ進もう。

いく晩も考えたあげく、俺はやっと結論を出した。望みは捨てよう、また自分の人生を最大限に生きようと。友達も、誰だって前へ進まなくちゃいけないと言っている。そうだ、俺もそうすべきだ。もっと早くそのことに気づくべきだったんだ。

誰かに強く憧れるとき、できるのは、その人を記憶として大事にすることだけだ。

ある日俺は別の誰かに出会って、気持ちが動くかもしれない、あるいは恋に落ちるところまで行くかも。そのときが来たら、シラパコーンで高校の制服を着ていたあの少年のイメージも、記憶から薄れていくのかも。

サラワットの日記：前へ進むが、円を描く。

以前ほど忙しくない日々が戻ってきた。少なくとも、あの姿を探して山ほどイベントに出かけることはやめた。高校生活が終わるまで、友達との日常に戻る。後悔はしない。

1学期が終わるとみんな勉強に精を出し始め、入学試験に向けて動く。ストレスがたまってくると映画に行ったり音楽を聴いたり、写真を撮ったりする。いつものことだ。それでも退屈だから、誰か仲間内で誕生日があると、派手なパーティを開いて同級生をみんな呼んだ。いろんなゲームをする、椅子とりゲームなんかも。俺はそういうのに興味がないので、みんなが必死の形相で椅子の奪い合いをするのをただ眺めていた。

曲は毎回変わる、スローなのやアップテンポなの、次々と変わるうちに……。

「近すぎて　何も言えない」

「Close」のメロディが耳いっぱいに入ってきて、俺の体の感覚が消え失せた。消えかけていた記憶が突然よみがえったようだ。クソっ、と思わず心の中で毒づいた。もうほとんど忘れていたのに、たちまち元どおりだ。スクラブの歌を聴くたびに、あの日のことを思ってしまう。いまだに前へ進めないなんて、悲惨すぎる。

自分が嫌になる。あれだけ努力したのに、またあいつのことを考え始めているんだ。

サラワットの日記：前へ進むが円を描く、何度も何度も。

校舎の1階は、昼になると生徒であふれ返る。友達はいつでもギターを持っている。女子をひっかけようというのだ。毎日、女子に気に入られそうな曲を真剣に選んでいる。

今知られている曲はたくさんあるから、リストはけっこう長い。難しいコードも練習しなければいけない曲もある。正直、ヒマなときは俺もみんなに加わった。問題は、みんな女の子にもっとウケようと、ＹｏｕＴｕｂｅに動画をアップしたがるということだ。

そこまで関わりたくないのが本音だ。頼まれれば協力するけれど、しかし彼らの言葉にぎょっとすることになるとは、予想外だった。

「じゃ『Close』やろうぜ」

俺は何も言わずくるっと後ろを向いて、静かにそこを離れた。頭には無数のイメージがゆっくりと現れ続ける。もちろんそれは、あの、会いたいが可能性はゼロな高校生の姿だ。

疑問がある。世界には数えきれないほど曲があるというのに、なんだってあいつらはスクラブの歌を選んだ？

サラワットの日記：前進・円運動は続くよどこまでも。

「サラワット、おまえ明日ヒマ？」

「なぜ？」こういう質問にはいつもろくでもない話がついてくる。

「インディーズ好きのためのコンサートあるんだ。またタダ券がある、行く？」

「やめておく」

もう絶対コンサートに行かないと決めたんだ。人を探すためにも、バンドを見るためにも行かない、名前を知らない人間を追いかけることにとり憑かれたくない。しかし今回は友達がしつこかった。なんだかいろいろ言ってくる。

「なあ、高校生活の思い出にさ」

「受験勉強したほうがいい。遊んでばかりいたら落ちるぞ」

「じゃあこれが最後ってことで。もうみんなでつるめなくなっちゃう前に、思い出作ろうぜ」

「……」

「サラワット、時間はとり戻せないだろう」

俺はまだ答えず、腕組みして、口々に俺を説得しようとする友を見上げてる。

「行こうぜ、これがたぶん卒業前最後のコンサートだろ」

「……」

「ワット」

みんなが暗い顔をしている。折れるしかないということか。

「わかったよ。でもバンドのラインナップは見たのか？」

「たくさん出る。おまえの好きなのも、もちろん」

ソリチュード・イズ・ブリスのことか？　いや違う。

「スクラブも出るぜ」

そっか……。人生って、最悪だな。

サラワットの日記：もういい、前へは進まない、うんざりだ。

入学試験前の3か月は、一番タフできつい時期だった。戦場に引きずり込まれ、どんなに逃げたくても、戦うことを強いられる。予備校にいる時間以外はほとんど、いろんな友達の家で食べ、眠り、過ごす。

朝起きると教科書を持って友達と一緒に勉強し、遅くまで起きていて、朝は早起きする。それを繰り返しているうちに、俺はかなり痩せてしまった。試験期間を通して、他のみんなも体重を減らしていった。そしてとうとう結果が発表された。志望校に受かったやつもいれば、残念な結果だったやつもいる。確かなのは、高校の友達と別れるときがきたということだ。

　俺は遠く離れたチェンマイの大学に入った。仲間と前のように遊ぶのは難しくなるだろう。だから俺たちは最後に集まり、日本料理店で鍋料理を囲んで、この数年の思い出を語り合った。次々に話題が出るうちに、予期しなかった話になる。

「恋が始まる前に失恋したやつがいるんだ、聞いた？」

　みんなの目が俺に集まってる、だから聞くしかない。

「誰だよ？」

「おまえだ。なさけねえ野郎だなあ」

　こいつらにはうんざりだ。

「おい無視すんなよ、友達だろ」

「俺は今日おまえの友達じゃない」

「なんだ、友情ってそんなにあっさり壊れるものなのかよ。思ったことを言えよ。もうこれからしょっちゅう会えないんだし。みんなが別々の道を行く前に、腹を割って話をしようぜ」

　あの少年のことを、誰かに話そうと思ったことはなかった。馬鹿みたいに聞こえそうじゃないか。例外は弟のプーコンで、あいつにはある夜、すべて話してしまうことになったが。

　しかし今、みんなが話せとせっついて譲らない。俺は降参して、最初から最後まで、洗いざらい打ち明けた。別にアドバイスは期待していなかったが、その相手が男だと言った後でもみんなは俺を元気づけ、全面的に応援してくれた。

「マジな話さ、もしおまえらに縁があるなら、いつかまた会えるよ」

「俺はチェンマイに行くんだぜ、会えっこないよ」

大学は無数にあるし、学生だってたくさんいる。お互いを知らない2人がまた会えるなんて、不可能だ。そんなの夢物語だ。

「そいつもチェンマイに行くかもしれないじゃん」

「アホくさ。同い年かどうかわかるか？」

「俺、10バーツ賭ける」

「うるせー」

「足りない？　じゃ、15バーツな。そいつに会ったら、金ふり込めよ」

「いいよ、また会ったらね」

不愉快になり、その話は打ち切った。すぐに話題を変える。その後、いつ解散して帰宅したのやら、どんなふうに帰ったのかも記憶にない。自室に入ると、まだ服に鍋料理の匂いをつけたまま、どさっとベッドに倒れた。


そして、残りの日々もまたたく間に過ぎた。

明日は、チェンマイへと出発する日だ。荷づくりしながら、あの人物の思い出もそのまま持っていこうと決意した。

ものごとに直面するより逃げるほうが疲れる、なんて言った人がいるが、それが自分の身に起こるまでは決して信じなかった。恐ろしく惹かれる誰かを忘れるのは並たいていのことじゃない、だから俺は彼を、記憶の一番深いところにしまっておくことにしたんだ。

「プーコン、録音してる?」

「もうボタンは押したよ。しゃべって」

いろんな荷物を床で整理するのに疲れて、俺はベッドに転がって休憩する。そしてスマホをとって、また聴くだろうとも思わなかった、ずいぶん前の録音を聴く。

「おまえに……」

彼の名前は知らないから、単に「おまえ」と呼んだ。

「俺の名前はサラワット。ニックネームはない。そう、俺は……スクラブのコンサートでおまえを見た」

「知り合いになりたいけれど、たぶんそんなチャンスはなさそうだ。だから今日、俺はおまえのために1曲歌おうと思う。おまえの笑顔を思い出させてくれる歌。それで、その……何を言うかメモしたのに、わかんなくなったから、もう歌う……」

スクラブの「Smile《スマイル》」が始まる。自分の声と、お気に入りのギターの奏でるメロディを聴く。

制服を来た彼の姿が頭の中に浮かんでは消える。また会えたら、何が起こるだろう？　もしあのキュートな笑顔を間近で見られたら、どうなるだろう？　たぶん俺、気がふれるな。

歌が終わった後でも、録音の自分の声の中に浸っている。

「その……あまりいい出来じゃないかも。……こんなの、したことないし。でも、ひとつだけ言いたいことがある。これをおまえが聴く機会があるかどうかわからない、俺がこのスマホでできることは……ただ、こう言うことだけ」

「俺は……おまえが好きだ」

ブルー・ハワイにスクラブ、シラパコーン大学、そして「Close」の歌、みんな俺の記憶に、永遠に残るだろう。

3

みんなサラワットのことをこう思ってる。とげとげしくぶっきらぼうな男。この世界のことなどクソほども気にしていない。俺は近づきがたい感じに見えているらしいが、誰かが理解してくれるとも期待していない。

自分の周りに壁を作っていることで、大学生活の最初は相当きつかった。やっとできた友達数人といつも一緒に行動するようになった。いい友達だが、ときに手を焼くやつらだ。そして俺はSNSを一切使わないので、あいつらが全部アップデートしてくれる。

日常生活は順調だ。チェンマイの生活はなかなかいい。のんびりして、せわしなくない。好きなときにコーヒーも楽しめる。ここらのバーやカフェの数ときたら、ありえないほどだ。大学の裏手には食べ物の屋台があって、バンコクより安い。すんなり順応して住みつくことができた。

引っ越しの新鮮な興奮は最初の数日で終わり、俺の今後の4年間には、それほどわくわくするようなこともなさそうだ。まさか、そのシンプルで平穏な生活ががらっと変わるとは……。しかも永遠に変わってしまうとは。

「どこへ行くの、サラワット？」

「寮に帰る」

いつもの光景だ——俺が政治学部の棟から一歩出ると、人だかりが待っている。みんな親切だ。お菓子を買って、俺にくれようとしたり。そのつど断るが。

「サラワット、あなたってカッコいい。大学のイベントで、またギター弾いて」

「機会があれば。じゃ失礼」

新歓ナイトで、怪我をした上級生の代わりにギターを引き受けて以来、俺は一夜にして有名になってしまった。はっきり言って、どう反応していいかわからず、元のように平穏な生活に戻りたくてしょうがなかった。しかしそれを考える前に、とりあえずこの大群から逃げないと。

「サラワット」

「……」

「サラワット」みんな何度も俺の名を呼ぶが、ひとつだけ、違う名で呼ぶ声が混じっていた。

「おーい！　サラレオ（悪党）！」

声が聞こえたほうへふり向いたとたん、俺の顔が燃え始めたかのように体温が上がる。何度もまばたきして、目に見えるものを確かめたが、間違いない。

「あっごめんね、サラワット」

ほがらかな声の主が人をかき分けてこっちへ来る。さらに近づいてくる……突然、こんなに近くに。

俺の手は震えている。脚が動かず、呼吸が喉に引っかかっている。手も足も出ない状態だ。今にも泣き出しそうなのをなんとかこらえる。心臓の激しい鼓動がやまない。

探していたあいつだ。高校の制服の、決して忘れられないあいつ。どうしたらいいかわからない。もう何がなんだかわからん。嬉しく思えばいいのか、どう反応していいか、さっぱりだ。その場につっ立って、彼が何を言うか待っているしかなかった。

「ちょっと話せない？」

俺が声を出せるようになるまで、しばらくかかる。できる限り平静な声を出そうとしながら返事する。

「何を？」

「ええと、僕はその……」

向こうはちょっとためらい、混乱して目線が動いている。なんだこいつ可愛い、マジ可愛い、死ぬほどカワイイ！

「なんだよ。忙しいんだ」

どうしてそんな調子で話してしまったのか、自分でもわからない。クールぶって、俺は何がしたいんだ？

「僕は……」

向こうはまだ何も言わない、なのでただ顔を見ていると、俺の脳が暴走し出す。あいつの大きな丸い目、キュートな鼻、そして結ばれた唇。少し上向《うわむ》いて俺を見ているその姿に、ついに自制心がキレた。

「そんな顔して見るのをやめないと、ぶっ倒れるまでキスするぞ。迷惑なやつ」

「……！」

まるで時間が止まったみたいだった。あの愛らしい男の目がショックに見開かれる。

ぎゃあああ！

気をとり直すのに1分かかる。俺は今なんと言った？　うっかり頭の中で思ったことをダダ漏れさせてしまったんだ。ここに、こうしてはいられない。

自分にとことん腹が立った。どうしたらいいものやらわからず、このいたたまれない状況から逃げようとして、彼に背を向けて大股でその場を離れる。

心臓はまだドラム並みにドカスカ鳴ってる。車に乗り、深呼吸して、震える両手を黙って見下ろした。もう笑いがこみ上げてくるのを隠せない。やがて、涙がぽとぽとと手のひらに落ちるが、ぬぐう気にもならない。流れているのは喜びの涙だ。また世界が、俺たちを近づけてくれたんだ。


俺は、あのとき賭けをした高校の友達の口座に、15バーツをふり込んだ。あのときあいつ、未来を予知していたに違いない、俺が探している人物にまた会えると知っていたとは。

彼の名はタイン。愛らしくて陽気で、頭痛の種でもあり、しょうもないナルシストだ。たくさんの美点がある、と同時に悪いところも。でもそれはいい……俺たちが一緒にいられる。愛し合って、幸せも悲しみも分け合っているのは、いいことだ。


「最後の曲になります、みんな一緒に歌って」

「ウォーーーー!」


ムエの声が耳を満たす。俺は隣にいるやつの手を握り、すきまがなくなるほどぴったりと指をからめる。彼がこっちを見て、目が合い、俺の記憶の中の一番美しい笑顔を浮かべる。

「すんごい、いい気分！」

タインが高揚して言う。スクラブのライブの聴衆の真っただ中に、俺たちはいる。こんなイベントに、何度一緒に来たかわからないが、彼への気持ちはまったく変わらない。

最初に出会った日と同じだ。

「ああ、俺もすんごい、いい気分だ」

と彼に言い、微笑む。本当はもう泣きそうだ。

まるで夢のようだ、初めて会ったときからずっと探していて、そして今、おまえと一緒に歌って、夢中で踊ってる。タイン、この人生でおまえに出会えて、俺は本当にラッキーだ。

「みんなもっと大きな声で！」

あいつとちょっと目を合わせ、それから2人ともコーラスを、声の限りに歌う。

「きみと偶然会ったからかも
今ここに　こうして2人でいるからかも」

運命なのか宿命か、ただの偶然か知らない。今わかっているのは、俺たちは一緒になるために生まれたということだけだ。

「きみが目を閉じる前　風が吹く前に
この夜　僕らは歌う　星に満ちた空の下で
ともに歩く　日が過ぎゆくままに
どこまでも　音楽が続く限り」
――スクラブ『Feel《フィール》』

Special 7

Feel

1

「こんなことを思うんだ。もし同じ歌を100回歌わなければならなかったら、毎回、歌詞に入り込んで歌うことができるだろうか？」

昨夜は本当にがっかりだった……。考えただけで今でも涙が浮かんでくる。苦しくてつらくて、心臓に大きな穴が開いたようだ。サラワットが僕のほうにやって来ながら、ガラガラ声で言ったんだ……。

「タイン、あっちへ行け。風邪がうつるぞ」

なんでだよおお！

サラワットはホワイト・ライオンたちと2泊3日でボランティアに行っていたんだ。ある学校の修繕作業をし、いろんな物を寄付するという活動だ。僕は学部の用事があって参加できなかった。家に帰ったとき、まさかこの体格のいい男が高熱を出してがたがた震えているとは、思いもしなかった。

雨の降る中、屋根を修理したのだそうだ。その後、上級生たちと飲んだくれたんだと。結果はこのとおり――彼はしおれた野菜みたいにぺしゃっとなってベッドに寝ている。そして僕が面倒を見なくちゃいけない。まったく、世話が焼けるじゃないか。

「サラワット、気分はよくなった？　まだ頭痛い？」

今日が土曜日で助かった。今、朝の10時をちょっと過ぎたところ。寝ているところを邪魔するのは嫌だったが、何か食べてから薬を飲んでもらわないと。

「まだ」

サラワットは眠そうな目を開く。唇が乾燥していて痛々しい。僕たちがつき合うようになってからもう1年になるが、彼のこんな姿は見たことがない。心がえぐられる。

「熱も下がってないね」

「すぐ治る」

「死ぬなよ、サラワット。おまえが死んだら、僕きっと遊び人になっちゃう。そうはなりたくないから」

笑いをこらえながら言う。

「心配してくれてるのか、俺が死んだほうがいいのか？」

「両方」

彼は僕の額をげんこつでコツンと打った。いてえ……病気で弱っているわりに、相当痛いぞ。

簡単に死にそうもないな。

サラワットは昨晩ボランティア合宿から帰ってから疲れを感じ始め、そのうちに熱がどんどん上がって、夜中には起き上がれないほどになってしまった。僕らはベッドの真ん中に細長い抱き枕を置いて壁を作って寝たんだ。幸い、僕の体は頑丈にできてるから、簡単に風邪をもらったりはしない。そして今、よきパートナーとして、彼の面倒を見てあげているわけだ。

「食べたいものを言って。作ってやる」

彼の額に触れて熱をチェックしながら言った。

「やめとけ。何か注文しよう」

「僕に手間をかけさせたくないから？」

「違う、おまえ料理ヘタだから。クソまずい」

心臓が……。こいつ、病気じゃなかったら尻を蹴ってやるんだけど。いつも神経を逆撫でして。

僕は見かけほど親切じゃないぞ。

「じゃ、死ぬまでほっとこうか」

「俺が死んで嬉しいんなら、絶対死んでやらない」

「そんなこと言って、ジーンとくるよ」

ほんとこいつ、あきれるわ。なんちゅう、不愉快なろくでなしなんだ。サラワットが内気で静かな男だと言う人も、もしこいつをよく知るようになったら、どのくらいムナクソ野郎かわかると思うよ。

サラワットと僕は、世の中の他のカップルと変わらない。もし違いがあるとすれば、あまりにお互いを挑発するせいで、周囲の友達が、「こいつらは本当にカップルなのか、実は敵同士なのか」と疑い始めることくらいかな。もちろん僕は彼を愛しているし大切に思ってる。けど、気持ちの表し方についてはちょっと変てこなのだ。

「まず食べよう。僕がメニューを決める、おまえは口をはさむ権利なし」

僕はキッチンに急いで、コップに牛乳をそそぎ、カオトム（雑炊風お粥）のデリバリーを頼む。彼に早死にしてほしくないからね。

配達を待つ間に、病人の体を拭くために濡らしたタオルを用意する。夜にも2度拭いてやったのに、まだよくならないようだ。もし熱が下がらなければマンに電話して、この重たいアホを病院に運ぶのを手伝ってもらわないといけない。

「タイン、おまえ、雑すぎ、体の皮が剥けちまう」

僕が濡れタオルで拭いてやると、サラワットが文句を言う。ムカつく。

「めそめそするな。強がって雨の中で働いたくせに」

「迷惑かけて、ごめんな」

ええ？　なんで急にしおらしくなるんだ？　こいつ、コメディの1シーンでも作ろうとしてるのか。

「わかればいいんだ。次から体に注意してよ」

「心配してるんだろう？」

「自分のことをね、うん」

僕はどうしちゃったのか？　顔が火照って自分まで熱が出そうだ。彼の体を拭いているうちに、だんだん目を合わせにくくなってくる。この視線にはまだ慣れない。もう長いつき合いになるっていうのに。

10分後に食事が届いた。大学近くの人気レストランのだから、文句なしに食欲が出るはずだ。僕の並外れた料理の腕前を見せたいところだったけど、あまり食べられなくて彼の気分がさらに悪くなったら困るからやめておいた。

「はい、カオトムだよ。起き上がって少し食べて」

僕はベッドサイドに座って、豚のひき肉入りのお粥を手にしている。美味しそうな匂いだ。サラワットはまた目を開け、もぞもぞと起き上がろうとし、それからあまりに可愛い声を出すので、口をひっぱたきたくなる。

「食べさせて。ダルい」

「演技やめろ。前に膝を脱臼したままサッカー場を走ってたくせに。ただの熱くらいで、なんで自分で食べられないんだ」

「俺病気だもん、頭がガンガンする、喉痛い」

やつは咳をし始める。アカデミー賞もってけ！　まったく、絶句もんの演技力だ。

「わかったよ、食べさせてあげよう。口開けろ」

彼は言われるまま口を開け、真面目な顔でお粥をひとさじ、喜んで食べた。どういうつもりなのか、ちょっとわからない。

「美味しい？」

「いや」

「ええ？　でもこれ、いつものとこのだよ」

「だったらうまい。おまえが作ったのだったら、うまくない」

「はい、神経逆撫で名人が出たよ」

「ああ頭が痛い」

「いい作戦だね。口開けろー」

またひとさじお粥をすくって彼の口元に持っていくが、今回は言うとおりにしない。こっちをまっすぐ見ている。

「吹いてさまして、熱い」

「吹いたよ。見てなかった？」

「もう1回やって」

「ふざけてんのか？」

「なんでもいいからやれ、腹減った」

もうこいつが僕の彼氏なのか、子供なのか確信がない。でもどんなに癪《しゃく》に障ろうと、やっぱり甘やかしてしまい、結局ボウルが空になるまで食べさせた、それから薬も飲んでもらう。

「早くよくなれよ。僕みたいなシックな男の重荷になるな」

と小声で言って、休んでもらった。でも、黙るかと思ったサラワットは枯れた声で話し続ける。

「タイン」

「もう休めよ。皿洗いは僕やるから」

「終わったら石鹸で手を洗うのを忘れるな」

「わかったよ」

「食べるのも忘れるな」

「自分の分も注文したよ。すぐに食べる」

「俺から風邪がうつったと思ったらすぐ言えよ」

「了解」僕は彼に顔を向ける。

「他には？　今のうちに言えよ」

「心配なんだ」

「こっちもおまえが心配だよ」

「よくなりたくないな〜」

「じゃあ僕のお荷物になろうってのか」

僕は静かに言ったが、笑みがあふれてくるのを隠すことはできなかった。

もう一緒になってから長くなる。最初の日から今にいたるまで、変わらないことがある。それは彼が僕をどんなに大事にしてくれているかってこと。だから日に日に、彼がもっと愛おしくなっている。

2

「タイン、スプーンとフォークの角度がまずいな。ちゃんと持って」

「もう10分もやってるんだけど。いつ終わるんだ？」

プアクは僕のポーズを決めるために周りをせわしなくウロチョロし、まるで僕にとり憑きそうな勢いだ。僕らは大学を早めに出た。任務があるからだ。彼が管理する「マズいが安い、おすすめレストラン」ページのための写真を撮るのだ。もう3軒まわったが、まだまだ終わらない。

「ここは全景を撮りたいんだよね。ちょっとは頑張れよ、使えないなあ。文句ばっかりで」

「僕の脚のアップでも撮りたい？　ムカつく。オームとフォンとやれよ」

「僕らはほっといて」２人はすぐに断ってきた。

スター・ギャングが平日の講義の後に何もしないなんてことはありえない。いつも何かすることを探している。プアクのページの助っ人をするのでなければ、フォンがお目当ての女の子を落とそうとするのにつき合う。でなければ、ＳＮＳ中毒のオームに連れられて、学内の有名人をつけ回す。

断れるかって？　まさか。どこだろうと、こいつらにくっついていかなければいけないのさ。もっか僕は、友達がいい写真を撮るために、スプーンとフォークを手にした操り人形だ。あまりに時間がかかるから、脇にかいた汗が乾き、またかいての繰り返し。でもまだ彼の仕事は終わらない。

「できた」

「いいかげん食べていい？」

僕がせっつくと、プアクは急いで僕の向かいの席に座ってニタっと笑う。最近このページは人気上昇中だ。こいつの投稿を参考に出かける人は多い。安くてもうまい料理を出す店はたくさんある。お客は気に入って、また戻ってくることになるのだ。

「食えよ。もう全部終了」

ガパオ・カイダーオ（ガパオライスの目玉焼き添え）は、どこのレストランでも人気のメニューだ。何を食べたらいいかわからないときは、テッパンのメニューであるこれを頼めばいい。

「サラワットよくなった？」

少し食べ始めたころに、オームが言い出す。

「うん、あいつもう毎晩友達とサッカーしてる」

彼の具合が悪かったのは、2日間くらいだ。もう大丈夫のようだ。死ぬんじゃないかと思ったのは、見せかけだった。まったく馬鹿ばかしい。あの無表情男の話が出たところで、僕は言いたいことがあった。

「みんな、ちょっとアドバイスが欲しいんだ」

「何？　サラワットが浮気してんの？」

「違ーう！　来週の木曜が、記念日なんだ。何か彼のためにできること、考えるの手伝ってよ」

「へえ、1周年か。その前にとっくに別れると思ってた」

「おい！　馬鹿にするなよ」

不吉なことを言わないでほしい。つき合い始めてからの貴重な1年だ。幸せでいっぱいだった。馬鹿げたトラブルもあったけど、でも一瞬ごとに意義があった。

「インスタに写真を上げて、みんなを羨ましがらせる」

なんだこのくだらん意見は。

「プライベートでだよ、2人きりで何かしたいんだ」

突然みんながアイデアを出し始める。

「18禁行為は？　すんばらしくエロいやつ」

「いや。ケーキはどうだ？　おまえら2人でケーキで祝え、だけどそれはビデオチャットで俺たちに送ってくれ、何やってるか見たいから」

「キャンドル・ライト・ディナーみたいな、ロマンティックなやつがいい。外に席のあるレストランにしろよ。おまえらが蚊に刺されたら見ものだから」

「おまえたち、僕が好きなの嫌いなの？」

がっかりだ。くだらなすぎる提案に、こめかみのあたりがズキズキする。こいつらに聞くのが間違っていたな。どうせ最悪か、しょうもない意見しか出ないに決まってる。

「名案がある」フォンがいつもの「賢い僕」って顔をする。

「真面目に言ってね、頼む」

「彼にギターを弾くんだ。2人とも軽音部なんだろ、この機会に自分の実力を見せつけてやって、天使の歌声で彼を感動させるんだ」

話を聞くうちに、僕は目を大きく見開く。延々とアホな意見を聞いたが、とうとう出た。これは実にすばらしいアイデアだぞ。

「それいいな。そうする」

「ようやく、えり好みするのやめた？　でもそのサプライズを準備する前にさ、そもそもサラワットは記念日を覚えてるのか？」

プアクに言われて僕は一瞬ぎくりとするが、すぐにサラワットの弁護に回る。

「僕らの大事な日だもの、覚えてるよ、もちろんだ」

「もし覚えてなかったらショックだね。サプライズが台無し」

「そんなこと言うな」

「まずは探り入れてみろ、でないと当日泣くことになるぞ」

「馬鹿言うなって。サラワットはきっと覚えてる！」


大食いミッションを終え、僕は家に帰った。スター・ギャングたちが言ったことが、まだ頭に残っている。実は、サラワットは僕らの記念日を忘れているかも、と心配だ。あいつの頭、とっちらかっているから。僕らは2人とも怠慢なほうだけど、彼だってさすがに大事な日のことは覚えているよ、ね？

いろいろ考えるのをやめるため、僕はソファでくつろぐ彼のそばに行って座る。彼はテレビに映った可愛いペンギンたちを熱心に見ている。

「こいつら可愛いね。でも僕のほうがもっと可愛くない？」

この言葉を聞いてあいつがどんな反応をしたと思う？　はにかんだ笑みをくれるとか、温かい目で見て、僕を笑わせてくれるなんて、期待しちゃいけない、そんなこと絶対にないから！　やつは、あきれ果てた顔になった。僕をソファから蹴り飛ばしたいみたいだ。心臓が……。

「おまえ悪霊でも憑いた？」

なんだよ。こいつが僕に必死でアタックしていたころに時間を戻してほしい。僕だったら誓って、今でも努力を続けるけど。腹立つ。

「合わせてくれたっていいじゃん」

「おまえ、厄介もん」と僕の髪を逆立てる。

「頭に触るな！」

「何かしてほしいのか、キュートな演技したりして？」サラワットはいつも勘がいい。

「次の木曜日、空けておいて」

「なんで？」ええ、何これ、冷たくない？

「つまりヒマじゃないってこと？」

向こうが持ち出すまで、記念日という言葉は出さないつもりだった。でもあいつは頭をかいてぼんやりしていて、首を折ってやりたくなる。

「ああ、俺さ、その日は空いてない」

「……!!」

ズドッ！

まるで誰かに心臓を撃ち抜かれたみたいだ。たくさんの疑問が頭に浮かぶ。そして、僕は口に出さずに自分に問い続ける。

サラワット、おまえ僕らの記念日を忘れちゃったの？

あまりにへこんでしまい、大通りまで走っていって、コンビニの前にしゃがんで野良犬と一緒に泣きたい気分だ。でも現実では、僕はこのつれない馬鹿ヤローの隣に座っている、呆然とした顔で。しばらく使っていない呼び名だが、怒りのせいで今、デカい声で言いたい。「このサラレオー！」と。

「じゃ、木曜日はここに帰ってこないの？」

口調がますますきつくなっていく、自分ではどうにもならない。

「帰るよ、でもちょっと遅くなるかも。なんだよ」

「何も」

「おまえの顔が、何かあるって言ってるけど」

「なんでもない」

「でもおまえは、次の木曜日空いてるのか？」

「もう空いてない」

そしてさっさと寝室へ引っ込んだ。僕が逆上してるのに、向こうは気づいたかって？　全然！

まだテレビでペンギンを見て面白がっているのさ。じゃあいいよ。

本当はもしあいつが覚えていなかったら、記念日のことは自分から言い出すつもりだった。その日はずっと一緒に過ごせるように。でも今は、話したくなくなってしまった。傷つく。

つまり、僕はもうあいつのためにギターの練習しなくていいってことだよね？　出かけて仲間と飲んだくれればいいや。とことん酔っぱらってやる！

「恋人に無視されちゃったかわいそうなやつにカンパイ」

カチン！

「大事な日なのにほっとかれるやつにー」

カチン！

「そのぐらいにしとけよ。僕がここで死ぬまで傷口に塩を塗る気？」

「人生そんなもんだよ。喜びも苦しみも、よくあることさ」

みんながでかい手で僕の肩をバンバン叩き、元気づけようとしてくれる。

サラワットが記念日を忘れていることが判明してから、すぐにもみんなと出かけたかったんだが、あいにく全員が忙しかった。女の子を追いかけているやつに、SNS中毒のやつ、というわけで、バーで会えたのは月曜の夜だ。明日は講義があるけど、僕はシックな男だ、そんなことかまうものか。次から次へと、一気飲みした。

「聞きたいんだけど。どの曲をサラワットに歌おうと思ってた？」

「うるせ」この質問はぐさっとくる。

「『Feel《フィール》』だ」

「なんだって？」

「『Feel』だよ、スクラブの」

「ああ～」

サラワットが買ったスクラブの本の中の一節を思い出す。特に好きな言葉だ。

「もし同じ歌を１００回歌わなければならなかったら、毎回、歌詞に入り込んで歌うことができるだろうか？」

歌も、愛も同じだ。初めのころの興奮や幸福がすべて消えてしまって、そして普通の日常になっても、昔みたいに愛していられるだろうか。

今聞かれたら、僕の答えは疑いなく、イエスだ。僕はまだ彼と一緒にいたい。そして毎日、自分の出来事を彼に話したい。あるいは……話さなくても全然いいのかも。弱った日に彼が横にいてくれるだけでも十分すぎる。向こうが同じように思っているのかは知らないけど。

「まったく大げさだなあ。おまえの心の痛みを癒やしてくれる歌をリクエストしてやる」

オームが席を立ち、残った僕らはまだアホみたいにがぶがぶ飲んだ。

30分後、このバー「モーニング・コーヒー&イブニング・リカー」のレギュラーの歌手がマイクに向かって言う。

「この曲は、つらい恋をしている人に歌いたいんだ。きみは1人じゃない、と言いたい。みんなも経験があることだよ」

「……」


「きみから離れようとしたんだ　きみを見ないように　何も知らないように……」

――スクラブ『Enough《イナフ》（もうやめよう）』

なんだよこれは。悲しくて涙が出そうだ。これをリクエストしたのが誰か、知ってるぞ。このバーではスクラブの悲しい歌なんてめったにやらないのだから。僕の愛すべき友オームのお陰で、これを聴かされるのか。

「この歌、惨めだなあ、おい。カンパーイ！」

「うあああ」僕は顔をゆがめてわめく。

サラワットに叱られそうだ。今、酒を浴びるほど飲んでいるから。いちおう彼には断って来たんだ。別にかまわないようだった。だから僕を止めるものは何もない。酒が入ったグラスを次から次へと空け、もうめまいがしてくる。視界がくるくる回ってる。僕は口を開けたが、閉じ、また開けて閉じる。人間の言葉がしゃべれん。

「おい……僕はだな……ヒック……トイレ行く、すぐ戻る」

「行けー、してこい」

２本の脚で立つのにしばらくかかる。テーブルについた手が震えている。左を見、右を見、ゆっくりと人をかき分けて進む。

「あっ、危ないよ！」

ドサ！

誰かが警告したのが聞こえたと同時に、僕はバタッと床に倒れていた。救いようがない状態でそこに寝ている。骨1本も、体のどの部分も動かせない。目の前がチカチカして見える。アルコールのせいか、バーの照明なのか、知らん。

クソ、床に段差があるのを忘れていた。あはははははー。

「タイン、なーにやってる」

友達が耳元ですごい音量で叫んでる。僕の周囲に人が集まり始める。今自分がどう見えているか、想像したくもない。わかっているのは、腕も脚も持ち上げられて、外に運び出され、車まで連れていかれたことだけ。

「運転はまかせて」

と言ったのが誰なのかもわからない。一瞬の後、車の後部席に押し込まれ、みんなを乗せて車は出た。

「伝説のタイン・ティパコーン氏が、やらかしたもんだな。俺、スローモーションで見ちゃったよ」

「もう一生忘れられないな」

こっちをからかう前に、心配してくれないか？　めまいがひどくて、口も開けられないんだ。されるがままにひっくり返された。するとプアクがあわてた声を上げる。

「ヤバい、シャツが破けてる」

「えっ？」

「腕にも、あざができてる。まず塗り薬か何か買って手当てしたほうがよくないか？」

「マジ？　他にも傷ある？」彼らの手で荒っぽく頭など調べられ、こっちはわめく。

「目が回る、すごいめまいがする」

「頭は大丈夫だ、でもこいつもう支離滅裂だ」

「こいつ、いつもそうじゃん？」

悪口なんか言ってる場合かよ、このクズー！

「薬局の前で停めろよ。こんなんサラワットに見られたら、俺たち殺される」

その名を聞いて、突然鳥肌が立った。このぞっとする感覚はなんだ。僕はそんなにあいつを怖がっているのか？　急に頭がはっきりした。一瞬、しらふになる。

「そうだ、薬局。バレないようにして。やっきょくー」

もうぶつけたところは痛まない。今の問題は、彼にこれを見つからないようにすることだ。飲んで悲しみを紛らわせる予定が、派手に床ですっ転んだ恥ずかしい証拠を隠滅しなくちゃいけない事態になった。サラワットは僕が友達とつるむと言ってもダメだなんて言ったりしない。飲みすぎないよう気をつけろと言うだけだ。僕もいつもそうしてきた、今日までは……。

そうさ、今はご覧のとおり～。

薬局に着くと、3人は車から飛び出していった。みんなのせいじゃない。僕が悪い、不注意だった。たいして傷もないので助かった。シャツが破けて、腕からちょっと出血し、膝がすりむけているくらい。傷を手当てしてもらった後、フォンとプアクと僕は、オームが車を運転している間、祈り続けた。

「部屋まで連れていくよ。もしガミガミ言われたら、味方してやる」

なんていい友達だ。

「いいよ。自分でなんとかする。おまえたちのせいじゃないし」

「俺たちが、おまえのことちゃんと見てなかったせいだ」

「トイレに行くのに友達についてきてもらう必要ないだろ。あれは事故だ、彼もわかってくれるよ」

「そうか、じゃ、後で様子を投稿しろよ」

「ああ、じゃもう帰れ。家着いたらメッセージくれ」

オームにはみんなを家に届ける責任があるから、比較的酔いがさめている。彼が運転手で安心だ。

駐車場で別れた。僕は深く息をつくと、あの無情な男が待っている部屋へと向かった。何も気づかれませんようにと祈り、できるだけさりげなくふるまう。

「タイン」

来た。室内に入るやいなや、ソファに座った彼が僕の名を呼ぶ。

「な……何？」

「腹減った？　麺でも茹でるか」

今、僕の心配しないでくれ。

「いやいいよ、すごく眠いんだ。シャワー浴びて寝る」

「タイン」方向を変えようとしたそのときに、サラワットの低い声がさえぎる。

「何？」

「腕どうした」

「シャツが釘に引っかかっちゃって裂けた。そそっかしくてさ」

「タイン……」

もうあいつの視線から逃げられない。彼は立ち上がって、あの感情の読めない表情で近づいてくる。

「怒るなよ、ちょっとヘマしたんだ。歩いてたら急に転んだのさ。あはは」

もうちょっとで涙がこぼれる。怒られるだろうと怖くなり、傷が突然痛み出す。向こうが黙っているせいで、ますます不安になる。僕はあわてて、震え声で謝った。

「サラワット……ごめん」

「泣くなよ」

「誰が泣いてる。泣いてなんかいないぞ」

「おまえが痛いときは、俺も痛みを感じるんだ」

そう優しく言って、僕の頭を撫でてくれる。心がとろけた。僕はさらにふくれっ面になる。こんなに優しくしてもらって、全力で自分の気持ちを隠そうとする。

「そんなに痛くないんだ」

「じゃあなぜ泣いてる?」

「お……おまえに怒られると思って」それだけだ。シックな男の人生、オワタ。

「こっち来て座れ。傷を見せてみろ」

サラワットに半分抱えられ、半分引きずられてソファに行く。まだ恐ろしかったが、安心はしている。彼の目に怒りはないから。

「シャワー浴びてこい、それから手当てしてやるから」

「友達にしてもらったよ」

「ちゃんときれいになってない。おまえらみんな酔っぱらってただろう。他に傷は?」

「ないよ」

「どーこーだよ？」

きつい声で押してくる。僕がこいつに勝てたことなんかあるか？　この表情を見ると、僕はたちまち白旗を掲げてしまう。

「ちょっと膝をすりむいた」

ズボンは破けてないのに、なぜ内部で傷になっているのか、つくづく不思議だ。

「怒ってないよね？」

「怒ってるよ」

「ええっ」

「なぜ電話して迎えに来いと言わなかったんだ、こんなになってるのに。それと、限度がわからないんなら、今後はもう酒飲むな」

「限度は知ってるよ。これは事故だ」

「これよりもっとひどい怪我したらどうするんだ？」

「何もなかったみたいにふるまうよ、おまえに叱られないように」

サラワットが僕の頭をぐいっと押してきて、首が折れるかと思った。

こんなに心配してくれているのを見ていると、彼が記念日を忘れていたことなんかどうでもよくなる。気にしすぎだったかもしれない。それに、僕も忘れていた。彼が僕を大事にしてくれなかった日は、1日たりともないじゃないか。

「何見てるんだ？」

「ちょっと甘えていい？　痛くて。顔は無事でよかった、でないと惨めなことになってた」

「誰のせいだよ。自分でやったんだろう」

「サラワット、うえ〜ん」

サラワットは頭をふったが、ちょっと笑みを浮かべているのは見えた。

「シャワー浴びてこい」

「手伝って、1人でできない」弱々しく言って同情を買おうとする。

「アホなこと言うな」が返事だった。傷つく。

「日ごろの仕返し？」

「なんの話だよ」

でも冷たい態度は長くは続かず、立ち上がって、僕がソファからよろよろ起きるのを助けてくれた。最初はちょっとロマンティックだったんだけど、そのうちバスルームに行くときは犬みたいに引っ張られた。


それ以後はさっぱり覚えてない、全部記憶がぼやけてる。いつ寝たのかもわからない。やっと朝になってからなんとかして目を覚まし、立ち直ろうとする。

頭がまだ重いが、幸い予想したよりは二日酔いはひどくない。そして目を開いて最初に目に入ったのは……サラワットだ。

え、いつ僕はこいつの上に寝ちまったんだ？　しかも、こっちを見ている。どうすればいい？歯磨きのコマーシャルみたく挨拶すればいい？

「お……おはよー」

「あーおはよ。息ができん。寝てたら幽霊に首絞められた」と言って僕を押しのけた。

ドサ！

丁寧に扱う、って言葉はこいつの辞書にない。恋愛小説とか読んだことないのか？

「あー、僕は幽霊だよ。おまえにとり憑いてやるぞ」

「まだ言い返せるんなら安心」とぶつぶつ言いながら、僕のおでこに手を当てる。

「熱はないな」

「10時に講義がある」

「行けるか？」

「問題ないよ。でもお腹が空いたな。豆乳と、パートンゴー（タイの揚げパン）がいいな。豚肉の串焼きにご飯もいい。ルアッ・ムー（豚の血の塊）の煮込みも美味しそう」

「どれかひとつを選べ」

「やだね。全部食べられるのに、なんでひとつにしなくちゃいけない？」

「いいよ、それ全部食ってから、昨日の夜のことを話そう。俺が忘れたと思うなよ」

「うぇ〜ん」

「何をめそめそしてる?」

「サラワット、悪かったよ。もうしないって」

ああ。昨夜のごたごたを忘れてくれるかと、他の話にもっていったんだけど、やっぱりそこに話は戻ってきたか。

3

記念日当日がやってきた。1周年、おめでとう。

この1年間は、永遠のように思えた。カルマによる試練みたいな甘い辛苦の日々というか、これを理解できる人はそう多くないと思う。愛憎物語だな。当初計画した、サラワットのためにギターを練習するというのはやめた。だって彼は空いてないと言うから。だからただ、感謝のカードを書いた。

講義の後はスター・ギャングたちと別れ、すぐに部屋に戻る。本当にサラワットの姿はない。心配されないよう、帰宅したことはメッセージで伝える。すると驚いたことに、やつから電話がかかってきた。

「よう、イケメン」ちょっとは突っつかせてほしい、でないと気が済まない。

「帰ったのか?」

「うん。今どこ?　友達とつるんでるの?」

「いや、下のロビーにいる」

「え、何か忘れ物?　持っていってやるよ」

「おまえを忘れた」

僕はちょっと黙る。どういうことなのか、よくわからない。幻聴だったのかな。頭が疑問だらけで、なんと言っていいかわからなかったが、また聞いてみる。

「なんだって?」

「ベッドに行ってみろ」

と彼の低い声に言われ、寝室に急ぐと、ベッドの上に2枚の紙切れがある。いや、ライブのチケットだ。

「見つけた。おまえ……僕と一緒に行きたいの?」

「ああ」

「他の友達は?」

「あいつらと行くと言ったか?　俺たちの記念日じゃないか、厄介もん」

「覚えてたんだ？」

「誰が忘れるんだよ。おまえはラッキーだな、今夜彼らが演奏するとは。すぐ降りてこい」

「……」

「スクラブを見に行くぞ」


熱気にあふれるイベントだった。出演するバンドが多くて、ステージ前は大勢の人でぎっしりだ。サラワットも僕もその人混みの中、一緒に息が切れるほど踊って歌う。ついに待っていたバンドの登場だ。スクラブがチェンマイで演奏することはほとんどない。僕らの記念日に来てくれるなんて、なんて運がいいんだ。みんながここにいる。僕らを繋げてくれたバンドと一緒だ。

「初めて会った日を覚えてる？」

と彼が聞く。その質問で、始まりの日に気持ちが戻る。

「僕がおまえをサラレオって呼んで、おまえがキスするって脅したよね」

「違う、その前」

「その前は、僕覚えてないよ。ヘンな人がじろじろ見てたなんて知らなかったから」

あのハンサムな顔が一瞬笑みに変わり、それから静かな声で、目を輝かせて話し始める。そのときを思い出すと、彼はいつも幸せなんだ。

「おまえ、飲み物のスタンドに寄って、ブルー・ハワイが欲しいと騒いだんだ。でもそこにはなくて、それでブルーベリーを選んだ」

「へえー、よくそんな細かいこと覚えてるな」

この話を聞くのは初めてだ。彼の口から聞いてあらためて驚き、同時に動悸が激しくなってきた。

「その後おまえをつけ回して、おまえがスクラブのファンだと知ったんだ。ムエとボールが『Close《クローズ》』をやって、だから俺もおまえに近づいて、おまえが踊ったり歌ったり、笑い出したりするのを見ていた」

「一目惚れしたわけ？」

「違うよ。思ったんだ、なんでこいつ、こんなにエネルギーあるんだろうって」

「嘘だね。一目で忘れられなくなったと言っちまえよ」

「……」答えず、ただ微笑んでる。

「おまえの友達から聞いたけど、僕をずっと探していたんだってね。でも細かいところは聞いたことがない」

あれから何年も経っている。今日はサラワットと一緒に昔に戻りたいなと思う。

「おまえを忘れられなかった。アホみたいに気になって好きで好きで、また会いたかった。でも、どこにいるかも知らない。だからスクラブのライブに必ず行くようになった」

「ライブ全部？」マジですか？　これにはたまげた。

「一度、おまえを見かけたと思ったんだ。すげー笑える話」

「どのイベント?」

「CATラジオ・Tシャツ、2年前」

「ほんと?」

「……」

「行ったよ、スクラブのTシャツ買いに」

「おまえは白いシャツに、ライトウォッシュのジーンズを穿いてた」

「はっきり覚えてないけど……その日は白いシャツだったと思う」

今度は2人とも衝撃を受けたが、向こうのほうがショックが大きかったようだ。呆然とこっちを見ている。もしかしたら……運命だろうが偶然だろうが、僕たちは結局一緒になることに決まっていたのかも。

「みんな、こんばんは、スクラブです!」

「ウォーーー!」

2人で心に押しよせる感情に溺れているうちにムエの声が響いてきて、現実に戻される。昔のことは後でもっと詳しく聞くことにしよう。でも今は、大好きなバンドを心ゆくまで楽しもう。

最初の曲が次に繋がり、また次の曲へと移る……。僕たちが手を繋ぎ、周囲を満たす音楽のリズムに乗っていると、この曲になった……。

「僕さ、本当は今日、『Feel』をおまえのために弾こうと思ってたんだ。でもおまえが空いてないって言ったから、やめちゃった」
「ケチくさー」
「誰がケチだよ。違う」
「まあどっちにしろ、おまえが歌うのは聴けるけど」

「2人とも　一歩踏み出した日があるから……
きみがまだ信じて　手を繋いでくれるから
道に迷った　日でさえも」

スクラブの曲を何百回も聴いてきたけど、誰と聴いているかによって毎回印象が違う。

「きみが目を閉じる前　風が吹く前に
この夜　僕らは歌う　星に満ちた空の下で
ともに歩く　日が過ぎゆくままに
どこまでも　音楽が続くかぎり」

でもサラワットに対しては……。彼は僕にとって愛の歌でもあり、寂しい歌、悲しい歌、僕の思い出の中の歌でもある。そんな彼と一緒にいて感じるのは、いつでも同じ気持ちだ。そう……僕は彼を愛している。その想いはまったく変わらない。

これからすべての歌を一緒に聴こう、お互い白髪になって歳をとるまで。そう決めた最初の日と同じ気持ちだ。

「サラワット」

「うん……？」

「僕を見つけてくれて、ありがとう」

「戻ってきてくれて、ありがとうな」

「世界が星をすべて失っても
太陽がその意味を失っても
そしてもし世界に誰1人いなくなっても
ふり向けば　僕はきみのそばにいる」

――スクラブ『Sunny Day（晴れた日）』

Special
8

Sunny Day

1

太陽を所有することなどできないと誰かが言った。でも彼は？　輝く熱い太陽みたいな彼だったらどうだ……。可能だろうか？

チェンマイの天気は上々だ。ただし大気汚染はきついけど。微小粒子状物質のＰＭ２・５がヤバいレベル。荷物をまとめてバンコクからチェンマイに移ったのは昨日のことのように思えるが、実際はあと数か月で大学の最初の１年が終わる。

兄貴のサラワットと同じ大学とはいえ、週の間、サッカーのフィールド以外ではめったに出くわさない。俺はそこにも気分がのらなければ行かないくらいだ。

今日は少し事情が違う。兄の部屋を訪ねることにした。このところずっと悩んでいることを相談するためだ。ドアをノックする。

「なんの用だ？　まず電話しろよ」

と、無表情の兄が言う。まだ大学の制服姿、たった今帰ったようだ。

「会いたいときに来ちゃいけない？」

「おまえみたいなやつが、俺に会いたいって？」

「仲よし家族だろ」

俺は兄の後について中に入り、勝手にソファに落ち着く。誰もいないのを見て、聞いた。

「タインは？」

「まだ帰ってない。例の『マズいが安い、おすすめレストラン』にアップするものを作ってる」

「ああ、プアクさんのページか」

「映画でも見るか？」

サラワットと俺は、けっこう似ているところがある。一番わかりやすいのが、2人ともよく話している途中で、突然話題を変えることだ。別にどうでもいいみたいに、他のことを話し始めるクセがある。

「いいよ。見ながら話そう」

「ああ」

あとは特に説明はいらない。サラワットが俺の目を見るだけで、どうしてほしいか察するから。

はるばるここまで来た理由も、だいたい想像がついているだろう。一緒に育っていろんなことを話してきたし、お互いの悩みもいつもわかってる。

少し前、兄貴がなんと初めて恋に落ちた。もう夢中になりすぎて、思い出として、その人のために歌を歌って録音したほどだ。そのときはそんな気持ちを理解できなかったし、したいとも思わなかった。それがまさか、自分も経験することになるとは。わからないものだ。

「どうしたんだ?」

映画は動画配信サービスから選ぶ。なんでもよかった。ただ流しているだけでいい。サラワットもソファに座った。

「どう思う?　もし……」

「もし、じゃないだろ。自分のことだろう、言えよ、情けない」

いつもこうして上手をとられる、クソ。まだこっちが言い終えないうちに割って入られた。わかったよ、じゃ、普通にしゃべっちまうよ。

「タインに告白したときさ、どうやったの?　その……友達を巻き込んで場面をセッティングしたとかさ、した?」

「いや。えらく簡単だった」

目はテレビで再生中の映画を見ていても、注意はこっちに向けているのはわかってる。

「一緒に映画を見たんだ、で、つき合おうって申し込んだ」

「ロマンティックな映画で、その気にさせて？」

「違う、最悪のアンハッピーな終わり方の映画だった。タインがすごい動揺して、だから俺がなぐさめてやって、彼氏になれって言った」

「想像するとめちゃ笑える。それ、突然言ったんだろう」

「あまり考えないほうがいいときもある。心に従えば、どうすればいいかわかる」

「でも、今が告白すべきタイミングだって、どうしたらわかる？」

「心に従うんだ」

リプレイか、壊れたレコードみたいに同じことを繰り返す。でもこんなところがすごく兄貴らしい。

「交際を申し込むって、２人の関係をはっきりさせるってことだろう。絶対に必要なことではないが、人はきちんと確認したいものだ。だから言葉でけじめをつけなくちゃいけないんだ」

「確かに」

「ミルのことか？」

「うん、言ったよね、好きなんだ。頭にこびりついて、消えてくれない」

俺たちは似たような出会い方をした。サラワットはライブでタインに一目惚れし、俺は新歓ナイトのバックステージでミルに会った。よくある「生き方」の本に書いてあるとおり、恋に落ちるのは一瞬、忘れるのには一生かかる。

「あいつは、おまえが好きみたいだけどな」

俺は兄の横顔をじっと見ながら、言われたことを考えてみる。

ミルとはもう、いろんなことを一緒にしている。サッカーをして、シス・トゥーンのカフェで会い、夜遅くまで話してから別れることもある。かなり親しくなったとは思うが、正式につき合ってと言うのは、やっぱりハードルが高い。

勇気を出して告白すべきときが来たと自分では思う。次のステージに行きたい。別に急がせようというわけじゃないが、もう十分一緒に過ごした。そろそろ言ってもいいんじゃないか。

「どうしたらいいか考えるの手伝ってよ」

「自分のことだろう、自分の頭で考えろ」

「完コピしていい？」

「別にいいが。でも、いつ言うんだ？」

「明日はどうかな。講義の後、映画に連れていく」

答えはない。兄貴はただうなずいて、2度、肩を叩いて応援していると伝えてくる。

部屋に帰り、それからほとんどずっと、計画を立てるのと、何を言うか考えることに時間を費やす。夜遅くなってからミルに電話した。今度こそ、こっちの誘いにのってくれと願いつつ。

「なんだ？」

電話に出るまでに間があったせいで、へこんだ気分がよみがえってくる。緊張でテンパってしまい、神経を静めるために、しばらく部屋の中をぐるぐる歩いた。言葉を考えて練習もしていたのに、どこかへ消えうせた。1分ほどかかって、やっと話せるようになる。

「あ……明日さ、夕方からヒマ？」

「なぜ？」

いつものようにそっけない返事。でも心はやわらいでいるんだ、俺にはわかる。

「ご飯食べて、一緒に映画見ない？」

「バンクとサッカーするんだ」

「じゃその後で。俺も一緒にプレーしていい？」

「うるせえやつだな」

「いい？」

俺はできる限り優しい声を出して粘る。これだけ頑張っているんだぞ、頼むからうんと言ってくれ。

「サッカーの後じゃ、俺は汗くさいぞ。映画見るのにシャワー浴びるほどマメじゃない」

「別にいいよ」

「じゃ何時に出るか言えよ」

思わず笑みが浮かぶ。

「しょうがねえな。サッカーは後でやるからいい」

「わかった、講義の後で電話するね」

「おう」

「おやすみなさい」

「……」

「おやすみなさーい」

向こうが黙ってしまってから、さらに言う。しばらく何も聞こえない。別に返事は期待していない。でも、切ろうとしたときに、思いがけない返事が聞こえる。

「おやすみ」

くー。今また、これ以上ないくらいに惚れた。


俺たちはシス・トゥーンのカフェで落ち合う。建築学部の学生なら、学年に関係なくよく来る場所だ。ミルはここでしょっちゅうシス・トゥーンを手伝っている。だから俺もいつも講義後に寄ることにしている。何も欲しくないような日でも、飲み物を注文してできるだけ彼と長く過ごすんだ。こんな俺を友人たちがどう思っているか知らないが、きっともう慣れただろう。

「待ったか？」

ミルが入り口に立って声をかけてくる。俺はリュックを掴んですぐ立ち上がり、彼に近づく。

「全然。お腹空いてる？」

「ああ、急げ。時間を無駄にするな」

彼は顔をしかめるが、そうするとさらにカワイイのだ。

「俺の車を使おうよ。帰りは送るよ」

「いいな、こっちの車の燃料節約にもなる」

ミルは方向転換して出ていくが、頭をちょっとかいて、ぼそっと言う。

「おまえの車ってどこだ？　案内しろよ」

「ミルさんの心の中に停めてある」

「よせよ」

「なんだ、ちょっとくらい合わせてよ」

たぶんサラワットでもこう言っただろうな。タインも兄貴のことを好きになりかけのとき、こんな感じだったそうだ。口説き文句を口にするたびに悪態で返されたって。うまくいくときもあれば、ダメなときもある。相手のムードによる。

映画を見に行く前に、まず近場のレストランで夕食をとる。特別な食事ってわけじゃ全然ない、ただのいつもどおりの夕飯だ。それぞれ1皿ずつ注文し、それから2人でシェアするための1皿も選んだ。

「プーコン、もうチケット買ったのか？」しばらくしてミルが沈黙を破る。

「まだ。先に意見を聞こうと思って。ロマンティックなのはどうかな。タインのおすすめ」

タインさん、ちょっと名前使わせて。誰もそんなことを俺に言ってくれるやつはいないから、でっち上げさせてもらう。ところが、ミルが首をふる。

「ロマンティックなやつ？　おまえと俺で？」

「じゃあ何が見たい？　合わせるよ」

彼は断らない。スマホを出して映画館アプリで上映作品をチェックし、それから画面に映し出された新しいポスターを見せてくる。

う、ミルよ、これでどうしたら俺に告白するチャンスがあると。ホラー映画じゃないか。

「これホントに見たいの？」

気を変えてくれと祈りながら聞くが、望みは瞬殺された。

「ああ。おまえは見たいのか、どうなんだ」

「見るよ」

料理が苦く感じる。

レストランを出たとき何時だったかは見なかった。わかっているのは、どっちが食事代を持つかで長々と言い合ったこと。どちらも見栄をはった。ミルは年上なんだから払うと言うし、俺は今回は自分がおごりたいと必死だったから。とうとうウェイターが、ワリカンにすれば？　と言って決着。俺たちの愛は、大丈夫か？

映画の雰囲気は、俺が思い描いていたのとは正反対だった。ミルは暴力シーンが好きなのだろうか。襲ってくるゾンビをメインのキャラクターが剣でぶった切り、血が飛び散るたびに大喜びしている。この後でどうやったら、彼氏になってと頼めるっていうんだ。ミルがあまりにエキサイトするから、俺の目に彼の飲み物のストローが刺さるんじゃないかと気が気じゃない。

しかし、そんなにひどくもなかった。とりあえず彼と一緒にいられて、映画に夢中な横顔を眺められたし。サラワットがずいぶん前に言っていた。あの1人だけの相手について……彼が何もしなくてもいいんだって。こちらは相手を、ただありのままの姿で愛してるって。

映画は2時間10分の上映時間の後、スカッと終わった。主要キャラたちは最後まで生き残る、お約束どおりだ。ミルと俺は車に向かう。車内に入って、どちらともなく沈黙を破って会話が始まり、音楽をかける。

「あまり深く考えずに選んだが、思ったよりよかったな」

ミルが笑顔で言う。目は窓の外に向いている。

「気に入ってくれてよかった」

「どのシーンがよかった？」

う、クソ……。

「知らない、見てなかった」

「アホかおまえ、寝てたわけでもないのに、知らないって」

ミルはあの完璧な顔をこっちに向け、眉をひそめている。思わず笑みがこぼれる。

「俺が寝てなかったってこと、知ってるんだ」

「たまたまな」

「嘘だ」

向こうは口を固く結んで言い返したそうだが、言葉は出てこない。俺はあわてて説明する。

「知らないのは、ミルさんのこと見るので忙しかったから」

「おまえイカレてるのか？」

「違う、そっちのほうがもっといい眺めだった」

「次は俺を誘うなよ、金の無駄だ」

「ええ？　もう俺と一緒に映画見たくないの？」

「この歌、最低だな」

突然話題を変え、手を伸ばし、まだしかめた顔で音楽を変えている。2人とも静かになる。大学構内へさしかかったとき、こちらから話し出す。

「そっちの車に戻ったら、それからどこか行くの？」

「今からどこへ行くって言うんだ？　部屋に帰るだろう」

友達とバーで飲むのが好きなくせに。でもそれは言わない、顔に蹴りを入れられそうだから。

「家に着いたらメッセ入れて。いや、電話のほうがいい」

「金がかかるだろ」

「でも心配だから」

「べったりだな」

「家に着いたら電話、ね？」

「わかったよ」

「可愛いなあ」

彼は決して本気で断ったりしない。もう、言うしかない。

「ミルさん……」

「なんだ？」

「俺の彼氏になって」

気持ちを伝えないではいられなかった。

「なんだとお？」とたんにこの反応。

自分がしていることは、ちゃんとわかってる。タイミングはやや笑えるが。俺たちはただ目的もなくしゃべっていて、特に計画もなく、ムードを盛り上げてもいなかった。でも気持ちが、心に従えと言った、それだけはわかった。

「真面目に言ってる。ジョークじゃないんだ」

「そりゃ、急だな。どう言えばいいのか」

パニクってるみたいだ。今のこの表情、たまらなく好きだ。運転中でさえなかったら写真を撮って、後でずっと眺めていたい。

「答えは2つしかないよ——イエスかノーか」

「……」

しばらく静かなままだ。あまり急かしたくもない。建築学部の駐車場に車を入れる。今すぐ答えをくれなくてもいい。少し待って、2人の関係を発展させる時間もある。

目的地に着いて、車を停めた。ミルはシートベルトを外したが、車から降りない。俺の心臓はすごい勢いで打ってる。何か彼から聞けるかもしれないと、期待するように。

「じゃあな」とうとう彼は言う。

「うん」

「おまえ明日の夜ヒマなら、サッカーしようぜ」

「そう言ってくれるなら、必ず行く」

「ああ。それからおまえがさっき言ったことの、答え」

「……」

「試してみるか」

「今、なんて言った?」

「つき合ってみよう。問題が起きても、いろいろ、うまく解決していけばいい」

その瞬間の彼の表情、体の動き、声、この後どんなに長い年月が経っても、絶対に忘れないだろう。シンプルといえばシンプルすぎる、でも俺の心の中では、最強にスペシャルだ。彼が俺の太陽だ。そして今わかった……。誰も太陽を自分のものにはできない。でもその一部になることはできる。太陽のお陰で生きている、地球上の他の存在と同じだ。

「毎日きみといられたら　僕の夢は続く
毎日きみの手を握れたら　抱きしめ合うこともできる
毎日きみといられたら　つらいこともすぐに過ぎる
きみといるだけで　すばらしい日々になるんだ」
——スクラブ『Every Day（毎日）』

Special 9

Every Day

1 ディム・グリーン：サンシャイン&デイジー

まぶしい土曜の朝におはようだ。雰囲気は完璧。窓の外では小鳥がさえずっている。俺はベッドで身動きし、毛布をわきへよけると伸びをする。あああ～、長いこと願っていたんだ、こんなふうにシンプルでなにげない朝を。

思い描いてみろ、自然の音の中で目覚め、淹れたてのコーヒーの香りを楽しみ、バルコニーで味わう。考えただけで心が弾むじゃないか。

「ぐうぅぅぅ～」

「……」

「んぐう～、ぐぉおおお～」

おい、このケツを蹴りとばすぞ、おめーは。俺の空想の楽園をぶち壊しやがって。もう夢とはおさらばだ。残されたのは俺の「彼女」の体、やつの重い脚が俺の腹の上に乗っかってる。痛いっつーの。息ができん。しかもこいつ、寝言で可愛らしく歌をブツブツつぶやき、いっこうにやむ気配もない。ほんと、おまえらしいよ。この、いびき名人。世界記録更新でも狙って練習中なのか?

「グリーン、まともな寝方ができないのか」

「ほにゃー、うーん、ん」

窓から蹴り出してやりたいが、実際にできることは小声でささやき、できるだけそっと、脚をよけることだけだ。こいつが目を覚まさないように。起こしてしまったら赤ん坊みたいにわめき出すから。眠りながら何やらモゴモゴ噛んでいる音でも聞いていたほうが、よっぽどましだ。

こんな週末は、俺の日課には特別面白いことはない。スーパーに食料を買い出しに行くか、そうでなければ、家でゲームをするくらいだ。だがグリーンのほうは違う。こいつが目を覚ましたら、何かけったいなことをしようと思いつくかどうか、様子を見なくちゃならない。このところ、YouTubeに投稿するコンテンツを作ることにとり憑かれている。

チャンネル名は「サンシャイン&デイジー」。俺のバンド名「サンシャイン・デイジー・アンド・バター・メロウ」からとったであろうことは、疑いようがない。

俺がミスター・サンシャインで、こいつがミスター・デイジー、有名な登録者数168人(!)

のYouTubeチャンネルの共同創設者さ。活動開始から3か月になるが、一番再生回数の多かった動画でもたったの1334回だ。そのうち1200回はグリーンのやつが自分で見たんじゃないだろうか。不憫だ。

俺は起き上がって、いつものようにトイレへ向かう。朝のうち、俺の暮らしは快適だ。アホ嫁が起きる前に、冷蔵庫から何か食べるものを探すこともできる。賞味期限切れかけのパンと、イチゴジャムがあるぞ、ちょうどいい。朝メシの準備はできた。

「あなたあ〜」

まだパンを手にとりもしないうちに、地獄からの声がとどろいた。

「なんだ？」

あいつがいる部屋へ向かって怒鳴る。すぐにグリーンが現れてドアに顔をくっつけ、眠そうにこっちを見ている。まだ眠いならベッドに戻れ、それか、そもそも起きるな。

「どーして起こしてくれなかったの？」

「そうしたらおまえが大騒ぎするだろう？　冗談じゃない」

「もう怒っちゃいそう、あなたのこと。ねえ知ってる……」

「知らん」と即答する。

「ディム、まだ終わってないわ、どうしてそうやって話の邪魔をするの？」

こいつをからかうのが大好きなんだ。ひっきりなしに頭痛の種になってくれることへの罰だと考えてもらっていい。

「何を言おうとしてたんだ」

「あなたに悪態つかれる夢見たの」

「え、なんでわかった？」

俺は真顔で答える。あいつは俺を指さして、何ごとかブツくさ言う。アホんだらが、俺に悪態返しをしようってのか？

「仕返しの前に、顔洗え。朝メシ食おうぜ」

「エビ入りのお粥がいいな〜」

やつは顔を輝かせてひょこひょこ首をふる。なんだこれは、可愛いじゃないか。

「そんなもの、ねえよ。パンしかない、それでいいだろ？」

「わかった。全粒粉のパンがいい」

「それは切らしてる。これを食え」

いちいちうるさいな。前ほどはひどい扱いをしてないんだから、いいじゃないか。カルマって本当にあるんだろう。なんせ今、奴隷役をしているのはこの俺、ディム・ディッサタート様のほうなんだから。

「わかった。朝ご飯食べてから、ＹｏｕＴｕｂｅにアップする動画撮るわね。それより、あたしたち、今日はピクニックに行くわよ、イェーイ」

「はあ？」

あまりにびっくりして、パンを一切れ床に落としてしまう。

「冗談だろ？」

なぜ前もって言わないんだ？　今日は家でまったりするつもりだったのに。グリーンはすでにキッチンで何やら料理にかかってる。外でピクニックだと？　そんなことを考えつくとは思わなかった。

「冗談じゃなく。外見てよ、あなた。いいお天気。ロマンティックなピクニックになるわよ」

「天気予報見たのかよ」

「あたしを信用して。すっきり晴れるから」

「おまえが一番信用できねえ」

「行ってくれるの、行かないの？」

「行かないと言っても許されるのか」

実際のところ、こいつにノーとは言ったことがない。こいつのしたいことならなんでもしてやる、あまり迷惑でない限りな。それにこのところこいつはやたら元気で、いつも何かしらしたがってる。超・生産的な暮らしだな。もっとも、何かの役に立つようなことは一切ないが。

グリーンは永遠に終わらないと思うほど長い間シャワーを浴びてる。それからあいつが着る服を選び、化粧をして、怪しげな香水をシューシューかけるのを待っているうちに、俺は居眠りしそうになる。

「これ全部、あたしのために作ってくれたの？　感動的」

パンとジャムを山盛りにした皿を見て、あいつは顔から涙をぬぐう真似をする。

「ああ、全部おまえのためだぞ」

「愛情ねえ」

「いや、これ明日で期限切れだから。全部食っちまわないとダメだ」

「はあっ……？」

おい！　蹴り入れたら、ビンタ食らわすぞ。

こんなこと慣れっこになった。毎朝、ふざけ合う。講義のある日は、こんなふうに顔を合わせて挨拶する手間はとらない。普通はグリーンが友達と先に出て、俺は少し遅れる。それぞれの生活のために時間をかけるが、あまり離れてばかりもよくないから週末には一緒に過ごすようにしている。

だがこのところしばらくは、いつもくっついていることが多い。あいつは来月頭まで、この「アクティビティ」で忙しいそうだから。

「ディムちゃん、まずカメラをセットするわね」

「え、まず皿洗え」

「ちょっと待って」

パンを少しも残さずがっついて食べると、やつは部屋から飛び出していく。カメラをセットするのだ。「スローライフ」を送る日本の主婦を見たことないかい？　朝起きて、コーヒー豆を挽くところから始まる、「ていねいな暮らし」というやつ。グリーンはああいう生活がしたいんだとさ。

俺の仕事？　そりゃ、あいつの後片づけだ、カウンターに残したもの全部の面倒を見ないといけない。これが本当に軽音部の部長の生活か？　面倒くさいにもほどがある。

俺たちはちょっとしたピクニックの準備もした。果物が少し、人によってはただオレンジやリンゴを袋に入れて済ますのに、このボケはドラゴンフルーツだのリュウガンを持っていくんだ。独創的なのは果物だけではない、バスケットもだ。ド派手な布で巻いて、まるでサンプラプーム※だ。おやつは部室から持ってきたキャンディ。

弁当もなかなかいいぞ。炊きたてのべちゃっとした飯に、魚は骨だらけ、1日に必要なタンパク質をとろうと思ったら骨ごと食わなきゃならないからな。これを全部バスケットに入れた。俺はセールで買ったマスタード・イエローのマットを折りたたみ、お気に入りのギターと一緒に運ぶ。ギターを持っていけとグリーンがうるさいのだ。

ユーチューバーってのは楽な商売じゃない。グリーンのやつは何もせず、ただ録画するだけだ。編集や音楽を入れる作業は全部俺がやっているんだ。著作権の問題は、俺が新曲を書けばすべて解決、とあいつが言う。正直、作曲なんて簡単にはできないよ。それよりもグリーンの霊を追い

※ 土地の神を祀る小さな祠。民家や商店など建物の敷地の一隅にあり、飾りたててある。

はらう呪文を書くほうが得意だ。

「もういいか?」すべて準備できたか、聞いてみる。

「そうね。あ、ちょっと待って……」

向こうの電話が鳴った。誰がかけてきたか知らないが、嫁の目が急にキラキラする。

「タインちゃ〜ん!」

ほら来た。電話が来たってだけで、こいつがここまで嬉しそうになる相手はそういない。こっちは黙って見ているよりない。これが終わってから出かければいい。マット片手に、俺はじっと立っている。

「ショッピングに、あたしも? きゃああ〜、でも今日はディムちゃんとピクニックに行くの。一緒に来るう?」

俺は荷物をそこら中に放り出したくなる。なんで他人を誘うんだよ。ひっぱたいてやる。

あいつは俺の気分を察知したようだ。こっちを上目遣いに見て、様子をうかがう。俺がにらみつけているのを見て、声が低くなった。

「邪魔したくないって? わかったー、じゃ、次は一緒に行こうね」

やっと電話を切る。まあいい、これでよしだ。タインのやつ助かったな、俺たちと一緒にリュウガンの皮をむかなくて済んで。そんなことしたらサラワットがすっ飛んできて、俺に罵声を浴びせていたろうが。

「もう出られるのか？」

「はいはい」

　これ以上ぐずぐずするなら、もう今日はやめだぞ。


　俺たちは街中のきれいな公園でピクニックをする。ハンパない暑さで、34度もある。木陰にいても、汗をかく。2本目のコーラ缶を飲み始めたが、まだ暑くて仕方ない。

「ねえなんか歌って～」ちょっと魚を食べてから、グリーンが上機嫌で言う。

「なんの歌？」

「なんでも」

「はいよ、じゃおまえにふさわしい曲な」

　俺はギターを掴むと弦に指を置き、プロっぽくクールに決める。

「わくわくしちゃう」

　グリーンは興奮してマットの上で座り直し、手を叩いて俺が歌い始めるのを待ちかまえる。

「心の底から、歌うぞ」

「……」

「しーねー、さっさと、しんじまえ～」

「いやあああ、ディムったら、またひどいこと言って」

「ひどいんじゃない、すべて本心だ」

「全然ロマンティックじゃないわ。あたし、サラワットがタインに歌った曲みたいなのがいい」

と言い、思い出しても妬ましいのか、口をとがらす。

「そうかい　わかった　じゃあ……

誰かが　夢を見させてくれる　誰かが　幸せにしてくれる」

――スクラブ『Every Day（毎日）』

「きゃあああ、サイコー」

ポトリ。

突然頭に冷たいものを感じ、俺は木を見上げる。鳥の糞かと思ったのだが、それより悪い、さらに思いがけないものだった……。

「あら、雨だわ」

なんだってえ？　今日はやけに蒸すなと思っていたんだ。じゃ、雨が降るってことだったのか。

はははははは、人生サイアクだ。

天気予報をチェックしろとグリーンに言ったのに、あのアホは信用しろとほざいたのだ。「この世の地獄」を人の姿にしたような存在がグリーンだ。そしてそいつが……俺の恋人ってわけだ。

「荷物まとめて、ディムさん」

「立てよ、マットを巻くんだから」

たちまち激しいスコールになる。一刻を争う事態だ。右手でギターを掴み、左手では猛然とマットを巻く。グリーンはでかい手をシャベルのように使い、カメラもドラゴンフルーツもリュウガンも、お菓子もすくいとってバスケットに押し込んだ。２人ともずぶ濡れだ。甘い時間もクソもなく、命からがら、車まで走った。

バシン‼　車のドアを閉じる。俺は運転席に座り、アホ嫁は横でバスケットを抱えているが、散々な姿だ。下着まで濡れちまった。

「なんだよこれは。まったく、サンシャインとデイジーにふさわしいな」

俺たちの、お天気の土曜日だと。何がお天気だよ！

「天気予報が間違ってたの。違ってたって、報告しとくわね」

「ほっとけ、グリーン。今、おまえに歌いたい曲がある。聴きたい？」

「もっちろん、聴きたい。雨の中の歌っていうのも、ステキじゃない」

「よく聴けよ。なぜなぜ、あわてて〜　部屋を出たのか〜」

「ディムちゃん、あたしが悪かったわよ、ごめんなさ〜い」

「許さん！」

2　ワット・タイン：2人の土曜日

Sarawatlism（サラワット）中間子ケムはおわた、けれどココ炉おどるような人とは、いつ洗われるのだとう？

ちゃんと打てないのはいつものことだけど、今は決めゼリフを入れようとしているってのに。文面は僕のアイデアなのに。もう、つき合ってられないな。

土曜日ってゆっくりするための日じゃないか。昼すぎまで寝ているつもりだったのに、体が勝手に起きてしまった。朝の7時に目が覚めて、いろいろ姿勢を変えても、もう眠れなかった。

サラワットは前みたいに冷たくないんだよ、みなさん。ずいぶん感じよくなった。僕みたいに明るくなりたいそうだ。まあ、シックな男・タインのレベルにはちょっと手が届かないだろうから、無理するなと言ってやった。別に自分をがらっと変える必要なんかない。みんなと仲よくして、愛されている限りね。

彼はかなり変わったんだ。そのひとつが、普通にしているときに怒っているみたいな顔じゃなくなったこと。よくにっこりするし、自分から挨拶するし、とっつきやすそうに見えるようになった。こいつどうかしちゃったのか？　と思ったけど、でも彼は本当に変わりたいんだなと今は納得してる。僕は全面的にそれを応援して、その結果、あいつの人気はさらに上がってしまった。でも、決して変わらないことがある。ときどき無性にイラつくやつだってこと。

FengFei1999 中間試験は終わった、けどわたしはいつサラワットに会えるの >Ⅲ<

Beebehoney 昨日お母さんに聞かれちゃった、いつプロポーズしてもらうのって。待ってるうちにシワだらけになっちゃう。

KittiTee（ティー）また翻訳しないとダメか？　一度でいいからまともに入力して、頼む。

Man_maman（マン）クレジットに俺の名前出せよ。この写真撮るのに、ヨガのバカ・アーサナ（鶴のポーズ）したぜ。

prapats03rn #TeamSarawatsWives（チーム・サラワットの妻）

uu.thgjf サラワットよりキュートな男は、明日のサラワットしかいない。

i.ohmm（オーム）タイン・ティパコーン。

JittiRain（どさくさにまぎれ、小説の作者が乱入）アベンジャーズが束になったって、サラワットのハンサム・パワーにはかなわないわよ。

GOMBEN サラワットは単なる名前じゃない、サラワットは夫。

Boss-pol（ボス）『ヴォーグ』級の男だ。

Tbtheme11（テーム）おいおい！　ありゃ政治学部のビルか、それともハンドン※・ファッションウィークか？

※ チェンマイ市内にある商店街の名。

I.amFong（フォン）イケメンだねー、惚れていい？

はあ、なんなんだよ、こんなコメントばっかり。これはほんの一例、まだごまんとある。あきれ果てる。写真のサラワットは無表情で、背景は政治学部の棟内にあるゴミ箱なのに、それでもみんな、あいつにのぼせあがっちゃうのだ。

それに比べて僕は、いい写真を撮ろうと背景をきちんと選び、ときには1時間もライティングをあれこれ調整しているっていうのに、ここまで熱狂してくれる人なんていない。もらうコメントはサラワットについてばっかりだ。実に腹立たしい、けどそんなことは腹の中に収めておかないとな。ギリギリギリ……おっとすみません、歯ぎしりの音です。

「タイン、シャワー浴びてこい」

バスルームのドアから彼の声がする。ふり向くと、みんなの憧れの夢みたいな天使が、面白くもない表情で立っている。どうやらシャワーが終わったようだ。

「後で。土曜だもん、急ぐことないよ」僕はまだベッドでごろごろしている。

「腹空かないのか？」

「朝ご飯作ってくれない？」

ひかえ目に、言ってみる。かわいそうだからやってやろうと思ってくれるかと。しかし返ってきた答えは予想を激しくはずしたものだった。

「自分でやれ」

ちぇ、つき合い初めのころは、口に食べ物を運んでくれかねない勢いで、細かく世話を焼いてくれたのに。今は真逆だ。

「わかったよ、ケチ」

「注文してきてやる。何が食べたい？」

彼はクローゼットで足を止めて、白いTシャツとくたびれた短パンを穿く。他の短パンか、普通のパンツのほうがまともに見えると思うけど。

「カオソーイ・ニマン※のがいい」

「まだ開いてない。別のもの選べ」

僕は嫌気がさした。カオソーイ・ニマンですら僕のために開いてくれないのか。余計ものの男には悲しい現実しか待っていない。

「じゃ、美味しいカオパット（チャーハン）。美味しくなかったら、おまえのせい」

「馬鹿ばかしい」

「その代わり、僕のお手製スペシャル・ディナーを作ってあげるから」

「その言葉、今のうちに撤回したほうがいいぞ。つき合い始めてからおまえの料理がうまかったためしがない」

たまたま今、脚がつってなかったら、跳び蹴りしてやったんだけど。彼は僕のことをウザいっ

※ チェンマイの人気カオソーイ店。カオソーイはタイ北部の名物、カレーラーメン。

て言うけど、ちょっかいを出してくるのはいつもあっちじゃないか。

「食べ物じゃなく、僕の脚を食べたいってことか」

「残酷だなー」

ちっともひるんでなんか見えない。だから中指を立てて見せてやる。サラワットは笑いながらスマホを片手に寝室を出ていった。思惑どおりに僕が腹を立てたので満足したんだ。

休みの日、講義や課外のしんどい活動から解放されて、多くの人は遠出を計画したり、何か活動しようとする。でもサラワットと僕は？　ゆっくり部屋にいるだけで十分だ。ただ時間を無駄にするのはよくないけど。何かもっと有意義で価値のあることがある。たとえば……彼氏のインスタを盗み見るとかね。

Sarawatlism @Man_maman クレヒット：マン・オー・フン
Sarawatlism @Boss-pol ヴォーグから転落きた。ゆうまいになるかも。
Sarawatlism @I.amFong 彫れていいが、俺のか彼が史ぬ。
Sarawatlism @i.ohmm タイン・テパコム？　奇異たことある七枝。ばー出会たことあるかも。

おまえの名前も聞いたことあるぞ。地獄で会ったことがあるに違いない！

サラワットのコメントをみんな読んでいるうちに、あいつを死ぬまでぶっ叩いてやりたくなる。

延々とひどい打ち間違いが続くのも嫌だが、それより不愉快なコメント内容に、歯ぎしりが止まらない。

気さくな人間になってからの数日、あいつはインスタでコメ返しをするようになった。友達だけじゃなく、そうでない人にも。みんなに気をくばり、みんなを平等に愛してる。1人だけ、その愛にありつけてないのが僕だ。そう思うとつらくなって、僕はベッドから飛び出し、のろのろとバスルームへと向かう。

バスルームに入ると、いつもの光景が待っている。一緒に買ったカップに2本の歯ブラシ、2枚のフェイスタオル、2つの洗顔フォーム。なんだかちょっと変だ――心臓はいつもと同じようにドキドキする、今日も例外じゃない。一緒に住んでるっていうのは、実にステキだな。ただ……。

ピンポン！

シャワー中に音楽でもかけようと中に持ち込んだスマホが、通知をよこした。スクリーンを見下ろして、何が起きたのか必死にチェックしようとする。なにせメッセージはフォンからだったんだ、僕のおせっかいな友だ。

バーン!!　そこにあったのは……。ショックなんてもんじゃない。胸がしめつけられ、まぶたがピクピク痙攣し、そしてもともとなきにひとしい僕の忍耐力は消し飛んだ。すぐに親友に電話する、向こうもすぐに出た。

「俺はフォン……俺はフォン。プアクとオームも一緒だぜぃ」

このボケが！　今ネットで流行っている歌の真似をかましている場合じゃないだろうが。しかもこの曲、頭から消すのが恐ろしく難しいんだ。聴いているうちに踊りそうになっちゃったよ。

「もういいから。本題に入ろう。なんであいつの写真が急に『キュートボーイ』のページに投稿されたの？　サラワットが公のページに載せられるのを嫌っているって、みんな知らないの？」

「知ってるさ。だからオームが管理人に聞いたんだ。そしたら、おまえの彼氏の許可はとったみたいなんだ」

「ええ？　サラワットが？」

フォンが送ってきたのは、サラワットがサイドラインの外側に座っている写真だ。全力でサッカーをしていたのだろう、汗まみれで、シャツを脱いで肩にかけている。別に僕はかまわなかったんだ。もしこの1枚が、10万人以上もフォロワーのいる「キュートボーイ」のページに載ったのでなかったら。コメントとシェアの数がものすごい勢いで増え続けている。

「ああ、でもさ、あいつ前ほど冷たくなくなったから。いいじゃん……自分の人気を確認させてやったって。あんまりやきもち妬くなよ、な？」

「おい聞け、クソボケ」

「聞いてるよ」

「僕はやきもちなんか妬いてない」

しかし歯ぎしりのしすぎで、あごが痛い。

「次はわざわざ送らなくていいからな、別にどうも思わないから」

「おまえ疲れない？」

「何が？」

「自分に嘘ばっかりついてさ」

「馬鹿言うな」

「認めろよ、妬いてるんだろ。嘘もはなはだしい。シックじゃなく、チッキンだよな」

「もし今僕が近くにいたら、おまえはすでに死んでいる」

あっちが笑うのが聞こえる。しばらくして電話は切れた。こっちは投げつけられた爆弾のせいで心が騒ぐ。シャワー中にも、脳が命令するんだ――スマホをとってあの投稿を見ろ、恐ろしい数のコメントの嵐を繰り返し読めと。もしサラワットにいつもの低い声で呼ばれなければ、間違いなく日が暮れるまで携帯にはりついていたことだろう。

「サラレオ、おまえ僕に何か言うことない？」

僕はバスルームのドアの前に立ち、やつの麗しいお顔がすっかり困惑しているのに目をすえる。

「何をだ？」

「一度だけチャンスをやる。約束する、怒らないから」

準備はできているのだ。もし彼の答えが気に入らなかったら、あたり散らしてやる。僕に嫉妬させるなんて、万死に値するぞ。ちょっと待て！　今、嫉妬って言っちゃった？

考えがさらに混乱してくる。なので僕はいったん頭からみんな払いのけて、彼と目を合わせ、譲らない。

「ごめんな、タイン」

と、彼がすまなそうに、声を落とす。

「あのボクサー・ショーツ、いいかげんすり切れてたから。捨てたんだ、おまえに言わないで」

「ははは、うまく逃げたな」何を言ってるんだこいつ！

「そのことじゃない！」

正直、気に入っていたボクサーをこの真顔のムナクソ野郎に捨てられちゃったことは、たった今知ったけど。ゴミ箱から救出しようか？　確かにもうゆるくなってたけど、ゴムひもを調節すれば、まだ穿けるはずだ。

「じゃあなんのことだよ」

でかい手で頭をかいている。本気で見当がつかないのか、からかっているだけなのか判断できない。

「あと1回だけ、考えていいぞ」

「ああ、カビてたタオルも捨てた。ごめん」

ちょっと爆発させてください。ちょっとね、怒らないで。このクッソ野郎があぁ！

全然話が噛み合ってない。僕は痛み止めの薬を2錠、飲み下したい気分だ。ただ考えていることを率直に話すべきなのだろう。もしこのままあいつに答えさせ続けたら、このクソに自分の持ち物を全部捨てられたと知ることになりそうだ。

「おまえ、『キュートボーイ』のページに写真を投稿する許可したの？」

「ああ」

たじろぐこともなくそう答え、表情も変わらない。僕が怒るのではとか、気を悪くするのではと、怖れるような感じさえ一切ない。

「な……なぜ？　いつもは人にプライベートなことを知られないようにしてるのに」

「ああ、でももうそれはやめた。今は、みんなのことが好きなんだ」

「もうインスタで四方八方に愛をふりまいてるじゃん、こっちが混乱するくらいに」

違いは、上半身裸の写真はインスタにはないことだ。普通にただ風景とか、食べ物、たまに、友達がリクエストしたらあいつの顔を載せるくらいだ。「キュートボーイ」のページに、シャツを脱いだ姿なんて、さすがにやりすぎだろー！

「これで解決だな。食べようぜ」

「わかったよ」

解決したとはいっても、僕は気持ちを抑えられない。だから食事中ずっと、イライラした顔になってる。2分ごとに投稿をチェックする。コメントとシェアの数が、時間とともにさらに増えていく。

「食べろよ、厄介もん」

「食べてる」

「スマホいじりながら食うの？　お母さんに見られたら叱られるぞ」

「見られないだろ」

片手で食べながら、もう片手で次々とコメントをスクロールする。

「ちっ、この子可愛い。なんでおまえに見とれてるんだろう。僕でもいいじゃん？」

「アホなことを言ってる」

彼が荒い手で僕の頭をぐいっと押す。髪が乱れた。

「これも、見ろよ。『前に、サラワットがすれ違いざまに笑ってくれたの。その場でとろけた』だってさ」

彼女のキュートなプロフィール写真に合わせて甲高い声を作った。

「『ハンサムすぎて溶けちゃう、耐えられない』だって」

「それは本当だ」

これでも動じないか。自分は無罪だというみたいにふるまって。

「『彼の肩にかけたシャツ、洗ってあげる』うへ、臭そう。実際嗅がないと、どんだけ臭いか想像もできないだろう」

最後のほうに、イラつく気持ちを吐き出した。僕らはマンションのランドリー・サービスを利用しているが、しょっちゅう着るTシャツ類、たとえばサッカー用のなんかは、毎日必要だから、すすんで洗ってやっているんだ。すごい臭いだぞ。カゴからとり出すたびに、鼻をつまんで口で息をしなくちゃいけないくらいだ。

「俺の欠点をあげつらってるのか、みんなが俺を好きにならないように？」

「なんでそんなことするんだ、僕みたいにシックな男はね、おまえよりよっぽどイケてるよ。僕の顔を見てみろ」

「クソみたいだ」

「あと一度だけチャンスをやる」

「カワイイ」

「じゃあ許してやる」

「チビ水牛ちゃん」

サラワットは突然立ち上がり、額にキス攻撃をしかけてきた。

「うえ、おまえのよだれがおでこについた」

彼は嬉しそうにこっちの苦情を聞いている。それからニヤニヤしながら自分の皿を持ってシンクに行き、わざと大きな音を立てながら洗っている。ムナクソ野郎をやらせたらこいつの右に出るものはいないな。

僕の中で燃え盛っている問題は解決していない。「キュートボーイ」のページをチェックし続けて、もう限界だと感じる。この気持ちを解消しないと。それには外に出て新鮮な空気を吸うことだ。

サラワットと出かけるのは問題外だ。あいつの顔を見るたびに、ノンストップでシェアされ続けているあの投稿をチェックしたくてたまらなくなるだろう。スター・ギャングの連中はグループチャットに「とり込み中」の通知を出している。そこで思い出したのが、おしゃべりが止まらない明るい友、グリーンだ。今ではグリーンとは、しょっちゅう友達として遊ぶようになったんだ。そしてあいつはいつも、僕と出かけるのを大喜びしてくれる。善は急げだ、すぐに電話する。

しかし答えは……。

「ショッピングに、あたしも？　きゃああ～、でも今日はディムちゃんとピクニックに行くの。一緒に来るう？」

ダメだ、即座に断った。2人の間に割り込んだりしたら、ディム部長に蹴りを入れられる。

オームもプアクも、フォンもグリーンも忙しいか。法学部の親しい友人たちも、週末の活動でふさがっているようだ。たとえば、学部の食堂で自分の目玉焼きがちゃんと焼けるかどうか気を揉んでいたり、金曜の夜にちょっと飲みすぎたことで彼女と話をつけなきゃいけなかったり。

ちぇっ。もう面倒くさくなる。家でじっとしていることになりそうだ。

またスマホで遊び始める。フェイスブックは絶対開くなよ、と自分に念を押して、ゲームをした。ゾンビでも退治しよう。

「おまえ何してる？」

サラワットがどさっとソファに座って、静かな声で聞いてくる。

「ゲームしてるだろ、見えない？」

「さっき誰に電話してた？」

気づいてたのか。机で何か書類に書き込んでいると思った。

「友達。つまらないから。出かけたいんだ」

「俺は暇だよ。どこ行きたい？」

「おまえとは行きたくない」と言ってしまった。

「おまえ、機嫌悪いのか？」

「誰が？」

彼がいきなり僕の両手を掴んで、ゲームの邪魔をする。僕はにらみつけたが、向こうは何やら得意そうな顔だ。まるで挑発してるみたいに。

「話そう。言ってくれないと、なぜ不機嫌なのかわからないだろう。おまえ、俺がタオルとボロなボクサーを捨てちゃったから怒ってるのか？」

「ちがーう！」まだ、僕のお気に入りのものにこだわってる。

「じゃあなんだよ？」

「わかってるだろう」

「わからん」

「あのページの写真」

「イケメン度が足りなかった？　管理人に他のをアップするように言うよ」

「違う！　おまえの写真を誰が投稿したかなんて、どうでもいいんだ。僕は妬いてるんだ。これで満足？」

僕はハアハア息を切らし、怒りで唇が引きつっている。口走ったことの結果がどうなるかなんて考えていなかった。自制が効かなかった。脳が言えと言う、でないと心臓が破裂していただろう。

「チビ水牛ちゃんがやきもち妬くと、可愛い」

「そんなにブン殴ってほしいのか」

あいつの顔を見ているうちにさらにイライラしてくる。

「インスタに写真をアップするだけで十分じゃん。コメント返すときにやりすぎるなよ。おまえがだいぶ変わっていい人間になったのは嬉しい。けど以前の自分を全部捨てることないだろう。おまえ、自分の顔があのページに載ってて平気なの？」

この午前中、僕の頭を支配していた疑問だ。

「それで、おまえは平気か？」

サラワットが聞き返してきて、突然だったから僕はまばたきしかできない。

「おまえはいいのか、タイン？」

「……いや」

「俺もだ。おまえの写真がここに出て俺が感じたのは、それと同じだ。『大学のチアリーダーはすっごくキュート』とか、『シックなタイン、キュートなタイン』とか、『アタックしてもいい～？』とか。俺はそのコメント全部に言い返してやりたかった。でも、フェイスブックのアカウントがないから。みんなが見つけて全部俺に送ってくれたんだ」

「……」

「わかった？　誰かを自分だけのものにしておきたい気持ち」

僕もずいぶん言いすぎたとは思うけど、サラワットは倍返ししてきた。

「知らなかった」

僕はすっかりおとなしくなってしまう。

「もうあそこに僕の写真は出さないようにしてもらう。おまえもそうして」

「うん、即、連絡する」

「じゃいいや」

笑顔を抑えきれないのが、我ながら悔しい。恨む気持ちは全部消えた。僕たちはつき合ってもう長い。でも、自分がここまで心が狭いとは思わなかった。たった今起きたこと、最初はたいしたことのように思わなかった。僕たちの感情にここまで影響するなんて、予想できなかった。

「おまえの機嫌が直ったから、何する？」

「食べる」

「さっき食べたばかりなのにか」

「お腹いっぱいじゃない。おまえのことを考えるのに気をとられた」

「よし、何か料理作ってやる」

「オムライスがいい」

「卵2つだよな？」彼は知っているが、確認する。

「手伝うよ」

「そこにいろ。キッチンが爆発したら困る」

「ケンカ売ってんの？」

サラワットが立ち上がってキッチンへ行くのを、僕は座ったまま眺めている。だんだんと笑顔が戻ってきて、幸せな気分だ。週末っていいなあ。いや、サラワットと過ごす週末が、大好きだ。

ピンポン！

まただ、通知が来た。スクリーンに目をやる。僕はシックな男だが、あの無表情男についての通知は全部オンにしてある。彼に関する投稿はすべて通知がくるわけだ。

画面に映し出される写真を見るが、これは彼を怒るわけにはいかない。投稿されたのはテーブルでむっつりした表情で食べている僕。そして例の誤字だらけのキャプションがついている。

Sarawatlism だれか酸が紀元わりぃ

たちまち、彼の友達がいいねを押して、いくつかコメントを残す。みんな僕のことが好きなんだ。だから僕を褒めてくれ、いや、ええと……。

i.amPuek（プアク）機嫌悪いんじゃないよ。キレてんの。

I.amFong ほら見ろ。妬いてなんかいないって言ったくせに。嘘つき！ ヘタレ！

そうかわかった。まずリベンジすべきはフォンだな。あいつ、火に油をそそいでる。

Chaemfriendzone タインくん、カワイイ〜。

KittiTee ２人して１時間ふくれっつらチャレンジでもしてるの？

i.ohmm アホくさ。

Bigger330（ビッグ）可愛いって言ってやれよ。かわいそうだろ。

Thetheme11 俺の友達は政治学部のビルをファッションショーに変えちゃったけど、タインは部屋を、負けたチーム側のフィールドにしちゃったな。

FengFei1999 中間試験は終わった、けどサラワットがいないんなら、わたしはタインくんを選ぶ。

Momomoko #TeamChic(ken)sWives（チーム・シックチキンな男の妻）

Original_mee これよりさらにぐちゃぐちゃのタインは、明日のタイン。

GOMBEN タイン・ティパコーンは名前じゃない、サラワットの奥さん。

Boss-pol サラワットが『ヴォーグ』にふさわしいなら、タインは……暴君かな？

Sarawatlism タイムをいじまるな

最後のコメントは打ち間違いのレジェンド野郎だ。見上げると、離れたところにいる長身のあいつの姿が目に入る。腹立つほどカッコいい笑みを見せ、何かタイプし始めた。待ち切れない。

5分後、彼の愛をしっかりと受け止めた。

Sarawatlism タインが鳴くと他の死い。

この、くそサラレオ！　おまえ僕を愛してるのか、それともイジって遊びたいのか？　うんざりだ〜。

3　マン・タイプ：おはようの蹴り

ただ今のところ、マン・オー・ホーの生活で第一の目標は、使える男になることだ。

1秒たりとも無駄にせず、毎日を最大限にいかす。土曜はそのためには最高の日だ。俺は朝5時に起きて妻に朝食を作り、部屋を掃除し、ちょっと家具を動かす。前からしようと思っていた部屋の模様替えだ。

その後の自由時間も無駄にはしないぞ。オンラインのクラスを受け、絵を描いて、ギターを弾き、部屋にあるバスケリングにセパタクロー※のボールでシュートを決め、植物に水をやり、皿洗いと洗濯をして、それから気温30度超えのバルコニーでお茶を飲む。考えただけで意気が揚がる。が、そんなこと現実にはありえない、もし……。

「マン、起きろ!!」

「まだ、やだよう」

つまり、この潔癖性の恋人――長所が数百もある、でも短所は数千の彼がいたら。タイプが俺の尻に蹴りを入れてきた。しばらく日光のまぶしさに目を慣らさないといけない。その後起き上がって現実に直面する。

最初に目に入ったのが、俺のご主人様の姿だ。白いシャツに緑色のボクサー・ショーツ姿。片

※ 東南アジア発祥の球技。ネットを挟んで、脚や頭でボールを返し合う。

手に羽ぼうきを持ち、もう片方の手は腰に置いて、ベッドから出ろと無言の圧をかけてる。
悪鬼みたいな顔でにらみつけてる。彼を口説いてたころ、これがカワイイとなんで思い込んじゃったんだろうね。へこむ。息を吸いたい、誰か嗅ぎ薬《ヤードム》をくれ、お願い。

「昨日何時に起きると言った？」

「5時だけど。まだそんなに遅くないじゃん？」

「もうほぼ9時だ。今起きたくないなら、そのまま飢えて死ね」

ひでえ、この人。昔の上品で教養ある態度はどこ行った？　サノス※が指パッチンして、以前のタイプが消滅しちまったみたいだ。こいつの弟のタインに聞いてみよう、本当のタイプはどこ行ったのか。

俺たちは山積みの障害を乗り越えて、ようやくここまで来た。他のカップルみたいに毎晩一緒に過ごしたり、しょっちゅう会って甘い時間を持てたりするわけじゃないのだ。遠距離交際をしていて俺はチェンマイで勉強中だし、大事な彼氏はバンコクで働いているから月に数日しか会えない。泣けてくる。

機会を見つけては、交互に訪ねることにしている。今週は俺の時間に余裕ができたから、タイプが飛行機で来て、明日世界が終わってもいいくらい、毎秒を惜しんで俺と一緒にいてくれることになったんだ。

「いっつも容赦ないな。ほっぺにキスさせてよ」

おまえのたるんだほっぺた、最高～。

「ぐずぐずするな、マン。起きてシャワーを浴びろ。今日は部屋を模様替えするんだろう」

部屋全部を改装しようということになっている。だがまだ完成図ができてない。だからまず片づけて、この使用済みの、丸めたパンツをどうにかしないとなー。

「はい～、了解っす」

そう答えて起き上がり、ぐいーっと伸びをする。タイプ氏は本日、（横暴な）主夫モードで大仕事に備えてる。この男、本気のきれい好き。超きちょうめんで、少しでも散らかっていると許せない。そしてその特徴すべてが……。俺とは真逆で、笑える。

「誰か親切な人が朝メシ作ってくれないかなあ」

雑多な考えを頭から追いはらい、俺の心配はもっか、グーグー言ってる胃袋だ。

「もうあるぞ」

「おお、人生ってすばらしいな。俺のダーリンは、何を作ってくれたのかな？」

「俺の脚だ！」

「うえ、いつも残酷だな。もう俺のこと愛してないの？」

しかし相手のうんざりした顔を見て、ふざけるのはやめ、そそくさとシャワーを浴びに行き、ワープ級の速度で身じたくをした。

バスルームから出たときには、タイプはすでにテーブルをセットしている。はは。羨ましい

※ マーベルコミックスの作品に登場する最強の悪役。『アベンジャーズ』シリーズでは、指を鳴らして宇宙の生命の半分を消滅させた。

だろう？　俺のためにせっせと料理してくれたから？　まさか、これは買ってきたに違いない、100万パーセント。ゴミ箱にあるパッケージが動かぬ証拠だ。

俺は単純な男だ。がつがつと食事を済ませると、急いで俺より小柄なタイプが家具を動かすのを手伝う。性格が正反対な俺たちは、他のカップルよりはいろいろと調整が必要だ。2人の共通点を見つけようとして、俺はあやうく抗ストレス薬に手を出しそうになったくらいだ。ただし、それでも決して解決できない問題ってのがある、いくら頑張ってもね。

「ソファを左に動かそうか？」

俺は先に立った彼に言う、と同時に彼の表情や動きも観察している。

「いいが、しかし……」

これが嫌なんだよ。おまえの「しかし」って言葉を買いとっていいか？　投げ捨ててやる。お金はいくらでも払う。

「しかし、何？」

「直射日光が当たる。午後にはひどく暑くなるはずだ。部屋の中央に置くべきだ」

「お望みのままに」

許可を得たら、すべて動かすのは俺の仕事だ。ソファにクローゼット、テーブル、そして俺の可愛い彼は、ベッドまで動かせと言ってくる。手を貸してくれたのはいいが……。ただ毛布をとり去っただけじゃないかよ。一方俺には、それ以外の全部を移動させるんだ！

「このテーブルはどこに置く？」

俺は汗だくだが、休めない。奴隷労働は永遠に続く。

「自分で決められないのか？」

「だって、俺ははっきり言ってわからない。テーブルのことなんか知るか、俺が知ってるのは、俺の心はおまえのものってことだけだ」

うひょ〜、あいつの赤く染まった頬を見たいぞ。ところが意に反し、返ってきた反応は、顔にテーブルクロスを投げつけられただけじゃないか。

「認めろよ、赤くなったんだろ。怒ったフリして隠すのはやめろ」

「なんでおまえと長年つき合ってるんだろうな？」

「ふふっ」

「ふふっ、じゃない！」

「おまえはいつも俺に厳しいな。悲しい」

「部屋を整頓しろ。何か食べるものをオーダーするから」

何事もなかったかのようにこっちをにらむ、いつものことだ。で、俺はって？　聞かなくていい、めちゃ忙しいのだ。いつ休めるのかもわからん。疲れて、闘志も失せ、もう寝そべって何もしたくない。

半時間もぼやいているうちに、やっと料理が届く。恋人がかいがいしく世話を焼いてくれる、こんな時間が大好きだ。彼は料理を皿に乗せ、グラスに水をそそぎ、うまそうな午後の軽食を用意してくれる。

「あー、なんてカワイイ」

小さいテーブルについて、潔癖性のタイプが料理を全部置き、向かいの席に座るのを見ている。

「なぜ?」

「だって俺のためにたくさん注文してくれただろう?　でもどれが俺の?」

「自分で持ってこい」

「はあ?　こんなにたくさんあるのに、俺の分はないの?」

食べきれるのかよ。そんなに小さい体で。

「これは俺の、おまえのじゃない」

「意地が悪りいなおまえ」

ちょっとは反省させようと仏頂面を作るが、タイプはこっちを見ようともしない。俺は奥歯を食いしばって小声で彼を呪うしかない。ムカつきながら自分で料理を皿に移す。

食事にありついたときはもう午後3時を回っていた。なにしろ家具の移動で忙しかったから。一緒に食べる。向こうがあれこれスプーンでとって食べるのを見ているうちに、心は満腹になる。人生にこれだけあれば、いいじゃないか。

「どうした?」彼の声が突然、俺の甘い夢を破る。

「おまえを見ていると幸せだからさ」

「そんなものは偽りの幸せだ。どうせ頭の中では俺に悪態をついているんだろう、知っているぞ」

ええっ、なんでわかるの？　天才か。

「こんなにキュートなやつに、誰が悪態つくって」

タイプはあきれ顔になる。信じてないようだ。彼は食べ続け、そのうちナゲットの皿をこっちに押してくる。

「ひどい味だ」

タイプがこう言うと、俺は笑みを隠しきれない。本当は俺が心配なんだよな。言わないが、俺に好きなだけ美味しいものを食べさせたいんだ。どうしてこの人を愛さずにいられる？

「ありがとう」

「黙って食え、残すのはもったいない」

嘘つきめ！　俺がナゲットを片づけてしまうと、他の皿もこっちに押しやられる。タイプは果物も1切れ食べて、あとはみんな俺にくれる。さっきこれ全部どうやって食うんだ、と彼のことを思ったが、今は同じ質問が俺にふりかかる、カルマみたいに、きっちり返ってくるな。

全部食べ切れなかったら向こうががっかりするかも、だから俺が全部詰め込まないといけない。うううっ。

「マン」

俺は今、命がけで食ってる。タイプが何を言い出すのかと、緊張して身構える。これ以上食い物をよこすのはやめてね、と切に望む。もう限界なんだよ。

「マン……」

「あ？」それ以上声が出ない。腹がはちきれそう。

「この料理」

「……」

「腹いっぱいなら、食べなくていい。何を無理している？」

彼に、俺が苦しんでいることを気づかせてくれた神様女神様、ありがとう。

「おまえががっかりするかと思って。俺のためにオーダーしてくれたのにさ」

「おまえがゲロ吐いたら、俺はここを部屋ごと爆破するぞ」

他の人間はタイプを暴君とか支配欲のかたまりと言うかもしれないが、でも実際こいつがキュートで思いやりがあるって知っているやつは何人いるだろう。

つき合ってしばらく経つ。意見が一致することはほんのわずか、その他のことでは、お互いを理解するまでにはいたらない。まだ一緒にいる理由は、恋心とか愛着とはちょっと違うんだ。一緒にいて成長したい、いろいろ学びたい、ということなんだ。

今日のマンとタイプは昨日とは違う、でもマンとタイプはこれからも、いつも一緒だ。俺は感動してるぞ。

「おまえ、何かとほうもない想像してるのか?」

「わかる?」

「おまえの目つきで、お見通しだ」

「じゃあ何考えていたか言ってみろ」

「俺を罵倒してただろう」

「違うね。もう一回」

「知るか」

お、目をそらして赤くなってやがる。俺には勝てないのさ、いつも。一見向こうが支配する側なようだが、それはこっちが許してやっているからさ。

「愛してるって脳内で言ってた。信じる?」

「ああ」

「でも、違うよん。うははは」

それ以上何か言う前に、あいつは俺の頭をボコッと殴る。

自業自得だな、マン。いつもはジョークをとばすとき、用心深く、ブン殴られるリスクは避けるようにしているんだが。今回はミスった。頭より先に口が動いた。タイプが座っていたのが不幸中の幸い。向こうが立ち上がってこっちに跳びかかる直前にテーブルから逃げおおせたから。もう少しで捕まるところだったけどな。

「本当のこと言うよ」

「黙れ、マン」

「思ってたんだ……」止められても、これは言いたいんだ。

「……」

「おまえと一緒にいられて、俺ってホントにラッキーだ。いつもそう思っているの、知っているだろう」

一緒に過ごせる時間が好きだ。月に2、3度しか会えないが、会うたびに嫌なことも疲れも全部、窓から捨ててしまえる。ときには話さえしない。ただ並んで2人でいるのが、俺の心には何よりなぐさめになるんだ。


「なんで俺を撃つ？」

「ムカついたからだ」

俺たちは早起きし、部屋の掃除をし、メシを食い、今はスマホでオンラインゲームをしている。ゾンビ・ゲームがまた流行っている。しかしなぜかタイプは機嫌が悪いらしい。何か気に障ることでもしたかな。俺が甦ったとたんに撃ちやがった。すでに俺、10回以上死んだ。

「だけど俺ら、同じチームじゃないか。なんだよ」

「俺はソロで戦う」

「ゾンビ怖くないの？　俺が守ってやる」

「よせ」

ズドッ！

また脚を撃たれたっ。こんなこと、冷酷非情でなければできんぞ。

2人とも、ゲーム用のハンドルネームがある。キャラクターを作り、あらゆる戦場に死をもたらす、すご腕コンビを組んだんだ。いや、俺に死をもたらす、だったりして。キャラクターの名前はジャニュアリーとセプテンバーという。俺の誕生日が1月、タイプは9月だから。ゲーム中はいつもはお互いを「ジャン」と「セプ」と呼んでいる。

「もう1回やろう。今度は俺のこと撃たないで、頼む」

俺は彼の横顔をチラ見しながら言う。

「わかった」

「よかった」

ズガン!!

くっそ。約束した次の瞬間に、俺の頭を吹き飛ばした。

「一度でいいから優しくしてくれない？」

「おまえが下手だからだ」

「じゃ、もう1回やろう」

俺はタイプがゾンビを全部やっつけて、ゲームを再開するのを待つ間、仕返しのための天才的な計略を思いついた。またゲームに戻ると、一瞬も無駄にせず……。

ズドン‼

彼を撃ってやった。やーい、死んだ。しかし、その次に死ぬのは……現実の俺だ。

「やめろー！　タイプ、やめて！」

おまえは終わった、マン。ドジったな、死ぬしかない。今回はソファから逃げるのが遅くなった。そして俺より体が小さいあいつが俺の襟元を捕まえ、耳をねじ上げた。これで偉大なマンは、ゲームと人生両方で終わった。

午後10時15分。

「今夜は星がきれいだね」

「星ってなんのことだ。空は真っ暗だろう」

「ちょっとはロマンティックになってくれない？」

俺らはバルコニーに座っている。見えるのは家とビルのみだ。旅先みたいにきれいな風景があるわけじゃない。

それでも2人とも、夜にここに座るのが好きだ。そして缶ビールを飲んで一緒にほろ酔いになり、毎日のできごとなんかを話し合う。

「明日の晩に発たないとな」

と、こちらを見ないで言う。彼は目の前にあるビルからの明かりに目をすえている。

「今回はチェックした。今度は絶対、飛行機の時間に遅れたりしないよ」

「うん」彼は答え、ビールを飲んでる。

「おまえがいなくなったら寂しいなあ」

「おまえが？　あの間抜けな仲間やら、俺の弟もいるじゃないか。寂しいなんて感じる時間もないだろう」

「周りにたくさん人がいたってさ、心が寂しければ、やっぱり孤独を感じるものさ」

エモい。今こそこいつの心を動かすときだ。

「待ってくれ。卒業まで、待っててくれ」

「……」

「そうしたら一緒になれる」

「おまえの顔、見飽きた。卒業しなくていい。留年しろ」

「えええええ」

おまえこの、タイプ。この、ロマンス破壊人。薄情者。キュート野郎。馬鹿ったれ！

お互い、よーく知っていることがある、俺たちには他のカップルみたいな「甘いひととき」なんてないってこと。あーあ……。

「この時間すべて　どんなに長く経っても
僕らが一緒に通ってきたこと
まだ思い出せる　忘れない
いいとき　悪いとき　すべてが僕らをここに連れてきた」
――スクラブ『Morning《モーニング》』

Special 10

Morning

1

いつも思っていることだ。俺たちの物語のどの瞬間も、スクラブの曲で語ることができる。たとえば『Close《クローズ》』。タインと俺が、お互いを好きになるきっかけになった曲だ。それから気持ちがだんだん深まって、後戻りできないところまで進んだ。そのころの状況を表すのが『Deep《ディープ》』だ。今の段階はどの曲で描かれるのだろう、まだわからない。でもいつか答えは見つかるはずだ。

「タインの誕生日、次の金曜日なんだってな」

「どっからそんなこと聞いた？」

「フォンが言ってた」

政治学部の学食は昼どきは混んでいる。もっとも、この時間はどこの学部の学食も混雑しているのだから、俺はどこでもかまわない。平日は、タインとはめったに昼を一緒に食べることはない。教養課程で重なるクラスも少ないし、お互いの専門の勉強は大切だ。学部の建物が数歩しか離れていなくても、会う機会はほとんどない。

でも俺たちはそれでいい。友達と過ごす時間も大事だ。四六時中くっついている必要もない。ひっきりなしに何をしているか知らせ合う必要もない。タインも俺も、お互い心地いい距離のとり方を知っていて、どのくらい離れたらつらくなるかもわかっている。２人とも納得する地点を見つけるまでには、しばらくかかったが。

多少距離をとっておくことで利点もある。たとえば今、自分の友達にアドバイスを頼む時間があるというわけだ。

「どんなプレゼントをあげたらいいのか、考えてるんだ」

「去年は何をあげた？」

ボスが聞き出そうとする。普通は誕生日にタインに何をするかなんて言わない。自分たちだけの思い出にしたいから。でもアイデアが湧かず、今回はみんなに助けてもらいたいと思った。

「歌を歌って、バースデーカードをあげた」

「なんだよ、つまんねえな」

やっぱりか。けなされると思った。こいつらは極端なんだ。女の子を誘うときもみんな一緒で、まるでモブキャラみたいだ。相手に聴かせるためにフォークバンドを雇いかねない。

「シンプルなのがいい、あんまりドラマチックだったり、派手なのじゃなく」

「講堂でサプライズやればいいんじゃね？」

「そんなことを考えるのは脳なしだけだ」

俺はテームのアイデアに首をふる。どうやら「シンプル」の基準がまったく違うようだ。講堂でサプライズの、どこがシンプルだ。

「これはどうだ？　体にリボンを巻いて、自分をまるごとプレゼントしちゃう」

テームのアイデアは最悪だと思ったが、ビッグがそれを10倍上回ってひどい。

「おい、真面目な話なんだ」

なんだかナーバスな気分になってきて、食欲も失せてくる。スプーンとフォークをそろえてわきに置き、アイデアを出すことに集中する。期末試験のときだってこれほど真剣に悩まなかった。まるで、タインを落とそうと手を尽くしていたときみたいだ。

「インスタで愛を告げる」

「やめとけ、こいつまともにタイプするのに2年かかる」

「俺が翻訳してもいいけど」

ティーが申し出てくれるが、そういうサプライズは俺のしたいことと違う。マンがしばらく考え込んでいたと思ったら、とうとう口を開いた。

「花束だけでいいんじゃね？」

「それ、考えていたんだ。どういう花を買えばいい？」

「アンスリウム※」

「そんな花、タインにあげられるわけないだろう。俺の墓参りに持ってこい」

こいつ、いいかげん冗談をやめてもらわないと。友人に聞くのは間違っていたかもしれない。

「おい聞けよ、ワット」

「もういい、疲れた」

俺は頭をふる。こいつらの馬鹿話にはうんざりだ。だからまた食べ始めた。しばらくしてボスがまた言う。

「去年は歌を歌ったんだな？」

眉間にしわを寄せて聞いてきて、おれはうなずいた。

「今年も歌え。ただ、今年はもっと印象深く。何日も前から始めるんだ」

「前から？」

「つまり、誕生日も大事だが、それ以外の日だってタインのことは大事なんだと感じてもらうんだ」

他のみんながうなずいて賛成する。そうか、これはなかなかいいぞ。何を最初に歌おうか。もう当日まで1週間を切っている。

もし厄介もん本人に聞けば、あいつの愛するバンドの曲でリストが埋まるだろう。

「みんな、ありがとう。どの曲にすればいいかは、わかってるから」

「なんだ。こっそり教えろよ」

「スクラブの曲」

「おまえたち、スクラブから卒業しようとか思わないの？　またスクラブ？　毎日新しいバンドが生まれてるだろうに。世界には無数のヒット曲があるし」

「他のやつがどう思うかなんて知らない」

　俺の思い出の中で、大事なあいつとの繋がりのひとつひとつが、あのバンドに祝福されていると感じるのだ。初めて会ったとき、俺が恋しさに溺れていたとき、再会したとき、いいことも、悪いこともあって、そして一緒になるチャンスが来たとき、そして今。どんなに長い時間が経っても、まだ特別だ。

「でも、タインも俺も、考えは同じなんだ」

「……」

「すべてについて前進しなくてもいい、それがまだ２人にとって幸せなら」

『Smile《スマイル》』

『Together《トゥギャザー》』

『Sunny Day（晴れた日）』

『Morning《モーニング》』

※ タイでは葬式に添える花、縁起が悪い。

これが、例のシックな厄介もんのために日替わりで演奏する曲としてリストアップした曲だ。あいつは学部の友達と、何かのプロジェクトで大忙しだ。ある日食べ物の差し入れを持って法学部棟に行ってみたら、犬みたいに床に転がっているのが見えた。なんとも気の毒だった。新入生のころよりとる科目は少ないくらいだが、プロジェクトが大変なんだ。今日もそうだ。

カシャ。

ドアノブの動く音が聞こえてふり向くと、タインが入ってくる姿が見える。残されたエネルギーはゼロ、肩を落としてドアの横に立っている。あいつがソファにたどり着くまで、心の中で声援を送ったが、ほとんど100まで数えるくらいかかった。

「もうまいったよ、サラワット。うわああ、クソな蚊に、いっぱい刺された」

ちょっと休んだと思ったら文句を言い出す。俺は頭を撫でて、なだめようとした。

「まあ落ち着け。メシ食った?」

「うん、でもお腹はいっぱいでも、この疲れは追い払えない」

「今によくなる」

「もう死にたい」

「そんなこと、もう1年も言ってるじゃないか。どうしたいのか言ってみろ」

「シャワー浴びたくない」

表情のみ。


「きったねえな」

「ちょっとこうしていたい」

タインはソファに背をあずけ、頭を縁に乗せて天井をあおぎ、目を閉じた。見えるのは疲れた表情のみ。


「脚がしびれたとか文句言うなよ」

「俺の膝で眠れ」

彼はゆっくり、静かに俺の膝の上に頭を乗せる。厄介もんは本気で面倒くさいときもあるが、俺が世話をしてやらなくちゃいけないのだ。どちらにしろ、俺にとっては可愛いらしい。準備していた曲、今聴かせるのは無理だな。後にしよう、邪魔したくない。

そのまましばらく時間が経った。信じられるか？　俺はとうとうあいつを起こすことができなくて、抱えて寝室まで運んだ。その結果翌朝、なんでシャワー浴びろと起こしてくれなかったんだと文句を言われる。いつものことだ。

タインが疲れきって寝てしまった、これが1日目。でも、今日はチャンスがあるかも。俺は友達と別れた。ボスがとある女子に恋していて、アプローチしようとしている。それで他のみんなが応援に押しかけてる。その後どうなるかは、2人次第だ。

俺が帰ったのはタインより遅かった。彼からのメッセージによると、帰宅してもう何時間か経っている。

「タイン」

リビングにはいない。バルコニーに出ると、あいつはお気に入りのタカミネを弾いていた。

「え、何事だ？」昨日と全然違うじゃないか。

「音楽ビデオを撮るんだ。クールだろ？」

「俺が？　そうだな」

「消えろよ、このクズ」

「失礼な」

「おまえに関係ない。厄介もんもしばらく弾いてないし。弾きたくてたまらなかったんだ。僕に捨てられたと思って泣いてるかも、って心配だった」

こいつ、カワイイ、と同時にウザい。どうして愛さずにいられる？

「コード覚えてるのか？」

「サラワット、僕の記憶力はそんなに悪くないぞ」

「証明してみろ」

「椅子を持ってこいよ。パフォーマンスの準備はできてる」

ほう、でもこいつ、自信あるときに限ってやらかすんだよね。しかし、何も言うまい。室内へ戻って椅子をひとつ持ってきて、バルコニーに一緒に座った。

星はないが、ライトならある。天気はよく、耐えられないほど暑くもない。そうでなければ夕インはここに出てきて座ったりしないだろう。

「スクラブの曲を弾きます」と輝く笑顔で言う。

「じゃ、始めるよ、サラワットさん……『Sunny Day』だ」

え、ちょと待て。偶然か、それとも何か感じることでもあったのか、俺のリストにある曲をやるとは。まあいい、こっちが彼に歌ってやるのでなくても、結果は同じだ、２人で一緒にスクラブの曲を歌っているのだから。

ビョ〜ン。

なんだこれは、技術上の問題があるな。曲は確かに存在するが、コードはどこかへ行っちまったぞ。

「ちょっと待って、もう一度やるね。これはウォームアップさ」

「はあ、ウォームアップですらミスってるのか」

「それがウォームアップというものだ。じゃ、真面目にやるよ。この天才の顔を見とけ」

「見てるよ」

「始めます」

「早くしろ」

驚くことでもない。コードがいちいち間違ってる。しかし努力は認める。だから最後まで、彼のギターと歌を聴いた。その後にやつが口を開き、自信満々で言う。

「言葉もないだろ？　僕、天才だよね」

「どこが天才だ、全部ずれてたぞ。でも、うん。天才だな、本当に」

「お世辞はやめろ」

人はなぜ、同じ人間に何度も何度も恋に落ちるのか。シンプルだが、多くの人が答えを探そうとした疑問だ。俺も今より若くて経験も少なかったころ、その1人だった。自分で、その答えが見つかった。

あいつのあっけらかんと明るいところ、思わずつられる前向きなエネルギー、気がふさぐ日に見る笑顔、苦しいときには優しく肩を叩いてくれること。そのすべてがあって、俺はあいつに惚れていった。

でも今は、別な答えがある。いまだにこいつを愛していて、愛することをやめられない理由はただひとつ……**タインだから**。

彼という人間そのものを愛している。常に頭脳明晰ってわけじゃないかもしれない。ときには理不尽だったり、弱気になったりする、でもそれもタインだ。彼がたったひとつの理由、それ以上の理由などいらない。

「サラワット、あさって僕の誕生日だって、忘れてないよね？」

長い沈黙の後で、タインがとうとう話し出す。この話題を持ち出すとは予想していなかった。

「忘れてないよ」

「みんなと話して、バーでお祝いしようってことになったんだけど。いいかな？」

「嫌だって言う理由があるか？」

「でも、去年は2人きりで誕生祝いしただろう？　おまえが気を悪くするかなと思って」

「考えすぎだ」

「問題ないんなら、そっちの友達も連れておいでよ」

「うん」

と答えて俺は彼からギターを渡してもらう。なんでも思いついた曲をやってから、本題に入る。

「今年、何か欲しいものある？」

タインは体を固くして、目をみはった。ピンク色の唇は、信じられないとでも言うように少し開かれる。

「サプライズしてくれないの？」

「だって、こうなったらもうその意味ないだろ」

「お願いしたら、くれる？」

「まず言ってみろ」甘やかしてやるといった態度で俺は聞く。

「美味しいお菓子と、冷たいジュース、寝る前に聴くいい曲をいくつかと、一緒に映画を見に行きたい、それと、来月のスクラブのコンサートのチケット」

「多すぎる？」

目が輝いてる。なんたる強欲さだ！

「じゃ、ひとつだけにするよ」

「……」

「これからも、誕生日は毎年必ず一緒に祝ってほしい。それだけでいい」

2

「思い出話をしようぜ」

ホワイト・ライオンとタインの友達とで、大学近くの裏通りにある小さなカフェに集まった。お祝いや何かの活動の打ち上げなどがあると、いつも、どこかのバーに集まる習慣だ。今日はちょっと特別だ。中間試験が終わったばかりだから、バーはどこも満員だった。

それで仕方なく、ミルク・カフェ※を選ばざるをえなかった。でもかえってよかったかもしれない。なにしろ空《す》いている。というか俺たちしかお客がいない。なので軽食やらドリンクを頼み、屋上席で心ゆくまで話すことができた。スタッフもとても親切で、聴きたい曲をリクエストさせてくれる。

「思い出話なんて、いらないよ。秘密がバレるだろ」

オームの言うとおりなのに、他のやつが承知しない。みんな乗り気だ。

「面白いじゃん。来学期にはもう上級生になるんだ。昔の話をちょっと思い出してみようぜ」

「ジジくさいな」

「やるのかやらないのか」

「わかったよ、やる！」

ホワイト・ライオンのパーティではいつもやるゲームだ。みんなで話を披露してシェアする。それでまた、結束が強くなるんだ。

「最初に会ったときの話からいこう」

それぞれ昔の記憶を面白おかしい話として紹介し、次の人に交代する。自分の番にはいろいろ暴かれるわけだ。

時間のかかるゲームだ。語りながら、腹が重くなるほど牛乳を飲んだ。タインと俺の番になり、みんなの目が集まる。

「おまえら、どこで会ったんだ？」

マンの質問が弾丸みたいに飛んでくるが、タインが自信たっぷりに答える。

「簡単。シラパコーン大学で」

「ファーストキスは？」

「おまえに関係ない」

※ 牛乳をメインにしたカフェ、軽食も出す。

マン、ずうずうしいぞ。やつは爪を噛んで、ウザい顔を作ってみせる。

「答えろよ。このゲームから抜けるんなら、タロイモミルクを一気飲みさせるぞ。プライドないのか？」

「部屋で」

タインがためらっているので、俺が代わりに答えて窮地を救うが、厄介もんの頬が赤くなる。

「部屋ってどっちの？」

次々と質問してくる。人のことに鼻を突っ込むことにかけてはみんな優秀だ。世界でもこいつらにかなう者はいないだろう。

「タインの部屋。こいつがメソメソしてたからキスした」

「そんな細かいところまで言うな、アホ」

シックな男が俺の腕をぴしゃっと打った。痛ってえ。赤面しているのは確かだが、それとあいつの力が強いのは別の話だ。

「まだ相手に隠していることは？」

また質問だ。タインはまた黙っていて答えない。なので俺が、友達に気持ちをシェアしなければならない。いや、実はこれこそ彼に一番知ってもらいたいことだ。

「タインにとうとう再会したとき、あんまり嬉しくて、俺、泣いた」

「マジ？」

タインが頭をぽりぽりかいた。そんな俺を想像しようとするように、大きな丸い目を動かす。

「おまえがすごい冷たかったことしか覚えてないけど」

「クールな演技してたんだ、ちょっと」

「ちょっとどころじゃないよ。長い間好きだったって言うわりに。僕が助けを求めたのになんで冷酷な態度をとったんだよ」

「おまえが女子が好きだっていうのに、誰が助けてやるか。だいたい簡単に手に入ったら、おまえつけ上がっただろう。それに、好きな人に追いかけ回されるの、キモチイイし」

「うわ、おまえ完全にクソだな」

「初めて一緒に聴いた曲」フォンが新しい質問を入れてくる。

「スクラブの『Close』」とあいつが答えるので、俺は首をふって、訂正する。

「違う、『Answer《アンサー》』だよ、タイン」

「『Answer』？『Close』じゃなく？」

「シラパコーンでスクラブがやった最初の曲が『Answer』、つまり初めて一緒に聴いた曲ってことだ」

「記憶力いいな」

「おまえに関することならなんでも覚えてる」

「甘～い、俺たち糖尿病になっちまう。次行くぞ」ボスが質問する番だ。

「最悪のケンカは？」

「タインが女子に手を出して」

俺がすぐ答えると、向こうは狼狽し、顔をこわばらせて反論してくる。

「手なんて出してない。あの子がにっこりしたから、笑い返しただけだ」

「インスタのコメ返しして、彼女の写真にいいねした。それ、ただ笑い返したっていうのか？」

「おまえのほうこそ……」

「落ち着けおまえら、ケンカするな」

ヒートアップしそうだったのを止められ、なんとか口論は回避された。

別のゲームを笑いながら楽しみ、馬鹿な言い合いなどをするうちに、とうとう夜中になった。

独占している屋上席に俺がロウソクに火をともしたケーキを運び、タインの前で止まると、みんなが大声で「ハッピーバースデー」を歌う。

「ハッピーバースデー・トゥーユー～」

ギターなし、声と拍手だけ。ロウソクを消す段になり、タインが抑えられずにこっそり泣いているのが聞こえた。恐ろしくカワイイ。嬉しさのあまり泣いているんだ。

みんながプレゼントをくれる。包装してあるのもないのもある。最悪だったのは臭いネーム（豚肉と蒸し米の発酵ソーセージ）だ。また一生忘れられない思い出になるな。

やっと解散して家に帰ったのは午前2時だ。部屋に着いて、手早く一緒にシャワーを浴びた。タインは俺のTシャツを勝手に借りて着ている。部屋着に着替えてソファに座り、楽しそうにプレゼントを開けているあいつを見守る。

「なんだこれ、マンのやつコンドームをくれた。ヘンタイ野郎だな、まったく」

大量のコンドームを見て、俺は笑い出した。いつもやりすぎる、愛すべき友だ。棚にある全部を買い占めたみたいだ。他の人の分がなくなっただろう。あいつのプレゼントの箱が巨大だったのはこういうわけか。

「まあ、マンだからな、例によって」

「オームはもっといいぞ。見て……金持ちがすることは違うね」

また別のプレゼントを開ける。スクラブの限定版シャツだった。

「嬉しそうだな」

「もちろんさ。僕の母さんは仕送りを倍にしてくれて、おまえのお母さんも新しいシューズを買ってくれたし」

「チャンダオのサンダル？」

「侮《あなど》るなよ。1万はするやつだ」

「どうやってそんなに出させた？」

「奥の手として第2の声を使ったんだ。ハロー、マイクのテスト中～」

「俺、自分の誕生日にその手を使おう」

「おまえの怪獣みたいな声じゃ、お母さんはびくともしないね」

と言いながら、次のプレゼントに移る。友達からの他にも、チアリーディングの先輩からのものもあった。全部開けていたら朝までかかりそうだ。

あいつがプレゼントに集中している間、俺はしばらく待って、タイミングを見はからって聞いた。

「いつ寝る？」

「眠くない。プレゼントを開けたいんだ」

「明日できるじゃないか」

「いや」タインは下を向いて、俺と目を合わせない。

「去年はこんなに元気いっぱいじゃなかったが」

「別の年だろ、なんで比べるんだ？」

「タイン」

そっと名を呼ぶ。低く、喉から口の外に出るまでに消えてしまいそうなささやき声になった。

「こっちを見ろよ」

その瞬間に、厄介もんは手にしたプレゼントを置いて、とうとう目を合わせる。

「何？」

「本当のことを言えよ。なぜ、ベッドに行きたくない？」

「僕……おまえからのプレゼントを待ってるんだ」

「……」

「でもさ。もし何も用意してなくても、何かお祝いみたいなことを言ってくれてもいいんだ。去年みたいにカードだけでも十分だよ」

ボソボソ言っているが、顔はふくれている。いつも大事にしているシックなイメージはどこかへ消えた。口をとがらせすぎて、唇が変てこな形だ。齧《かじ》ってやりたい。

「実は、数日かけて何曲か歌う計画だったんだ。でも機会がなかった」

「ええ、なぜ」

「最初の日は、おまえ死にたいとか言って、俺の膝で意識失ったし。次の日にしようとしたら、そっちが自分のすばらしくひどいギター・テクを見せてくれることになったし。だから、できなかった」

「クソがっかりだな」

「……」

「サラワット、今歌ってもらっていい？　聴きたい〜」

あいつにとっては俺なんかいつもチョロいものだ。こんなにキュートに頼まれて、どうしたら断れる？　もし今、立っていたら、バタっと倒れていたところだ。情けない。

「ギターをとってくる」

「いや！　僕が行く」

俺が何か言う前に、あいつはギターをとりに、寝室に走っていった。よく使うのはそれぞれ自分のギターだ——俺はマーティン、タインはタカミネ——どっちを持ってくるのかな、と思う。

来た来た。思ったとおり、彼が手にしているのは、伝説のタカミネ「厄介もん」だった。数年前に買った、俺の初めてのギターだ。それからいくつか別のを使ったが、今でも愛着がある。だからディム部長がタインをクラブに入れてくれてからは、これに名前を入れて、あいつにあげたんだ。

「はい、待ってるよ」

お気に入りのギターを俺に渡してくれる。俺はそれをとると、練習してきた曲のコードをしっかり思い起こす。

始める前に、言いたいことが山ほどあった。

「『Answer』がシラパコーンで初めて会ったときの曲だろう」

退屈な普通の日々が、まったく別ものに変わった。

「そして『Close』で、お互い近づいた。それから『Smile』を、おまえの顔みたいに思った。絶対に忘れられない顔だ」

「……」

「それに、新歓ナイトの『Together』。おまえがそこにいるとは知らなかったけど、一緒に曲を聴いていたことになる、他の何千人もの人と一緒に」

上級生のギタリストが怪我をしていなかったら、俺はあの夜ギターを弾く機会はなかっただろうし、タインにも会えなかったかもしれない。あいつが現れたのがただ頼みごとがあるためだったとしても、俺に悔いはなかった。あいつが愛してくれなくても、俺のことをなんとも思わなくても……。

また会えたという事実だけで、十分だった。

「『Deep《ディープ》』が、次に一緒に聴いたスクラブのライブでの曲。あれは夢みたいだった。曲がひとつひとつ、いろんな瞬間の俺たちを表してくれる。そして今は……」

俺は話すのをやめ、ギターのコードに注意を集中する。

「やわらかな朝日がまた　世界の半分を温める
雨がやんだときのよう　みんなが幸せ
僕はまだ　心に答えを探してる
いつもの日に　同じ本をとりに行く
好きなページに　古い話に戻るんだ　何度でも」

俺たちの関係も、この曲『Morning』みたいなものだろう。だいぶ前に一緒に歌った、そしてプレゼントも交換した。でも、これをまた彼の誕生日に歌おうと思ったのは、それだけの理由じゃない。歌詞の内容が、俺たちの物語を表しているから。過去をふり返るとき、現在を見つめるとき、そして未来を、一緒に歳をとることを楽しみにするとき。

「どれだけ経っても　僕は覚えているだろう……」

俺はあいつのほうを向き、幸福そうな笑顔に見入る。コーラスにさしかかると、タインも一緒に歌う。

「この時間すべて　どんなに長く経っても
僕らが一緒に通ってきたこと
まだ思い出せる　忘れない
いいとき　悪いとき　すべてが僕らをここに連れてきた
どんなに長くても　僕らは繋がっている
そして今日という日をよくしようとしてる　２人のために」

メロディに、俺たちはしばらく心を奪われている。何度この曲を弾いても、やはり味わい深い。万一、もう一緒に歌えないことになったら、どんなに絶望することか、想像もできない。

「ありがとう、最高のプレゼントだよ」

タインが抑えた声で言う。込み上げる感情をこらえようとしている。俺も、感情が走るのを止められない。感情のままに、頭よりも体が先に動いた。かがんで、いきなり目の前の彼にキスした。彼は一瞬驚いたようだったが目を閉じて、うっとりとキスを返してくる。

タインが可愛い。何をしようとも、こいつは可愛い。俺たちは以前ほど未熟じゃない。成長したし、いろんなことを学んだ。ただ決して変わらないものはある。それは体が触れ合うとき、いつでも欲望と熱情が湧き上がること。

俺たちの最初のキスは、ただ唇を合わせただけ、それでも頭の中に嵐が吹き荒れた。また14歳に戻ったみたいに。2度目のキス、そしてその次のキス、だんだん深くなっていった。

タインの唇のすきまからゆっくりと舌を入れると、あいつは巧みに協力してくれる。口をさらに開いて顔を上げ、俺のキスを上手に受けとる。目を閉じ、深く甘い、永遠にやめたくないこのキスに身をゆだねる。

俺の脳内で何百もの花火が打ち上げられた。視界なんか真っ白だ。顔を引いた瞬間、頭に浮かんだのはただひとつのことだ。

「タイン、ベッドへ行かないか？」

「うん」下を向いて、低く答える。

「……」

「**僕も今、言おうと思ってた**」

どっちが先に死ぬ？　お察しのとおりだ！　サラワットが死んだ。

俺は気をとりなおす。ぐずぐずしていたら、お目当てのやわらかな肉体を味わうチャンスが逃げていくかもしれない。そう思って、彼の膝の下に腕を入れ、抱いて寝室へ運ぶ。

すでに震えている彼の体をベッドに降ろし、染みひとつないその顔を見つめて、それから体のすみずみへと目を移す。あまり長いこと見つめていたのかもしれない、あいつは待てなくなったようだ。こちらに身を乗り出して、小さな手で俺の部屋着のボタンをはずす。じっとしていられず、俺も向こうの服を脱がし始める。

今や心臓がアホみたいに暴走し始めてる。我慢しきれなくなってくるが、しっかりしなくちゃいけない。できる限り大切に、彼をいつくしみたいのだから。

以前の俺は性急だった。戦場で闘いの果てに死ぬ覚悟だった。若くて青かったから、血が騒いでどうにもならなかった。でも今は、俺たちの愛情は落ち着いている。そしてセックスはいつもゆっくりと始まり、喜びの中で終わる。

「サラワット、手が震えてるよ」

「おまえのほうがもっと震えてるぞ、タイン」

毎日一緒に寝るし、キスはいつもしているが、それ以上になると、やはり興奮してわくわくする。しょうがないだろう？　こいつを愛してるんだ。長いこと好きで、探した。そして今、目の前にいてくれるんだ。すべてが報われた気がする。2人とも裸になってから、そっと押してベッドに寝かせた。かがんで、彼の頬に鼻をすり寄せ、それから愛を込めて唇にキスする。

彼のすべてを自分のものにしたい。だから自分の印として、唇と手の届く限り、体のあらゆる場所に、ごく軽く、跡をつけていく。お互いの気持ちを高め合いながら、体の準備もする。欲望にかられた俺は急いで引き出しを開け、コンドームと潤滑ジェルを掴みとる。俺の下になったタインの全身がバラ色に紅潮している。彼のまばたきを見て、俺は正気を失いそうだ。

「タイン、脚広げて」

と言うと、あいつは目を合わせないまま従う。最初に体の緊張を緩めてやらなければならない。それには時間がかかる。俺はすでに汗でびっしょりだ。エアコンから吹いてくる涼しい風も、この熱をさますことはできない。

「サラワット、来て」

長いことかかって体の力を抜いたタインが、優しくかすれた声で俺にせがむ。目には涙も浮かべて。何か支えるものが欲しいみたいに、俺の腕を掴んでくる。

「大丈夫、大丈夫だ……」

俺は彼の頭をそっと撫で、さらに脚を広げさせる。ゆっくりと中へと入り、2人の間に少しも隙間がないように、体を重ねた。

「俺に掴まれ、タイン」

「うん……」

厄介もんが両腕を俺の首に巻きつけて、そうして、動き始める。

ときとして俺たちは互いの愛撫の中に深く溺れようとし、熱に浮かされる。そして、ときとして夢の中に迷い込んだように感じることも、すでに知っている。それでもそこに行きたいと思うのだ、何度も何度も。

タインが好きだ。タインのすべてが好きだ。好きすぎて、言い表す言葉が見つからない。ただ、毎朝目覚めたときに彼を見たいということだけを思う。

「サラワット！　ヒック」

「一緒にだ、いいか？」

彼の甘いうめき。

温かな抱擁。

何度も言ってくれる「愛」という言葉。

そして思いのあふれる表情。

それが、今夜のこの気持ちをずっと、繋いでいく、果てしなく……。

タインSide

げっ、もう朝10時だ。サラワットは起こしてくれなかった。スマホで時間をチェックして、顔から倒れそうになる。今日は土曜日だが講義があるんだ。幸い、朝の教授は出席をとらない。そうでなければ僕の運は尽きていたところだ。

友達からは電話も来てない。でもたぶん、僕が昨夜忙しかった理由を察しているのだろう。いつもそうだ。サラワットにキスされると、我を忘れてしまう。

そういえば、あいつはどこにいる？　ベッドの上に起き上がり、部屋を見回すが、どこにも姿がない、跡形もない。すると、寝室の外でカチャ、という音がした。どこかへ行ったわけじゃないようだ。主夫らしく、何か料理しているんだ。

彼を手伝うべきだな、でないと役立たずとか言われそうだ。足を床に降ろそうとしたとき、ベッドサイドテーブルの上に黄色いメモがあるのが目に入る。軽音部で友達になったころのメモだと思い出す。あれは、僕たちが偽装カップルから本気になったつき合いの、始まりでもあった。

<3 Tine タインさん
~~これ食べてね　プリームより♡~~
こいつにはもう恋人がいる。サラワットより。

まだしっかり記憶に残ってる。でもこのメモはなんだろう……?

腕を伸ばして新しい1枚を見てみる。サラワットのヘタな手書き文字だ。それを読んで、ある感情が湧き起こるのを感じる。再び読んで、それから3度目、4度目と……何度も読み返したくなる。

言葉にできない。すべての思い、すべての記憶、すべての感情、みんなが全部混ざり合って、どう表現したらいいかわからない。でも、それはすばらしい……最高の気分だ。

きっと、サラワットが言ったとおりなんだ。それに、『Morning』が今の瞬間の僕たちに一番ふさわしいことも信じる。そして未来も変わらずこの曲がふさわしいようにと願う。

足をしっかり床につけた。一歩歩くごとに、あふれ出す気持ちでいっぱいだ。彼の見慣れた広い背中に向けて、名前を呼ばずにいられない、いつものように。

「サラワット」

「ん……?」

あいつの背の高い姿がくるりとこっちを向き、端正な顔にゆっくりと笑顔が広がる。すると昨夜聴いた歌が、突然頭の中で鳴り出した。

「今僕には　大事な人がいる

幸せなら微笑み　つらい日は一緒に耐える……」

「本当に、ありがとう」

しばらくかかってから、声に出した。サラワットは何も言わず、僕の言葉が終わるのを待っている。

「……」

「ありがとう、何もかも」

「ああ、それはこっちが言うことだ」

僕は手にしたメモをもう一度読んで、自分に誓う。毎朝、いいときも悪いときも、ずっと彼のそばにいようと。

「♡ タイン
毎朝、おまえと一緒に目覚めたい。一緒に歳をとりたい」

END

2getherに関する 50のトリビア

この章は、作品で描かれなかった事柄や真実、著者である私が小説を書くにあたってどんなことからインスピレーションを得たかなどを、読者の皆さんにお伝えするために書きました。作品の背景や執筆にあたって協力してくださった方についてもふれています。（ジッティレイン）

1 『2gether』が生まれたのは２０１５年12月30日です。

2 小説の原題『Pror...《プロ》 Rao《ラオ》 Koo《クー》 Gun《カン》（僕たちは一緒だから）』はスクラブの曲、『Together《トゥギャザー》（Koo Gun）』にちなんでつけました。

3…この小説は、私がスクラブの大ファンで、スクラブの曲がたくさん登場する小説を書きたいと思って生まれたものです。スクラブの歌は、誰かを愛することの喜びを気づかせてくれます。それも作品に登場させた理由のひとつです（アップビートのラブソングは特にそう感じさせてくれます）。

4…私の2016年の短編小説集『マハライ・マハラク※（恋するキャンパス）』のキャラクター、アークに恋をした瞬間にこの小説を着想しました。そこから書き始めたのですが、その後結局私はアークに飽きてしまい、まったく別のキャラクターが生まれたんです。

5…スター・ギャングは、2015年に出版した小説『フィッシュ・イン・ザ・スカイ』に登場するキティ・ギャングに似たものを作りたいと思ったのがきっかけでしたが、結果的に違うものになりました。キティ・ギャングは似通った性格の負け組たちの仲よしグループですが、スター・ギャングのメンバーは性格もライフスタイルも違っています。

6…「シックな男・タイン」のフェイスブックのアカウント名、「Tine TheChic」は私の大学時代の法学部にいた人気の男子からインスピレーションを得ました。

※ 大学生の恋愛を学部ごとに描く11編の短編集。

7…私は職業を表す名前の男性ばかり好きになるのですが、それでサワラット（Sarawat）という名前にも愛着があります。もちろん、その人がその職業についているわけではありませんが。たとえば、警部あるいは検査官という意味があるサワラットという名前の人も、実際には警察官ではなかったり、エンジニアを意味するウィッサワ（Wissawa）という名前の人が薬学専攻だったりしますよね。

8…サラワットにはニックネーム[※1]がありません。同じようにスクラブのムエもニックネームがなく、ムエという名前は友達がつけたあだ名だそうです。

9…スクラブは私が大好きなバンドで、スクラブを紹介することで、私のことも読者のみなさんに理解してもらえるかと思って登場させました。スクラブはギタリストのボール（トルポン・カンタブルファァ）と、作曲とヴォーカルを担当しているムエ（サワトポン・ウォンブンシリ）の２人によるバンドです。

10…大学に存在するほとんどの学部の登場人物を書いてきましたが、政治学部と法学部は特に書きたいと思っていた学部です。小説の中に学部の性格などはあまり描いてはいませんが。
もともと私は「政治学部の卒業生はどんな職業についているのか？」とか、「法学部の学生は

※1 タイ人には普通、本名の他に「チューレン」というニックネームがある。日本の学校で友達がつけるあだ名とは違い、子供が生まれたときに親が授ける場合が多い。

なんで法学部を選んだのだろう、法学部は就職が難しいのに」という疑問を抱いていました。そのうち、学生が学部を選ぶ理由は様々だとわかってきました。

中でも、一番印象に残っているのは、「政治学を好きになる必要はないけれど、生活の中で理解すべきものではある。将来どうなるかはわからないけれど、学部を選択する上で必要なのは、『勉強したくなる』ものよりも、『理解したくなる』ものだと思う」という答えでした。

11…私はSNSを使わない男性に魅力を感じます。楽器が演奏できる人やサッカーをする人もそうです。たとえ彼らが面倒な性格の人であったとしても。

12…テレビドラマ『2gether』のツイッターのハッシュタグ「#คั่นกู」は、小説家のF・フェイさんが作ってくれました。

13…第1章でサラワットが登場するシーンで演奏しているSssss..!※2というバンド名は、2003年にスクラブがリリースしたアルバム名から発想しました。スクラブはこのアルバムでFat Awards※3を受賞しています。

14…Ctrl Sはサラワットが友達と結成したバンドです。コンピュータにファイルを保存するとき

※2 炭酸飲料のシューという音と同じ発音。
※3 インディーズ専門FM局「FAT RADIO」による賞。

に使うショートカットのことで、「誰かを思い続けること」という意味を込めました。コンピュータのハードディスクにファイルを保存するように、人間も誰かに関する感情を心にとどめておくからです。

15……『フィッシュ・イン・ザ・スカイ』ではフェイスブックで愛を語っていましたが、本作はインスタグラムがメインで活躍します。

16……サラワットとタインが通っている大学はチェンマイにあるという設定ですが、実在する大学ではなく創作によるものです。私はタイ東北部にあるナレースワン大学で学びましたが、私以外の家族はチェンマイ大学出身です。それで作品の中の大学はこの2つの大学をミックスしたものになっています。

17……政治学部の1年生でＲＯＯＮ※をまだとっていない学生は、ホワイト・ライオンとは呼びません。前項で作品中の大学はフィクションだと書きましたが、誤解があるといけないので念のため書いておきます。

18……タインはキュートなタイプのハンサムで、サラワットは誰が見ても超ハンサムというレベルのハンサムです。

19…ミュージシャン、特にギタリストに叫んだりして盛り上がる新入生歓迎ナイトの雰囲気が大好きなので、サラワットの登場シーンの設定に使いました。

20…サラワットはよくタイプミスをします。この設定は、私自身、メッセージを送ったときに友人からの返信が全然読めなかった経験があったことから思いつきました。

21…グリーンは脇役ですが大好きなキャラクターです。うっとうしい存在であるけれど、なぜかキュートさを感じさせるゲイの男性という設定です。

22…ディム部長（ディッサタート）は、実際の知り合いを参考に考え出したキャラクターです。インディーズが大好きで音楽芸術を専攻していた人物で、不思議なパーソナリティの人でした。卒業後はインディーズ業界で仕事をしています。

23…もっと多くの人にスクラブをはじめとする、素敵な曲を歌っているインディーズ・バンドを知ってほしいと思っています。ソリチュード・イズ・ブリス（Solitude Is Bliss）、モノマニア

※ 上級生から与えられる課題のこと。ROONを成し遂げることを「ROONを得る」という。大学によっては、ROONを得ることで初めて「ライオン」を名乗ることができる、という伝統がある。

(Monomania)、デスクトップ・エラー（Desktop Error）、ムービング・アンド・カット（Moving and Cut）、ストゥーンディオ（STOONDIO）、ジェリー・ロケット（Jelly Rocket）、インスパラティヴ（INSPIRATIVE）など。

24…タカミネは私が大好きなギターのブランドです。

25…作品中でタインが使っているギターはタカミネ・プロシリーズＰ３ＮＣ[※1]、サラワットが使っているのはマーティンＤＣ-16です。

26…「サラワットに憧れてギターを弾けるようになりたいと思った」とか、「『2gether』の影響でスクラブを聴くようになった」という話を聞くと、とても嬉しいです。他にも、「作品に登場するブランドの牛乳を飲むようになった」とか、「サラワットのお気に入りのサンダルを履くようになった」など。「タインがいつも言っている『心臓が……』というセリフを言うようになった」など、様々な感想をいただきました。

27…サラワットのインスタグラムのアカウント名、「Sarawatlism」は文法的には「Sarawatism」が正しいはずです。でも、「lism」という音の響きがサラワットにぴったりだということと、正

※1 海外輸出用モデル。

しくないスペルがいつも打ち間違いをしているサラワットらしい、という点については読者のみなさんも賛成してくださると思います。彼のアカウント名が「Sarawatlism」なのはこんな理由からです。

28…スター・ギャングのメンバーのインスタグラムのアカウント名が「i」で始まっているのは[※2]、タイ語で親しい友達のニックネームの前に、「a・i」をつけるという習慣があるからです。

29…タイン（Tine）の名前はタイ語の発音では「ターイ」に、そして兄のタイプ（Type）は「タイ」に近くなります。

30…サラワットの背番号12は、男性アイドルグループEXOのオリジナルのメンバー数が12人だったことからつけました。

31…ホワイト・ライオンのメンバー、特にマンは、誰もが友達にしたいキャラクターとして設定しました。マンの性格はチェンマイ大学工学部にいた、同じ名前の先輩を参考にしています。

32…スクラブについて語るとき、シラパコーン大学ははずせません。なぜかというと、スクラブは

※2 I.amFong、i.ohmm、i.amPuek など。

そこで始まったからです。ボールの両親はシラパコーン大学に勤めていたため、彼はそこで育ったし、ムエは様々なコンサートが開かれているという理由でシラパコーン大学を選んで進学したそうです。そして2人は大学で出会ったというわけです。

33……ファンの方から、この小説をドラマのエンディングに使われたオリジナルソング『Kan Goo』の名で呼ばれることがあります。ですが、実際は『Pror... Rao Koo Gun』というものが正しい題名です。

34……サラワットがタインと以前に出会っていた、という設定はこの小説を書き始める前から考えていたことでした。本人も知らない深い絆のある2人が偶然再会して、そこから恋愛が始まる、というラブ・ストーリーを書きたいと思っていたんです。また、スクラブの本を読んだときに、ムエの書いた文章が心に響きました。

「もし誰かのことを愛しく思い、ひどく惹かれ、でもこの一度限りで、もう会うことはないとわかっていたら。その場でできる最善策は、微笑み合うこと、お互いを大切にして、そして、去ること。それだけ、それで十分だ……」

私は、そんなふうに終わってしまうのは嫌だなと思ったんです。それで、サラワットがタインと初めて出会ったときは、一方的に微笑みかけることしかできなかったけれど、再会してずっとともに微笑み合えるような関係になる、ということにしました。私自身が幸せな気持ちになるんです。

35……前項に書いたことが理由で、スクラブの『Close』を小説に登場させました。偶然出会った2人がとても近くにいる、そんな状況を歌っている曲だからです。

36……コンサートに行って、一緒に歌って、見つめ合って、お互いにどんなに相手を愛しているかを伝え合うことって、とても素敵だと思うんです。好きなバンドのコンサートに行くときに、隣にいつも愛する人がいる、ということが。

37……サラワットには、物語に登場するプーコンの他にフームーワッドという弟がいます。

38……本作を読んでくれた方ならご存知のように、タインには、タイプという兄がいます。

39……序章では、女の子に尽くして甘やかす男性（タイン）を描きました。でも、ある日その男性が甘やかされる側になる。これは、タイで超人気のコメディアン、ウドム・テーパーニットのネタから着想を得ました。彼は「Mother of Art」と呼ばれる持ちネタで、男にとっていかに女性が理解しにくく、望むことをしてあげるのが難しいかを笑いにしています。そんな男性がある日、世話される側に回ったらどうなるか……と思いついたんです。

40…本作に登場するスクラブの曲は次のとおりです。

Together……1章、25章
Close……5章
Everything……8章
Click……9章
This Person（この人）……10章
You Orbit Around Me, I Orbit Around You
（きみは僕の周りをめぐり、僕はきみの周りをめぐる）……12章
Deep……13章
Sleeping Song（眠りの歌）……14章
For You（きみのために）……15章

41
……スクラブのムエが「何百回も同じ歌を歌うときに、毎回気持ちを込められるか？」と語っていて、そこからタインのパーソナリティについて考えさせられました。タインは同じバンドの曲を何度も繰り返し聴いているけれど、毎回、曲の歌詞に夢中になることができるのか、という点について。答えはもうわかっていますよね、タインはずっとスクラブの曲を大好きでい続けていると。ただ、誰と一緒に聴くかによって、曲を聴くときの気持ちには変化があるのですが。

42
……「マズいが安い、おすすめレストラン」のページは、お金がないけれどインスタント麺には飽きてしまった、という人にぴったりです。

43
……サラワットが友人に3000バーツ払って誰かを酔っぱらわせる、というエピソードは（第1

巻12章）、薬学部のアート先輩が実際に私にそういうことを頼んだことからインスピレーションを得ています。

44…読者のみなさんとスクラブのライブで会いたいですね。きっと面白いことになりそうです。

45…本作には『マハライ・マハラク（恋するキャンパス）』シリーズと共通する設定がたくさんあります。タインとサラワットがスクラブのライブを観ているシーンは、『法学部』編からとりました。すでにお話ししたように、サラワットは『工学部』編のアークからインスピレーションを得ました。

46…本作の推敲をしている時期に、スクラブが3年間の活動で初めてシングルをリリースしました。その曲が『Rain』でした。タイ語で『Rain』を表す言葉には、「雨」という意味と、「鋭くする」という2つの意味があります。この曲には、経験したことをより鮮やかに記憶に残してほしい、という意味も込められています。

47…第2巻の最後のシーンでCtrl Sがレインコートを着て演奏しているのは、「第20回 NU Voice Music Contest」※でエスケープがレインコートを着ていたことから着想しました。

48 すばらしいイラストを送ってくれたファンのみなさんに感謝します。
Kagi, @miinzy_st, Ajoo, @ppperyne, @giffey1234, @Darkferin, @_Silent427, @anahnaun, @knilb, @Jloyx_, Song Akkaracha, @prim44, @narintacha, @Popero_Uho, @mimiralynnn, @oilsaoo, hey_omma, @rvx91_, @IND1GOS, @_nateekan, @misamisakpg, @Nes_TnotTea, @AyupornD, @CARAMAIL_, @litz247, @vyJo2000, @akiraquila, @Avveniir

49 小説の中に登場するバーはすべて私の創作によるものです。

50 読者のみなさん、長い間読んでくださってありがとう。

※ 著者の出身校ナレースワン大学（NU）で毎年行われる音楽コンテスト。

「第 6 章　ティパコーンの架空のカップル」より

11:09
4G
コメント
Sarawatlism 何フォもなおしたのにまだ違う旗たつ。
編集済み　2日前
Momomoko わたしは2がいい!
2日前　「いいね!」1件　返信する
Prem_Kanin これどういうこと、サラワット?
2日前　「いいね!」1件　返信する
Apple09me 1がいい!　だってあなたはいつもわたしのナンバーワンだもの >///<
2日前　「いいね!」1件　返信する
Sarawatlism 1は非公開にすること、2はこのアカウントの削除。
2日前　返信する
FC-sarawat @Sarawatlism やめてー!　お願い。冗談やめて。
1日前　「いいね!」1件　返信する
コメントを追加…

「第10章　プレイ・ウィズ・ミー」より

23:52
4G
SARAWATLISM
投稿
Sarawatlism
Prem_Kanin さん、他 9,064 人が「いいね！」しました
Sarawatlism マジックアワーだ。
2 日前　返信する
Sarawatlism

23:52
4G
SARAWATLISM
投稿
Sarawatlism
FC-sarawat さん、他 12,392 人が「いいね！」しました
Sarawatlism サラワット、このチキン野郎。
2日前　返信する
Sarawatlism

23:52
4G
SARAWATLISM
投稿
Sarawatlism
Momomoko さん、他 10,137 人が「いいね！」しました
Sarawatlism 彼にメイクしてほしくないって？　もっと可愛くなっちまうからだろ？　アホだなーおまえ。
2 日前　返信する
Sarawatlism

23:52
4G
SARAWATLISM
投稿
Sarawatlism
d^=b[,7’
Thetheme11 さん、他 20,103 人が「いいね！」しました
Sarawatlism これはサラワットが自分でタイプした。俺が手伝ってる。
コメント5件をすべて見る
Boss-pol 彼にタグ付けしな！　助けてやれよ！　ほら！
2日前　返信する

23:52
4G
コメント
Sarawatlism これはサラワットが自分でタイプした。俺が手伝ってる。
編集済み　2 日前
Boss-pol 彼にタグ付けしな! 助けてやれよ! ほら!　2 日前　返信する
Thetheme11 サラワット助けてやる。夢をかなえてやりたいから。
2 日前　返信する
Bigger330 言ったとおりだろ。 @Tine_chic
2 日前　返信する
KittiTee command+space+option
2 日前　返信する
Boss-pol タイン、command+space+optionだ。
1 日前　返信する
コメントを追加…

「第 11 章　敗者は常に泣く」より

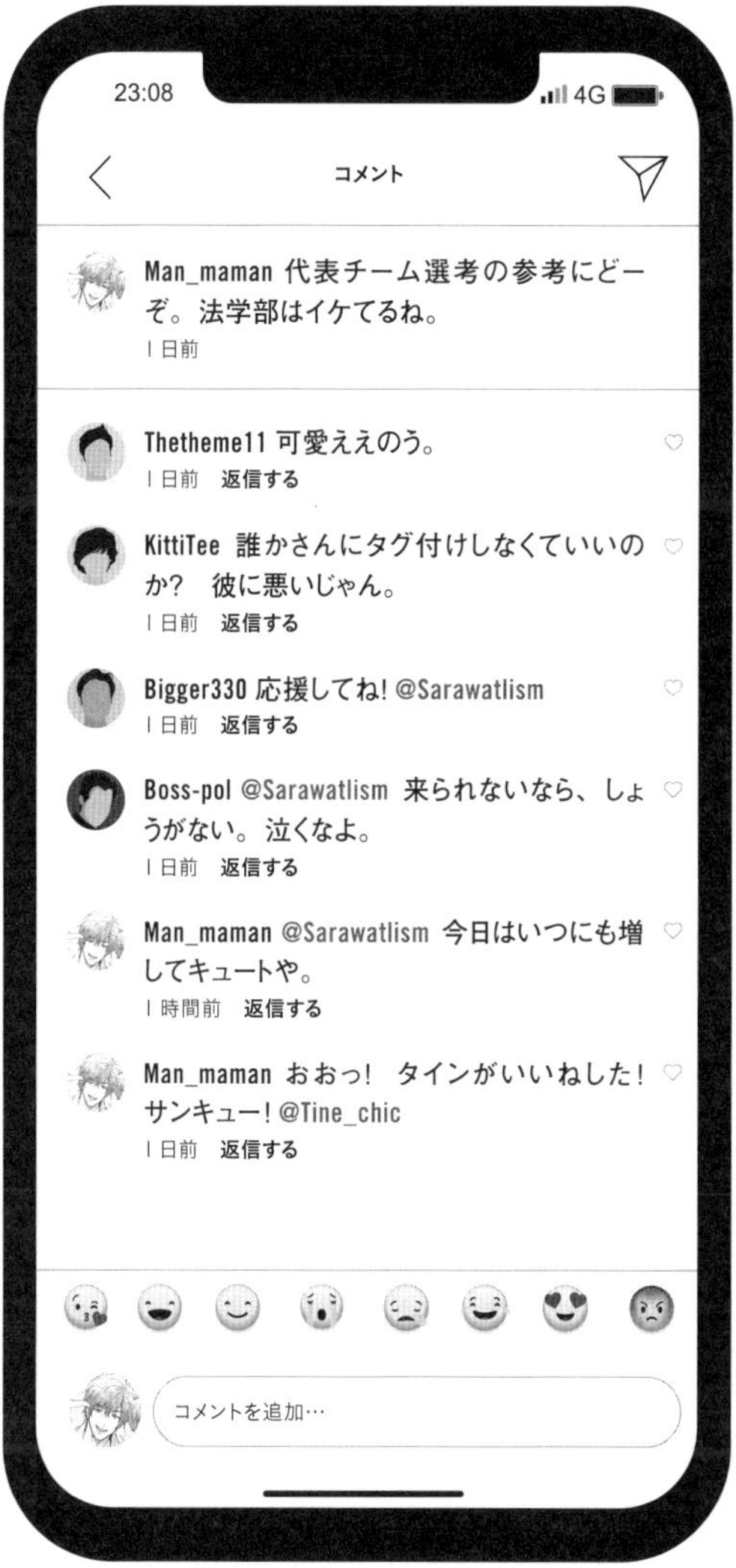
23:08
4G
コメント
Man_maman 代表チーム選考の参考にどーぞ。法学部はイケてるね。
1日前
Thetheme11 可愛ええのう。
1日前 返信する
KittiTee 誰かさんにタグ付けしなくていいのか？ 彼に悪いじゃん。
1日前 返信する
Bigger330 応援してね! @Sarawatlism
1日前 返信する
Boss-pol @Sarawatlism 来られないなら、しょうがない。泣くなよ。
1日前 返信する
Man_maman @Sarawatlism 今日はいつにも増してキュートや。
1時間前 返信する
Man_maman おおっ! タインがいいねした! サンキュー! @Tine_chic
1日前 返信する
コメントを追加…

23:08
4G
コメント
KittiTee @Sarawatlism タインがいいねって! タインがいいねした! ヤッホー!
1日前 返信する
Thetheme11 @Sarawatlism おまえは来なくていいよ。彼の面倒はみてやる。
1日前 返信する
Bigger330 @Sarawatlism いやいや、あいつの面倒は俺がみてやるよ。
1日前 返信する
Sarawatlism おでのお琴に手をだす ns
1日前 返信する
Sarawatlism 俺の男にレをファスナー
1日前 返信する
Sarawatlism クソ! 俺の男に手を出すな!
1日前 返信する
コメントを追加…

「第 13 章（ブ）ロマンス?」より

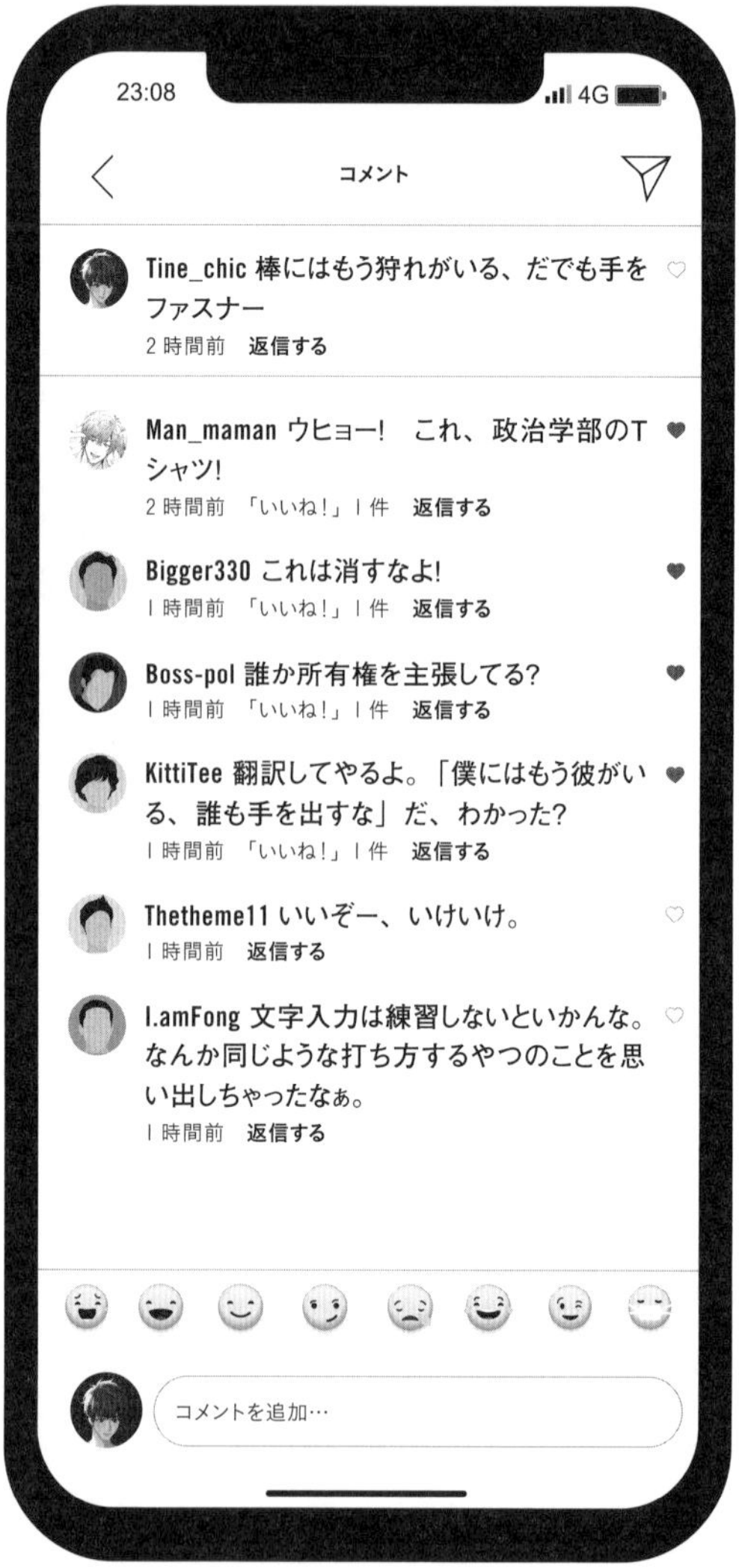
23:08
4G
コメント
Tine_chic 棒にはもう狩れがいる、だでも手をファスナー
2 時間前　返信する
Man_maman ウヒョー!　これ、政治学部のTシャツ!
2 時間前　「いいね!」1 件　返信する
Bigger330 これは消すなよ!
1 時間前　「いいね!」1 件　返信する
Boss-pol 誰か所有権を主張してる?
1 時間前　「いいね!」1 件　返信する
KittiTee 翻訳してやるよ。「僕にはもう彼がいる、誰も手を出すな」だ、わかった?
1 時間前　「いいね!」1 件　返信する
Thetheme11 いいぞー、いけいけ。
1 時間前　返信する
I.amFong 文字入力は練習しないといかんな。なんか同じような打ち方するやつのことを思い出しちゃったなぁ。
1 時間前　返信する
コメントを追加…

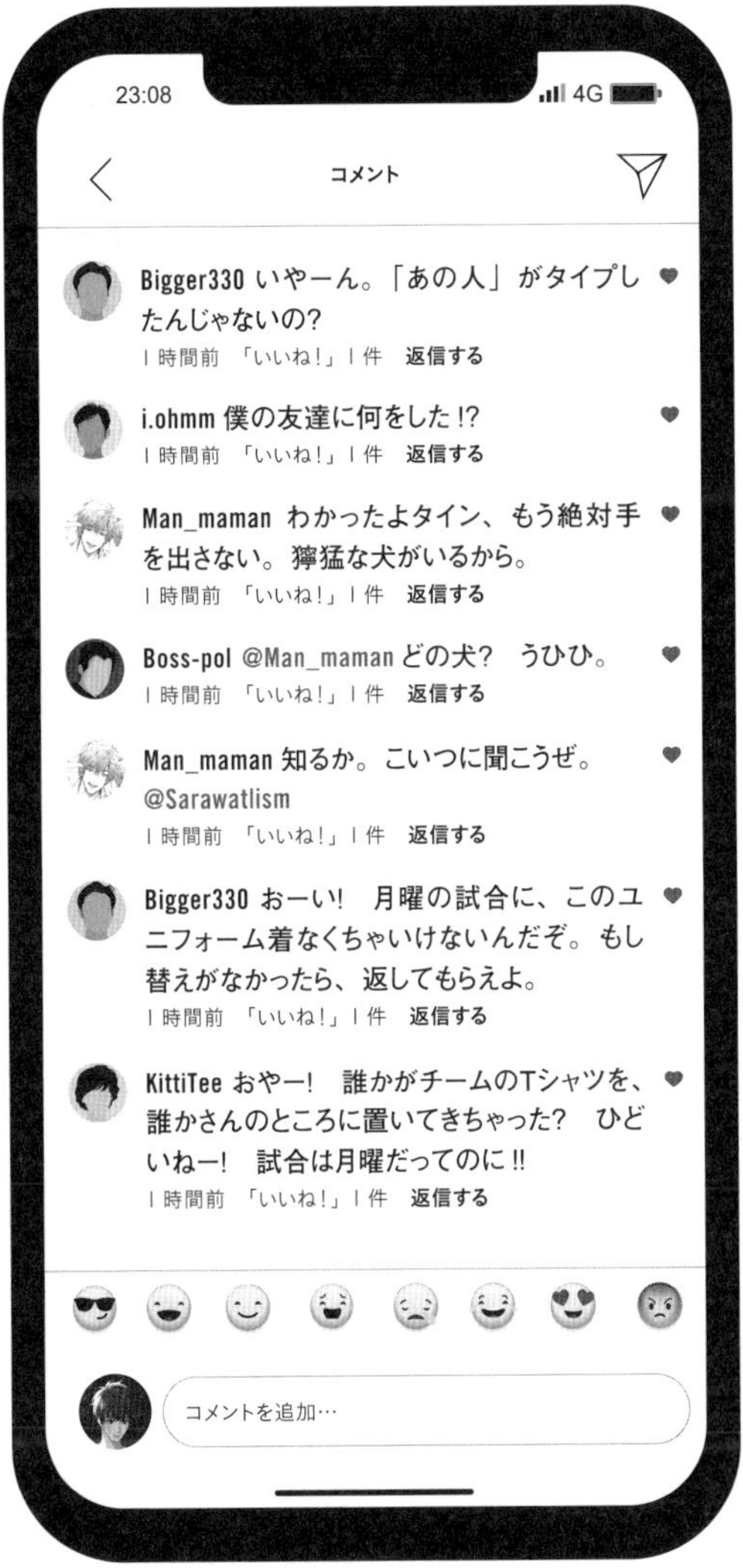

23:08
4G
コメント
Bigger330 いやーん。「あの人」がタイプしたんじゃないの?
1時間前 「いいね!」1件 返信する
i.ohmm 僕の友達に何をした!?
1時間前 「いいね!」1件 返信する
Man_maman わかったよタイン、もう絶対手を出さない。獰猛な犬がいるから。
1時間前 「いいね!」1件 返信する
Boss-pol @Man_maman どの犬? うひひ。
1時間前 「いいね!」1件 返信する
Man_maman 知るか。こいつに聞こうぜ。@Sarawatlism
1時間前 「いいね!」1件 返信する
Bigger330 おーい! 月曜の試合に、このユニフォーム着なくちゃいけないんだぞ。もし替えがなかったら、返してもらえよ。
1時間前 「いいね!」1件 返信する
KittiTee おやー! 誰かがチームのTシャツを、誰かさんのところに置いてきちゃった? ひどいねー! 試合は月曜だってのに!!
1時間前 「いいね!」1件 返信する
コメントを追加…

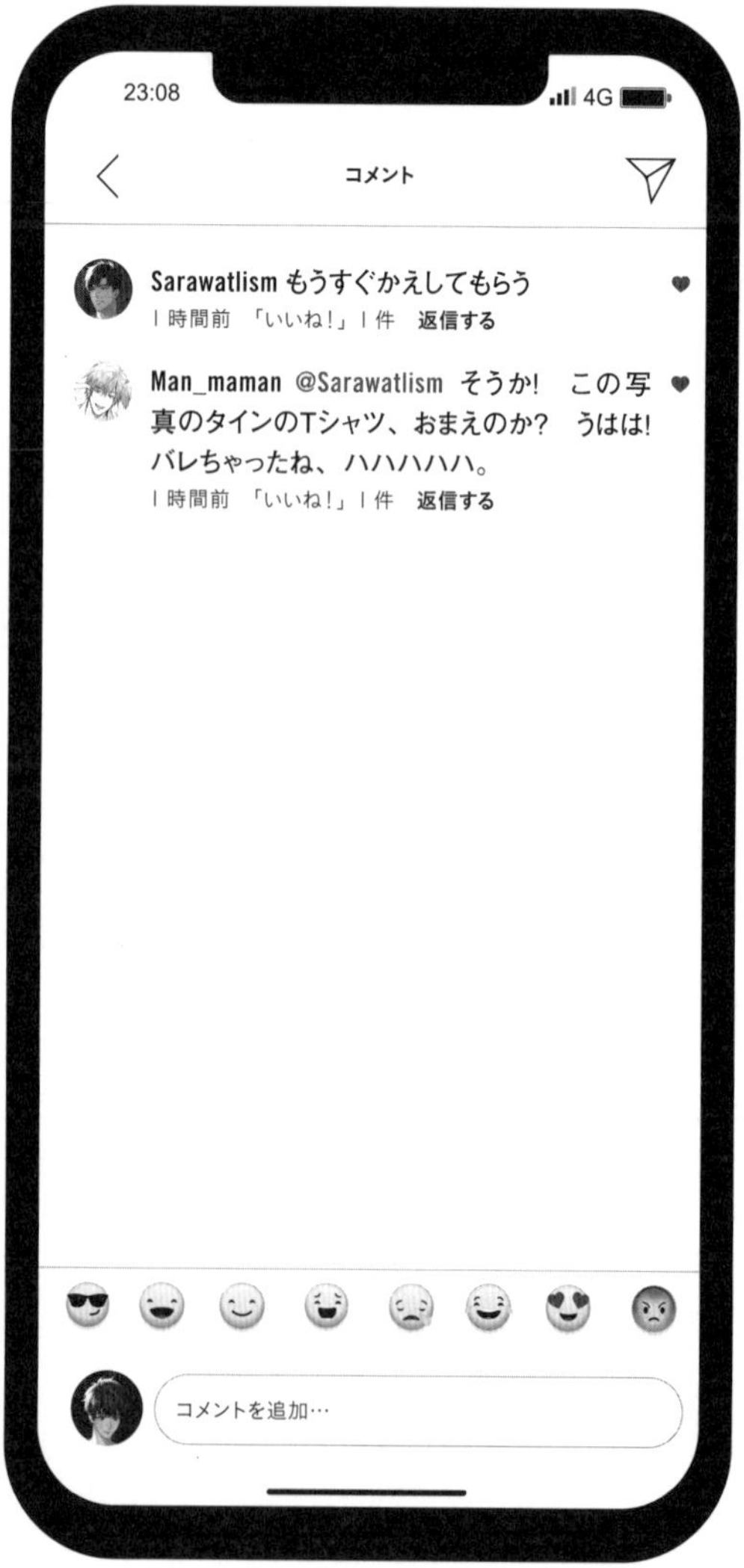
23:08
4G
コメント
Sarawatlism もうすぐかえしてもらう
1時間前　「いいね！」1件　返信する
Man_maman @Sarawatlism そうか!　この写真のタインのTシャツ、おまえのか?　うはは!　バレちゃったね、ハハハハハ。
1時間前　「いいね！」1件　返信する
コメントを追加…

12:00
4G
SARAWATLISM
投稿
Sarawatlism
CLEAN
FC-sarawat さん、他 20,033 人が「いいね！」しました
Sarawatlism 去年、シラパコーンで。
10 時間前　返信する
Sarawatlism

12:03
4G
SARAWATLISM
投稿
Sarawatlism
KittiTee さん、他 26,310 人が「いいね！」しました
Sarawatlism 今年、チェンマイで。
10 時間前　返信する
Sarawatlism

12:03
4G
SARAWATLISM
投稿
Sarawatlism
SCRUBB
i.ohmm さん、他 23,168 人が「いいね！」しました
Sarawatlism どこでも……おまえと一緒なら。
10 時間前　返信する
Sarawatlism

「第 15 章　勇者ならできること」より

「第19章　秘密の部屋で2人きり」より

09:00
4G
コメント
Sarawatlism 彼氏 @Tine_chic
1日前
Milkyway サラワットとつき合ってるの? えー!
1日前 「いいね!」1件 返信する
Man_maman ありっ? プーコン?
1日前 「いいね!」1件 返信する
Boss-pol これ、ワットの弟だよ。どうやって兄ちゃんのパスワードわかった?
1日前 「いいね!」1件 返信する
yellowgam サラワットの弟!
1日前 「いいね!」1件 返信する
holly.illy タインがサラワットの弟とつき合ってる? まだ希望あり。 #TeamSarawatsWives
1日前 「いいね!」1件 返信する
opal1994 #PhukongsWife
1日前 「いいね!」1件 返信する
コメントを追加…

09:00
4G
コメント
Thetheme11 弟に彼を取られちゃったぞ。LOL
1日前　返信する
Bigger330 ははっ、おまえの負け、オワタ。
1日前　返信する
Man_maman ご愁傷様。
1日前　返信する
KittiTee 兄ちゃんは勉強で忙しいから、弟は好きにしていいぞ。ご愁傷様です。
1日前　返信する
Sarawatlism @Sarawatlism おまどこにいろ?
1日前　返信する
Sarawatlism @Sarawatlism 何言ってんだよ、わかんないよ。
1日前　返信する
Sarawatlism @Sarawatlism そいつはおでの枯れ氏だ。
1日前　返信する
Sarawatlism @Sarawatlism 知ってる。1日借りていい?　全部舐め終わってから返却する。彼を舐めたいって何か月も言ってたのに、まだしてなかったんだ。代わりにやってやるよ。いいね?　じゃあね～兄貴。
1日前　返信する
コメントを追加…

「第20章　冷静な心から始まる大事件」より

「第 21 章　勇猛な主夫の呼び声」より

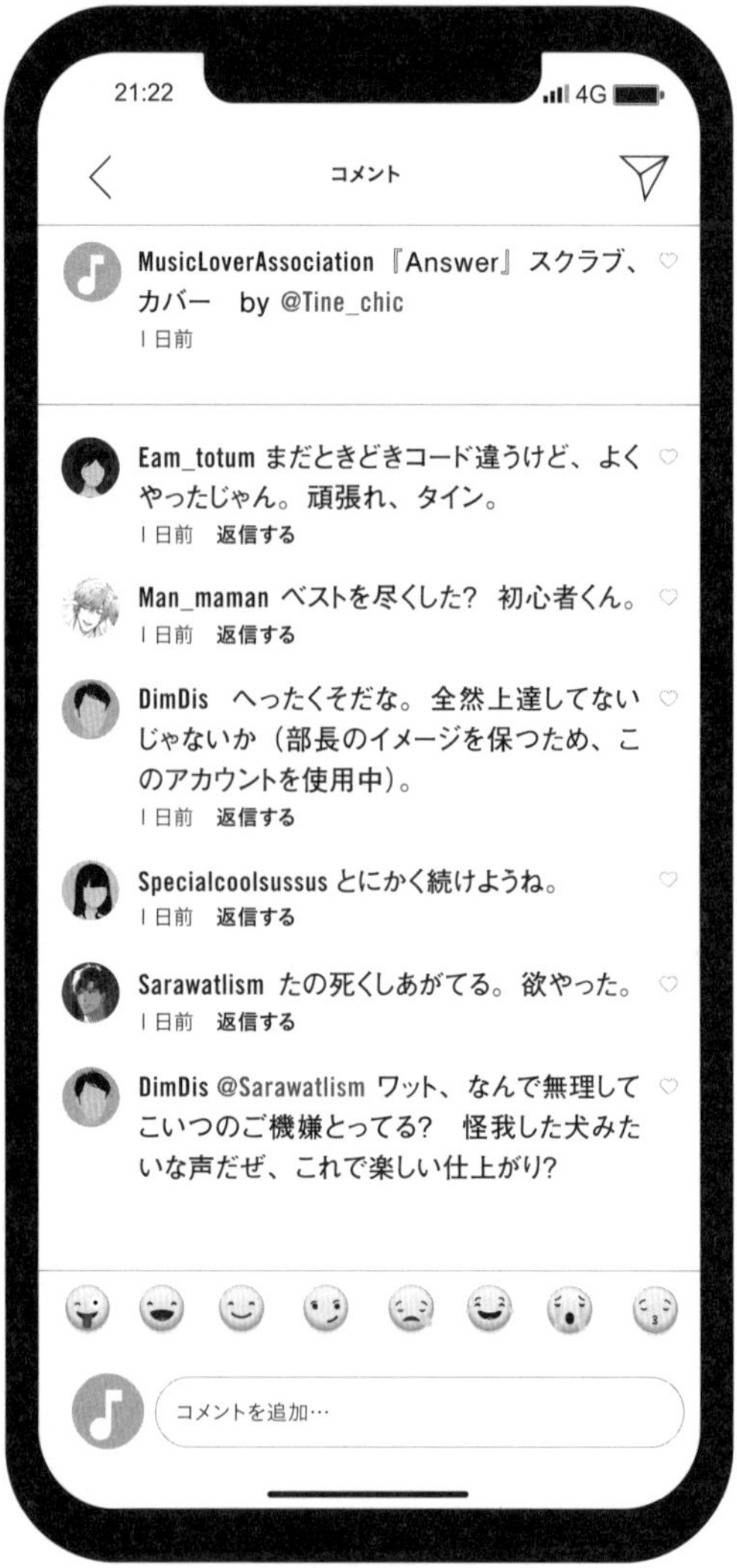
21:22
4G
コメント
MusicLoverAssociation『Answer』スクラブ、カバー　by @Tine_chic
1日前
Eam_totum まだときどきコード違うけど、よくやったじゃん。頑張れ、タイン。
1日前　返信する
Man_maman ベストを尽くした？　初心者くん。
1日前　返信する
DimDis　へったくそだな。全然上達してないじゃないか（部長のイメージを保つため、このアカウントを使用中）。
1日前　返信する
Specialcoolsussus とにかく続けようね。
1日前　返信する
Sarawatlism　たの死くしあがてる。欲やった。
1日前　返信する
DimDis @Sarawatlism ワット、なんで無理してこいつのご機嫌とってる？　怪我した犬みたいな声だぜ、これで楽しい仕上がり？
コメントを追加…

21:22
4G
コメント
Thetheme11 @Sarawatlism これ、タインなかなかうまいじゃないか。いい音出てるよ（なんちって）。
1日前 返信する
Boss-pol @Sarawatlism TeamLoveWifeVeryMuch
1日前 返信する
i.ohmm おまえたちいつ寝た？ 答えろや!
1日前 返信する
Bigger330 おお! もうしたらしいで、マンが言ってた。
1日前 返信する
Pareygirl また失恋だわ。やだー、サラワットとタインが TT
1日前 返信する
TypeType タインの彼氏を名乗っているのは誰だ？ 誰がうちのやつにちょっかい出してる？
1日前 返信する
Sarawatlism @TypeType 枯れは俺のももだ。消えれ。
1日前 返信する
コメントを追加…

21:22
4G
コメント
TypeType @Sarawatlism おまえこそ消えろ。
1日前 返信する
Tine_chic @TypeType なんでまた、インスタなんかしてるの？ しばらくぶりだね。
1日前 返信する
TypeType @Tine_chic 話題を変えるな。@Sarawatlism こいつはいったい誰だ。
1日前 返信する
Tine_chic @TypeType 友達だよ。みんな遊びさ、ゲームで投稿してるんだ。
1日前 返信する
TypeType @Tine_chic わかった。次はもっと気をつけろ。
1日前 返信する
Tine_chic @TypeType はい。
1日前 返信する
Sarawatlism @TypeType ごねんなさい。
1日前 返信する
コメントを追加…

「第23章　スパルタ人のように勇敢に」より

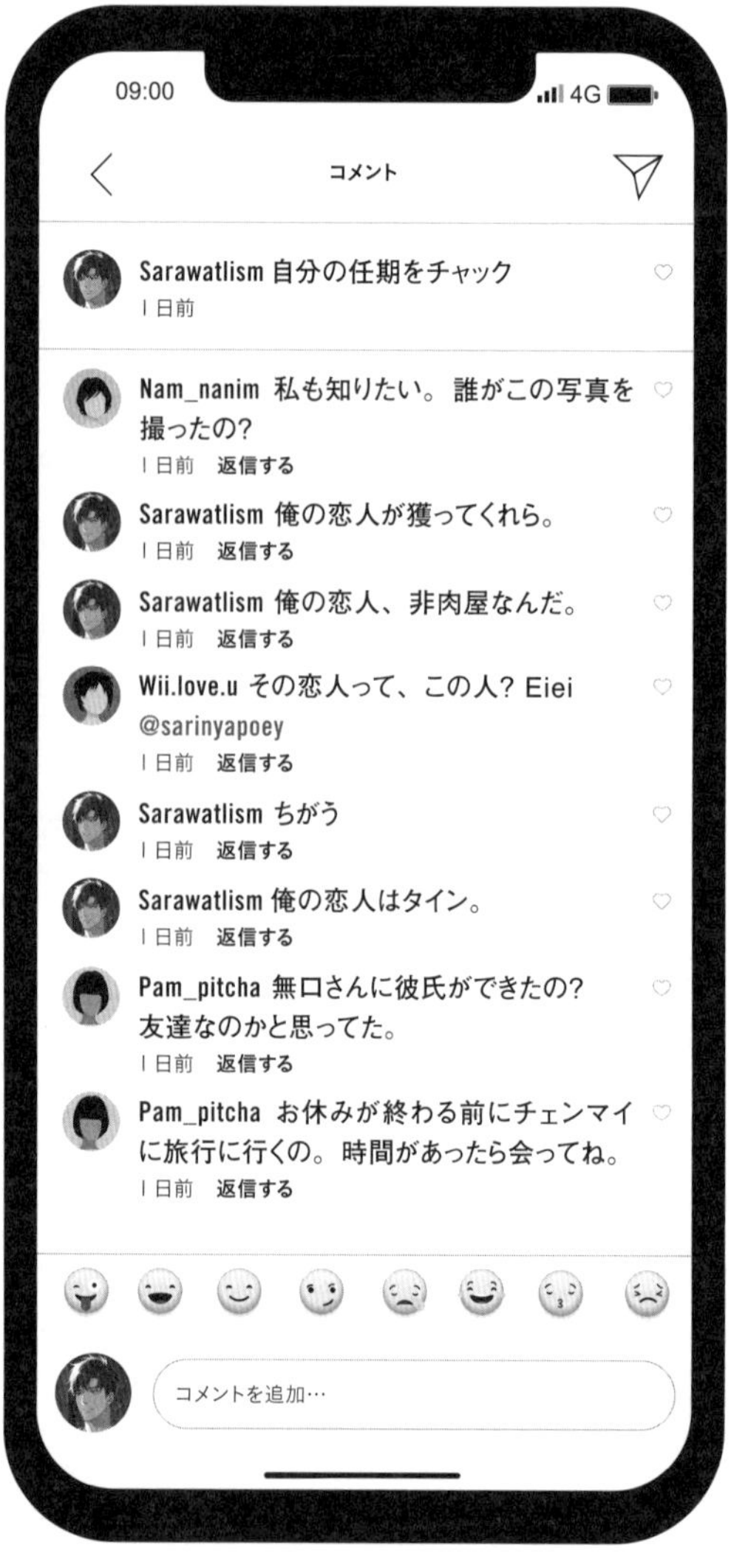
09:00
4G
コメント
Sarawatlism 自分の任期をチャック
1日前
Nam_nanim 私も知りたい。誰がこの写真を撮ったの?
1日前 返信する
Sarawatlism 俺の恋人が獲ってくれら。
1日前 返信する
Sarawatlism 俺の恋人、非肉屋なんだ。
1日前 返信する
Wii.love.u その恋人って、この人? Eiei @sarinyapoey
1日前 返信する
Sarawatlism ちがう
1日前 返信する
Sarawatlism 俺の恋人はタイン。
1日前 返信する
Pam_pitcha 無口さんに彼氏ができたの? 友達なのかと思ってた。
1日前 返信する
Pam_pitcha お休みが終わる前にチェンマイに旅行に行くの。時間があったら会ってね。
1日前 返信する
コメントを追加…

「第 25 章　Ctrl S」より

21:51　4G

コメント

Sarawatlism ついに2里のししんを撮ったzp。 @Tine_chic
1日前

KittiTee ああ〜、誰かさんたら、独占欲丸出し。
1日前　**返信する**

Bigger330 あれ？　これおまえの彼氏？　同じやつじゃないぞ。
1日前　**返信する**

Thetheme11 おまえの彼氏、誰？　よくわからなくなった。
1日前　**返信する**

Boss-pol ワッㇳ、おまえつくづくハンサムだな。惚れちゃおうかな？
1日前　**返信する**

Sarawatlism @Boss-pol 俺は枯れを愛してりゅ、俺にかまうま。彼、独占欲つyいんだ。
1日前　**返信する**

Boss-pol @Sarawatlism あの日はそういうふうには言わなかったぞ。
1日前　**返信する**

コメントを追加…

21:51
4G
コメント
Man_maman 信じないぞ。あのときカンパイしたやつは、なんだよ?
1日前　返信する
Tine_chic 誰のこと?
1日前　返信する
Sarawatlism @Tine_chic 妻
1日前　返信する
Man_maman タインを傷つけちゃうよ。浮気してるって認めるのか?
1日前　返信する
Sarawatlism 妻は、タイン。
1日前　返信する
Sarawatlism あの比はタインといしょにいった。わかったか?
1日前　返信する
Boss-pol ああ!　奥さん同伴だったか。そっか。みんな、退散だ。
1日前　返信する
Man_maman おまえたちがケンカするのを待ってたのに。しないの?　笑
1日前　返信する
コメントを追加…

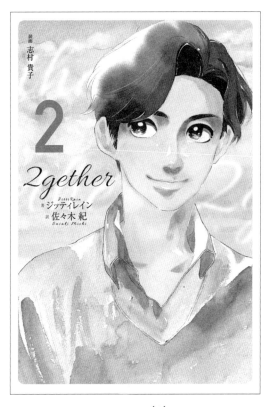

Profile

著 ジッティレイン（JittiRain）

本名はジッティナート・ンガムナク。友達からはジッティと呼ばれている。2014年6月に執筆活動を開始。Facebookのフォロワー数は約5万6000人（2020年9月時点）。

著書に『不可能な愛（Impossible Love）』シリーズ、『愛のセオリー（Theory of Love）』、『ミュージシャン・孤独・小説家（Musician, Solitude, Novelist）』、『エンジニア・キュート・ボーイ（Engineer Cute Boy）』シリーズ、『1光年のポエム（The Poem of the Light Year）』、『難解（Arcanae）』、『バニラ・サンデー（Vanilla Sundae）』、『フレンド・ゾーン（Friend Zone）』。

訳 佐々木紀（ささき・みち）

北海道生まれ。東京外国語大学ロシア語科卒業。

小説『時計じかけのオレンジ』の英語・ロシア語まじりの造語スラングに惹かれて専攻を選んだ。イギリス在住。

科学・医療のノンフィクションからビジュアル図鑑、サスペンス・ロマンス小説まで幅広いジャンルで活躍。訳書多数。

装画……………………志村貴子

装丁・本文デザイン……鈴木大輔、仲條世菜（ソウルデザイン）
DTP……………………坂巻治子
校正……………………深澤晴彦
翻訳協力………………株式会社オフィス宮崎
編集……………………吉本光里、田中悠香、長島恵理（ワニブックス）

2gether Special

著…………ジッティレイン
訳…………佐々木 紀

2020年12月15日　初版発行

発行者……横内正昭
編集人……青柳有紀
発行所……株式会社ワニブックス
〒150-8482
東京都渋谷区恵比寿4-4-9　えびす大黒ビル
電話　03-5449-2711（代表）
03-5449-2716（編集部）
ワニブックスHP　http://www.wani.co.jp/
WANI BOOKOUT　http://www.wanibookout.com/

印刷所……株式会社美松堂
製本所……ナショナル製本

ISBN 978-4-8470-9986-1